語文教學叢書

國語文教學現場的省思

王基倫　著

目次

學術論文篇

教學理念篇

學人風範篇

自序

多年來，陸陸續續寫了多篇文章，關於國語文教學方面的討論。這緣自於博士學位取得後，前往嘉義師範學院任教，一年後，轉往臺北師範學院任教，九年後，又回到母校國立臺灣師範大學任教，屈指數來，竟然已有二十三個年頭都在師範校院服務。一路走來，教學於斯，研究於斯，自然與教育工作脫不了干係，關心國語文教學，可說是始終如一吧！

還記得在大四畢業前夕，眼見就要走出學校大門，接受分發，出外教書。身為公費生的我們，既是學有所成、畢業後就有工作的天之驕子；另一方面，又是初出茅蘆、懷著忐忑不安心情，即將踏上征途的旅人。於是我們幾位同學，把握在校的最後時光，一一邀請心目中學養俱佳、教學認真的老師，與我們座談，指點未來的人生方向。其中教我們大四「中國哲學史」的戴璉璋老師的一席話，至今記憶猶深。他說：「你們畢業後，都去教書了，累積不少的教學經驗。將來，如果有機會從事學術研究，你們不研究國文教學，難道讓其他學校的人來研究嗎？」這是我第一次感受到責任在身，應該好好地從事國文教學研究工作。

兩年前，我參加了國家教育研究院「十二年國民基本教育本國語文領域綱要內容之前導研究」的座談會，席間劉漢初教授曾經說：「我告訴過中文系的人，您們一定要重視中學、小學的語文教學，語文教育做好了，才有語文程度好的學生來讀中文系。」這一席話，也

讓我印象深刻。劉老師畢業自臺大中文系、所，學問根柢深厚，曾經出任國立臺北師院語文教育系主任，很關心國內語文教育的學習環境。

可惜的是，當我回到母校服務時，才真正了解到國語文教學研究工作的步履維艱。在各種因素的夾擊下，臺灣師大國文系並不重視國語文教學，國語文教學的研究環境也不佳，譬如沒有一級學術刊物可供發表研究成果，中文系願意投入這個領域的研究人才也不多，千絲萬縷，只織成一片迷惘之愁。我們需要努力的地方太多太多了。過去我曾經因為某些機緣，參加過一些國語文教學的討論活動，因而留下雪泥鴻爪，雖然時日已久，其中有些觀點尚可供教育學界參考，想來想去，還是把它集結成帙，希望能貢獻個人棉薄的力量吧！

這本書粗分五個單元，首先是「教學解惑篇」，針對教學現場出現過的問題，提出說明。其中前四篇來自讀者投書，第五篇由筆者信手拈來。其次是「實務指導篇」，由於師範校院的教師常須應邀擔任國語文競賽的評審工作、以及前往各地觀看教學現場，有感而發，因而留下了一些紀錄。其中有四篇觀課記，是由實習教師演示古文、現代散文、或是現代詩的教學，再由我認真地觀察細微末節，提出了教學改進之道，可供初試啼聲者參考。第三單元是「學術論文篇」，這是本書的重頭戲，提出不少現代語境下較新穎的學者論點，專就某些主題進行較為完整的論述，思辨性較強，讀來相對費心神。如果對其中的主題有興趣，或是有心從事國語文教學研究工作者，可以一觀其究竟。第四單元是「教學理念篇」，寫出個人關心國家、社會未來走向的較為宏觀的思考，從中可以發覺我們可努力的方向。第五單元是「學人風範篇」，帶點兒附錄性質。數年前，我的碩士論文指導教授王更生先生辭世，他撰寫《國文教學新論》（文史哲出版社）一書，有功於士林。正在此書即將付梓之際，又忽然接到我的博士論文指導教授——前臺灣大學中文系主任羅聯添教授辭世的消息。我遠在扶桑，

不克前往弔喪，只能寫下生平事略及追思文章。　羅師曾經擔任《高中國文》（翰林出版社）總校對多年，他仔細看完六冊教材，悉心改正訛誤，真正奉獻過心力。在這等心情下出版此書，緬懷　師恩，追記前人腳步，感觸良多。

　　　　　　王基倫　民國一〇四年（2015年）五月謹序於
　　　　　　　　東京早稻田大學中央圖書館四樓第九研究室

教學解惑篇

《孟子·知言養氣章》詮解

《孟子》曰：「志壹則動氣，氣壹則動志也，今夫蹶者趨者，是氣也而反動其心。」該作何解釋？和我們個人修養有無關聯？（臺北讀者：王小萍）

首先，將《孟子》這四句話語譯出來，作為以下討論的依據：

一個人持守心志、專壹不貳的時候，道德心秉其靈明，足以引導自然的生命氣力；然而當一個人涵養其氣、專壹不貳的時候，生命秉其氣力，也足以影響心志。譬如現在有人急走而跌倒，這是氣的作用，卻因此使心志跟著浮動不安起來。（參考蔣伯潛《孟子新解》、曾昭旭《孟子義理疏解》而來）。

這一節討論到志、氣的關係，是個很重要的問題。

按焦循《孟子正義》曾扣緊原文指出：「持其志使專壹而不貳，是為志壹。守其氣使專壹而不貳，是為氣壹。」例如，曾子所說：「自反而縮，雖千萬人吾往矣」，是在經歷過道德上的自我反省以後，確信自己是對的，於是理直而後氣壯，勇敢地承擔大任，這就是「志壹而動氣」的表現。又如北宮黝的「必勝」、孟施舍的「無懼」，皆強撐其氣在心中，未經歷過道德層面的深入考量，因而其行為表現，有可能是氣壯而理直，也有可能是氣壯而理不直，其間並無拿捏

的準則，這就是「氣壹而動志」的後果。

顯然地，孟子不甚欣賞北宮黝、孟施舍二人的作法，且對於「氣先志後」者，持斟酌保留的態度。也因此，他再以「蹶者趨者」之例，說明「氣」會干擾「心志」的現象。譬如一個快跑而跌倒的人，往往是因為一股好強或急躁之氣使然，此純粹屬於氣的作用，不是他本來的心志所在。以此例看來，孟子並不贊同「氣反動其心」。

孟子的看法是：「志」是心之所之（心所前往），是心智的思慮作用下，所定出的行為方向；而「氣」是「所以充滿形體為喜怒也」，是近似自然生命的情感動作之發用。志為主，氣隨之，志可作為人身行為的主導，可以引導氣行事，所以孟子說過：「志，至焉；氣，次焉。」

但這並不意味著，氣完全聽命於志，因為人們常在不合理的狀況下，有狂暴怨怒等情緒產生，這就是失去控制的氣。所以孟子在另一方面又強調：「持其志，無暴其氣。」可見持守其志，使心思更為正大篤定，是一種修養方式；而涵養其氣，使生命之情不再盲目浮動，也是一種修養方式。綜合持志、養氣這兩項修養工夫，才能將「道」、「義」溶入「氣」的生命，而有「浩然之氣」的產生。故孟子隨後即暢談「我善養吾浩然之氣」，志、氣相輔相成的修養論，必須至此才算圓滿完成。

明乎此，當能了解志、氣的問題和個人修養，有極密切的關聯。

──本文原刊《國文天地》第3卷第2期（1987年7月），後收入許錟輝主編：《解惑篇》（臺北市：萬卷樓圖書公司，1993年6月），下冊，頁961-966。

匡章何以不厚葬母親以及出妻？

近閱《孟子・離婁》中之「不孝者五」一則，論及匡章不能厚葬其母，以其母得罪乃父，今葬之，是欺死父也；又「為得罪於父，不得近；出妻屏子，終身不養焉。」是為補已之過。對於匡章以上兩種作法，頗為不解。況且，古代不是有「七出」之條，匡章的妻子又是犯了哪一條，為何要遭此家庭悲劇？望能釋疑。謝謝！（鳳山讀者：林梅貴）

從上文看來，匡章並非不孝，只是他犯了一項過失：「父子責善，賊恩之大者。」換言之，匡章並非不敬愛父母，而是侍奉的方法不對而已。這點過失，匡章事後當能察覺，可能也有過反省自責，於是做了一些補救：

一、父親在世時，他在父子失和的情況下，已經無法承歡膝下，奉養父親；因此決定不再被妻子侍奉，不和子女共享天倫之樂，其用心即在於：不忍父親未享有之快樂，而自己卻獨享之。這種作法，純粹出於「將心比心」的悵惋隱衷，何嘗不是「孝的表現？」

二、父親去世後，有鑒於雙親生前感情不太融洽；因此決定不厚葬母親，以免再次做出令父親不悅的事情，其用心即在於：誠心誠意地愛護父親，以死後之敬禮，表達寸心哀思。

上述匡章的作法，分別見於《孟子・離婁下》、《戰國策・齊策》。如果我們聯想到《論語・學而》的說法，子曰：「父在觀其志，

父歿觀其行，三年無改於父之道，可謂孝矣。」那麼，匡章的志行，以及知過能改的精神，是可以肯定的；孟子「與之遊，又從而禮貌之」的態度，也是十分正確的。

此外，若要做更進一步的追探，可以從時代環境的角度著眼。在孟子那個時代，顯然是以男性為中心的社會結構，甚至只有父系的親屬才能稱為「族」，母系和妻系的親屬只能稱為「黨」（請參見《爾雅‧釋親》），族、黨的分別，象徵著地位的不同。匡章不願「欺死父」，而寧可選擇薄葬其母，可能是當代常有的重父系傾向，不足為怪。

至於「七出」的說法，導源於西漢儒家的著作，如《儀禮‧喪服疏》、《大戴禮記‧本命》、《列女傳‧宋鮑女宗》、《公羊傳‧莊公二十七年注》、《孔子家語‧本命解》等處皆有記載，顯然這是後來儒者的看法，經宋代理學家鼓吹後，大盛於明、清兩代。似乎無法以此觀點解釋戰國時代的行為，亦即匡章的「出妻」與後代休妻式的「七出」並無干涉，自然沒有「匡章妻子犯了哪一條」的問題。

——本文原刊《國文天地》第3卷第12期（1988年5月），後收入許錟輝主編：《解惑篇》（臺北市：萬卷樓圖書公司，1993年6月），下冊，頁762-766。

讀古文，從何入手？
──從陶潛〈自祭文〉說起

　　當我們研讀古文時，即使生難字詞的注釋都已經解釋清楚，可是對於全文的主旨、結構，有時仍然不能掌握。以陶潛〈自祭文〉為例，文中說道：「惟此百年，夫人愛之，懼彼無成，愒日惜時，存為世珍，沒亦見思。」這幾句話是講誰呢？是講自己以外的人的態度嗎？當我們閱讀古代散文時，應該如何突破這一層障礙呢？

　　事實上，陶潛〈自祭文〉這六句話語意連貫，自成一個單元，主詞是「人」。據王力《古代漢語》的解釋：「百年，等於說一生。夫（fú），泛指眾人，等於說人人。愒（kài），貪。存，活著。珍，珍貴，這裡等於說重視。沒，死亡。」可見這幾句是講自己以外的人的心態。原文以下接著就說：「嗟我獨邁，曾是異茲。」這說明瞭陶潛孤芳自潔的心懷，寧可踽踽獨行，也不與世俗苟合。顯然，陶潛有安貧守分、曠達知命的生活天地，與前述眾人汲汲營營的心態迴異。

　　研讀古文時，遇到類似的問題，往往會出現主旨、結構難以掌握的現象，這似乎可從下列四方向著手：

　　一、首先你要明瞭每個字詞的意思，然後尋繹上下文，細察原文的脈絡；脈絡連貫的地方自成一段，不連貫的地方另行分段，段落分明後，文章的結構較易顯現。

　　二、主旨不明的情形，常是由於我們對作者的生活環境或思想言行不清楚，因此需要參考一些原典資料。以陶潛〈自祭文〉來說：《靖節先生集》內有陶潛〈挽歌詩〉、〈歸去來辭〉、〈桃花源記〉、〈五

柳先生傳〉……等作品,這些作者的自述,有助於我們了解他的為人、思想與心境。其次,二十五史有《宋書》、《晉書》、《南史》的〈隱逸傳〉,也記述了他的生活情形。再其次,《陶淵明詩文彙評》、《陶淵明研究資料彙編》也蒐羅許多後人對他的評論。這些資料,可幫助我們理出陶潛的思想觀念,進而找到本文的主旨。

三、近人有些詳盡的評注本,亦可供參考。如吳楚材、吳調侯《評註古文觀止》(華正)、林雲銘《古文析義》(廣文)、過商侯《古文評註全集》(宏業)、宋文蔚《文法津梁》(蘭臺)、高步瀛《唐宋文舉要》(藝文),以及商務印書館的《古籍今註今譯》、三民書局的古書《○○讀本》、國語日報社的《古今文選》……等書,常能透顯出原文的主旨與結構。

四、如果你還想更深入一點,探討文言文寫作的規則,藉此掌握每篇古文的主旨與結構的話,孫德謙《古書讀法略例》(商務)可先供參考。該書以條列的方式,舉例說明讀古文的方式,值得留意。此外,俞樾等著《古書疑義舉例五種》(長安)、楊樹達《古書句讀釋例》(商務)、譚全基《古代漢語基礎》(源流)也或多或少論及文言文的特性,可供進一步參考。不過,這恐怕要「無望其速成」,必須平日常常熟誦古文,加深文言文閱讀能力的涵養才行。

——本文原刊《國文天地》第3卷第6期(1987年11月),後收入許錟輝主編:《解惑篇》(臺北市:萬卷樓圖書公司,1993年6月),下冊,頁867-870。

「文以載道」說法起於何時？

　　「文以載道」是中國古代文論史上的一個重要理論觀點，影響深遠而廣泛。那麼，最早提出「文以載道」的是誰呢？有人認為是唐代的韓愈，如敏澤先生《中國文學理論史批判史》上冊第八章第三節「韓愈」云：「韓愈所提倡的古文運動和儒學復古主義的聯繫，最集中地體現在他的『文以載道』和文道合一的主張裡。」「他（韓愈）鼓吹『文以載道』的同時，特別強調作家主觀道德修養的重要性，把它視為寫好文章的關鍵。」然而，遍查《昌黎集》，根本找不到「文以載道」四字，韓愈只說過：「愈之志在古道，又甚好其言辭」（〈答陳生書〉）、「蓋學所以為道，文所以為理耳」（〈送陳秀才彤序〉）、「學古道則欲兼通其辭，通其辭者，本志乎古道者也。」（〈題哀辭後〉）較近似的說法，亦只是其門人李漢在〈昌黎先生集序〉中所云：「文者，貫道之器也。」此外，同時代的柳宗元也說過：「文者以明道」（〈答書中立論師道書〉）、「聖人之言，期以明道。」（〈報崔黯秀才書〉）我們可以把韓愈及柳宗元的見解概括為「文以貫道」、「文以明道」，但與後人所說的「文以載道」，其內在含義還是有顯著差異的。

　　最早提出「文以載道」之說的，應是北宋理學家周敦頤。他在《周濂溪集》卷六「文辭」中說：

　　　　文所以載道也。輪轅飾而人弗庸，徒飾也，況虛車乎？文辭，
　　　　藝也；道德，實也。篤其實而藝者書之，美則愛，愛則傳焉，
　　　　賢者得以學而至之，是為教。故曰：「言之無文，行之不

遠。」然不賢者，雖父兄臨之，師保勉之，不學也；強之，不從也。不知務道德而第以文辭為能者，藝焉而已。（題注：「此言文以載道，人乃有文而不以道，是猶虛車而不濟於用者。」）

濂溪先生的意思是：語言文字是一種工具，用來表達道理、思想，就好像車子也是一種工具，要用來裝載貨物一樣。如果車子妝扮得十分華麗，卻不去使用它，那就只是虛有其表罷了。文辭的情形與此相似，一定要有實用的內容，也就是儒家修己治人的大道，然後斐然成章才有意義。所以站在道學家的立場看來，「文」必須表達「道」，「道」的重要性要高於「文」。

或曰：韓、柳的「文以貫道」、「文以明道」與周敦頤的「文以載道」的「道」，都是儒家經典相傳的修己安人之道，兩者並無差別。其實不然。從歷史背景看，韓、柳作為中唐古文運動的領袖人物，在討論「文」與「道」的關係時，都頗能重視文章的功用價值。他們所提倡的「道」，除了宣揚儒家道統方面的意義外，其批判鋒芒是針對六朝以來的形式主義、唯美主義文風而發的，要求革除六朝以來綺靡文風之弊。而且，他們重「道」亦重「文」，並不把「文」當作單純的語言文字工具，而是認為「文」有助於表達「道」，這就具有今人所說的內容和形式、思想性與藝術性相結合的意義。而作為道學家的周敦頤，其宣揚的「道」不僅有特定的含義——心性的義理之學，並且重「道」輕「文」，把「文」看作只是傳達「道」的簡單工具，即語言文字本身，甚至把「道」和「文」對立起來，以至根本否定了文學的價值意義，如二程（顥、頤）就說過「作文害道」、「玩物喪志，為文亦玩物也」之類的話（見《二程遺書》），把重道輕文的傾向推到了極端。

當然，「貫道」、「明道」、「載道」說的具體內容和彼此差異，以

及它們在中國文學發展史上的功過是非，還是一個需要深入討論的學
術問題。

　　──本文原刊《中央日報》，1989年8月16日，〈長河〉第17版。

唐宋八大家之名始於明

　　眾所周知，「唐宋八大家」是中國文學史上的一個重要流派。八家是指唐代的韓愈、柳宗元和宋代的歐陽脩、蘇洵、蘇軾、蘇轍、王安石、曾鞏。他們是唐、宋古文運動的倡導者，又是唐、宋散文創作的代表性作家，強調文以明道，重視作品的思想內容；形式上提倡散體，反對駢體，為古代散文創作的發展作出了傑出貢獻。然而，「唐宋八大家」之名始於何人？學界卻頗有爭議。

一　呂祖謙說

　　呂祖謙（1137-1181），浙江婺人（今金華）人，字伯恭，人稱東萊先生，南宋文學家。呂氏編有《古文關鍵》一書，上起韓愈，下迄曾鞏，收錄唐、宋八家散文，有張耒而無王安石；雖不載王安石文，但在其《總論看文字法》說：「（王文）純潔，學王不成，遂無氣焰。」於是，近人郭象升《文學研究法》、馮書耕《古文辭類纂研讀法》等，遂將「唐宋八大家」之名歸於呂祖謙。然而，《古文關鍵》書中並無「八大家」之名，且多出「張耒」一家，亦不合今之流傳的「八大家」之名；總論中除論及王安石外，還列舉了李薦、秦觀、張耒、晁補之等十餘家作品，若獨取王安石以合八家之數，未必盡合呂祖謙本意。況且，今本呂書有〈古文關鍵舊跋〉一文云：「余家舊藏《古文關鍵》一冊，乃前賢所集古今文字之可為人法者，東萊先生批

注說明。」故張雲章〈東萊先生《古文關鍵》序〉云:「審此,則非東萊所選可知。」該書的作者既不太確定,乃據以論斷「八大家」之名始於呂氏,似不盡恰當。

二　茅坤說

茅坤(鹿門,1512-1601),浙江歸安(今吳興)人,字順甫,明代文學家。茅氏與唐順之、歸有光等同屬明代「唐宋派」,推重唐、宋散文,編有《唐宋八大家文鈔》,選錄了韓、柳、歐陽、曾、王、三蘇八家作品,認為此八家作品合乎聖賢教訓,開創古文各體製作法,足以由此取資,以對抗李夢陽輩「文必秦漢」的口號。《唐宋八大家文鈔》一出,天下風行,家喻戶曉。因此,一般學者皆認為「唐宋八大家」的名稱起源於明代茅坤,如《辭海‧文學分冊》說:「(茅坤)選輯他們的作品為《唐宋八大家文鈔》,其書在舊時流傳頗廣,『唐宋八大家』之名遂亦流行。」

三　朱右說

毫無疑問,茅氏之書對「八大家」之名的流傳有決定性的影響,這是不爭事實。但是,茅坤是否最早提出「八大家」呢?也未必。據《四庫全書總目》卷一八九「唐宋八大家文鈔」條云:「考明初朱右已採錄韓、柳、歐陽、曾、王、三蘇之作為《八先生文集》,實遠在坤前。然右書今不傳,惟坤此集為世所傳習。」日本學者齋藤正謙(1797-1865)《拙堂文話》也說:「唐宋八家之目,人皆以為昉於唐荊川,成於茅鹿門。然明初朱右為文,以唐宋為宗,嘗選韓、柳、歐陽、曾、王、三蘇為《八先生文集》,先荊川、鹿門殆二百年矣。」

（參見王水照編：《歷代文話》，第十冊，頁9864）由此可見，「八大家」之名的最早發明權，當歸屬元末明初的朱右，所以《辭海·文學分冊》又說：「明知朱右選韓、柳等人文為《八先生文集》，八家之名，實始於此。」只是朱右的《八先生文集》不傳，故人們不大提及罷了。

朱右（1314-1376），字伯賢，號鄒陽子，浙江臨海人，元末明初史學家。與宋濂友善。著有《元史補遺》、《唐宋文衡》、《八先生文集》。

那麼，在朱右之前是否還有人明確提過「八大家」之名呢？這有待更新的資料發現了。

——本文原刊《中央日報》，1989年11月27日，〈長河〉第17版。

漫畫古籍
——趣味之後還有什麼

在今天這個忙碌社會裡，人們已經沒有時間多讀古書，但是又隱約感覺到「文化」的重要，於是有些人開始絞盡腦汁，想把古書通俗化，讓小市民也能了解一點點文化。

作法之一就是藉助白話譯文與圖象，使讀者看到類似「簡答題」的結果，由此產生對思想文化的「認知」。帶著這種預期心理，在促銷策略的推波助瀾下，漫畫古籍《莊子說》等出版品，已有逼近一百版次大關的印製量，成為名符其實的暢銷書了。

以蔡志忠為代表的這群漫畫工作者，企圖以「糖衣」包裝「古籍」，透過生動有趣的筆調，簡化景色，強調對比，免除文字傳譯的障礙，把古聖先賢的言行表現出來。

這種作法，頗符合當前「速食文化」的心態——只要輕鬆翻閱圖畫或相片，不用太花腦筋，就可以獲得知識。如果古籍所蘊含的文化知識也是這麼容易得來的話，這倒不失為一種很好的導讀方式。

某知名學者為蔡先生《列子說》作「序」時，就從教育方法的觀點，肯定漫畫能獲得知識：

> 我的一個老朋友在此地的大學教學生讀《莊子》，先是讓學生讀《莊子》原文，一學期下來，學生個個頭大如斗，可是卻連一篇〈逍遙遊〉也沒讀完，後來他改用我送給他的蔡志忠《莊子說》做課本，學生開始對蔡志忠筆下的莊子有了很大的興

趣，這樣從漫畫到漫畫旁邊的原文對照著讀了一年，期末的時候，學生已經可以交出一篇洋洋可觀的讀書報告了。

漫畫古籍的功效真有這麼大嗎？這是值得深究的問題。

漫畫的長處

首先我們必須指出，漫畫確有其長處。它的線條簡單，造型清晰明白，透過固定的人物形象特寫，拉近作者與讀者間的距離，十分具有親和力，而栩栩如生的動感畫面，頗能營造出詼諧的氣氛。

例如《西遊記》一書，孫悟空的七十二變、每種變化須費盡筆墨才寫得清楚，然而在漫畫方格內，簡簡單單的筆畫即可勾勒出來。

又例如蔡志忠《莊子說》繪「庖丁解牛」時，可將「目無全牛而是牛身上的筋骨脈絡」之情形，用反白的筆觸描摹出來，這也是漫畫強過文字的地方。

形象生動的漫畫「是最容易侵略讀者防線的武器」，蔡志忠曾如此說道。多少兒童為它癡迷，多少家長對此憂心，就是因為它簡單易懂、易吸收，活潑又不呆板，引人入勝而令人欲罷不能。這些特質，造成它始終擁有不少的讀者群，一旦得到了出版社的大力宣傳，名家學者的撰文推介，打著一新耳目的「古籍入門」招牌，就形成一股旋風，連續出書，提高出版次數，有很好的市場銷售業績。

然而，如果學術群體也能構成一個市場的話，那麼這些漫畫古籍能通過學術市場的檢驗嗎？

學術的質疑

一般說來，漫畫工作者也有自己的思考空間，他們並不希望想像力遭到束縛，更不願被「命題作文」。所以坊間漫畫古籍的取材，大多是《老子》、《莊子》、《列子》、《世說新語》、《禪說》、《西遊記》……之類，屬於玄理高妙的典籍，帶有高度趣味性，絕非平板生澀的經史古文。以這一現象來說，讀漫畫就想了解古籍，實有其侷限性，甚且有以偏概全的可能。

從內容來說，漫畫工作者可以略去較難著筆的抽象思考部分，代之以較易著筆的形象圖畫，如此一來，就有斷章取義而忽略精華的現象。

東海大學哲學系客座教授黃華表先生於此有所批評，例如《莊子說》的其中一則：

> 「沒有腳趾頭的廢人」，本書於〈德充符篇〉僅舉叔山无趾一段作圖，而忽略其他最精華的王駘、申徒嘉、哀駘它三段，實是遺珠，叔山無趾一段係後世偽竄，非莊子手筆，價值遜於其他三段。

這當然又與漫畫者的學養工夫有關。由於蔡志忠等人並非文史科系出身，儘管他可以自許「我覺得我比莊子更莊子」，但充其量也只不過是日常生活放浪不羈的皮相而已。

我們之所以這樣說，實在於《莊子說》所引《莊子》原文，往往前後段次序不對，解釋錯誤不少，黃華表先生指正甚多，茲錄三則如下：

「小麻雀的得意」，莊子〈逍遙遊〉原文「絕雲氣，負青天」，既云絕雲氣，足見大鵬高飛九萬里已無雲氣存在，何以圖上還有雲存在大鵬鳥之上，似與莊子原意不符。

又，莊子原文「此亦飛之至也」，是說小雀飛得不高，盡能而已，安分而已，能之不及，不羨大鵬之高，不作分外之求，如此則得逍遙以安性，但此書竟謂飛到樹上唱唱歌而已，與莊子原意又不符合。

「海中鑿河」，莊子〈應帝王篇〉「其於治天下也，猶涉海鑿河」，徒步涉海，喻其困難，鑿地成河亦非容易，此二事皆人力之不可能，二事係並舉，非言「在海中鑿河」，本書圖中解說似有誤會。

誤導讀者堪慮

類似的例子不勝枚舉，如蔡氏《世說新語‧賞譽第八》繪「祖士少風領毛骨，恐沒世不復見如此人」，竟解釋成「祖約風頭皮骨……」，原文意謂祖約風神清秀，以精神帶領自身的肢體語言，蔡解作「風頭皮骨」，又將畫像頭上添涸大汽球模樣，真令人不知所云。

又例如蔡志忠《老子說》解釋「道」時說：「不可執著於語言、文字、名稱。」後面卻又畫個小孩聽完話後，高興得跳了起來。既然「道」玄妙至不可知，卻有孩童聽完後興奮不已，豈非前後矛盾？

其次，人物造型也是一大問題。蔡先生曾說：「孔子也是人，有喜怒哀樂。」是的，聖賢都是生活的榜樣，既然如此，孔子就不該一直是老成昏庸貌，莊子也不該一直是尖嘴滑稽貌，甚至古人怎可能都是上頭圓、下頭尖、兩顆門牙、一撮小鬍鬚的猴腮樣兒？用「光頭神探」來塑造莊子，這只是作者心中具象化的莊子，趣味有之，契合聖

賢情貌則未必然。

至於文字校對方面，蔡志忠在時報公司出版的系列作品，每本錯誤平均一、二十處左右。儘管漫畫旁附添原文，頗有對照的效果，但也更容易對照出誤植之處。讀者若有心配讀原文，往往以為可以由此入古籍堂奧之門，殊不知漫畫工作者有心以趣味代替說教，割裂篇章隨處可見，原文配在圖畫旁，反而潛藏著誤導讀者的可能。

不過，精心校對的漫畫書仍然存在，例如林文義編繪《西遊記》（幼獅文化公司出版），文字誤植處就少了許多。

客觀的論斷

如果我們站在學術嚴謹批評的立場，從讀者感受到的真實性、論證過程、思考深度，乃至全書風格精神的掌握（例如《世說新語》實為人倫品鑒之書）而言，蔡志忠等的漫畫古籍系列，將會受到無情的批駁。

然而，在蔡氏之前，過去的漫畫和卡通動畫，全在東洋風氣的壓抑下不得抬頭，經歷了漫畫古籍的旋風激勵，而有國人漫畫的天地。我們當然希望量多而後質精，因此越多漫畫工作者投入，越多漫畫題材被挖掘，都是質量越精的光明前奏。

於此，我們就要提出一個如何對待的問題。到底，當初漫畫古籍的出版只是想以古書為題材，表達出漫畫特有的趣味效果呢？還是想藉漫畫為工具，表達出古書的內涵義蘊為目的呢？

若屬前者，則我們須從漫畫特質的角度，肯定他們的藝術效果為漫畫界開創了一片天地。若屬後者，則勢必接受學術的檢驗，尋找達到真理的意境。

個人以為，詮釋古籍實須深厚的文史學養為基礎，漫畫工作者切

莫狂妄瀾言；若能以表現漫畫技巧為主，而在古籍內容文字上多下工
夫為輔，當能走出更穩健的康莊大道。

　　漫畫古籍，這個大方向是不錯，但在書商暢銷噱頭的鼓動下，自
以為足以取代原典，作成教科書，學生由此可以交出洋洋可觀的讀書
報告……，那就難免有自我膨脹之嫌了。

　　　　　　——本文原刊《精湛》第18期（1993年3月），頁18-20。

實務指導篇

粉筆使用的要領

　　站上講臺，教師最常使用的教具，就是「粉筆」。白色短短的一根粉筆，在指間搓揉把玩，搭配著口若懸河、滔滔不絕的景象，就構成一幅生動的教室情境。知識藉由粉筆傳授，生生不息的綿延下去。

執筆與運用黑板

　　拿起粉筆，是否讓教師面有難色？要寫那麼多字，弄得一身灰白，不如印講義、播放影片，還是單憑一張嘴就好了吧？話說回來，抄寫黑板能加深同學印象，有時隨機作補充修改，粉筆的使用功能，仍然有其必要。教學不能怕麻煩，該拿起粉筆的時候就拿起來吧！

　　通常，一根新粉筆，有一端較粗，執筆時可從粗的一端寫起，筆畫會更清楚些。首先，以大拇指、食指、中指「夾」住粉筆，距離筆端約兩公分書寫，寫完一兩行，轉動粉筆半圈再寫，以免粉筆只吃掉一面，字跡會越寫越粗。其次，寫板書不要心急，越寫越快，或是急於轉彎勾折，容易發出刺耳的響聲，線條也會跳動而不清晰。

　　上課前，可約略思考所須使用的「板面」。假定這節課板書不多，只要利用黑板正中央的區塊，寫出重要字眼即可。假定板書甚多，宜由右至左，直行書寫；若因外文字母、算式、樂譜……的需要，則由左至右橫寫。有人採用「板書教學設計法」，將全篇課文大

意整理出來，而後寫成綱要或圖式，占據整面黑板，據此進行教學，這也是可參考的作法。

板書和投影片

板書和投影片有相似的功效，常被教師取用。投影片的優點有：（一）可快速呈現，較不費力；（二）可作多層展示，不斷加深聽眾印象；（三）可條列綱要，亦可影印段落，涵蓋內容豐富；（四）更有製作方便，保存容易的使用特性。然而，它受限於器材設備，燈光黯淡，影像不大，字跡較小，視覺效果不佳。在反覆更換投影片的同時，聽眾思緒常被攪亂，很難作有系統且深入的思考。

相對來說，粉筆就有輕巧方便，隨時想到就寫的優點，也可以大字書寫，偶爾加上色筆圈示，達到突出重點的效果。粉筆使用可擦、可改，可在旁加注、畫線，持續集中同學的注意力；有時更因課堂需要，邀請同學上臺演練算式、書寫文字，師生共同學習訂正。

現今不再是填鴨式教學，「綱舉目張」的少量文字，可供啟發式思考教學，由此而有海報紙、長短牌⋯⋯等各式教具靈活運用。這說明粉筆的使用亦須活潑多變化，須朝向條理分明，讓人一目了然。

避免粉筆的傷害

「粉筆有害健康」，教師卻不能因此而罕用粉筆。仔細想來，粉筆對人的傷害，主要集中在兩方面：

（一）為了避免呼吸系統受傷害，首要之務在保持空氣流通。不管夏天或冬天，都不應緊閉門窗上課。最靠近黑板兩側的門窗，尤其要打開，保持氣流的暢通。再者，任何人寫黑板或擦拭黑板時，均不

宜過於貼近黑板。用畢粉筆後，勿將粉筆丟入黑板溝槽內，那兒是粉
筆灰的大本營，只要粉筆在裡面打滾一番，下回拾起它來寫字，就有
無數的筆灰自你的面前飄落。許多教師下課後，才驚覺臉面、衣袖沾
惹了白屑。有些教師習慣使用粉筆套，或將使用過的粉筆擱在講桌
上，這都是好辦法。此外，班導師宜時常調動第一橫排的同學座次，
別讓他們飽嘗「灰飛煙滅」之害。

（二）有些人皮膚過敏，富貴手尤其怕粉筆灰的傷害。預防之
道，可先購買個人專用的粉筆套，一般是金屬製成，下課後洗洗手就
可以了。其實，有些病痛不能只責怪粉筆，避免刺激的食物，多親近
大自然，多呼吸一口新鮮空氣，相信粉筆對人體的傷害，可以降至
更低。

黑板的清潔維護

黑板的擦拭，順著板書次序來做。直行書寫，由右至左，擦拭亦
應由右至左。切莫從最上頭「一」字排開的橫橫擦過，這樣做的話，
會將每行第一個字擦掉，來不及抄寫的同學，將面臨不知如何抄寫下
去的疑惑。

無論你橫擦、斜擦，甚至胡亂擦一通，都不如直行擦拭所掉落的
粉筆灰較少。由上而下直行式的擦拭，造成粉筆灰由上而下直接落入
溝槽；儻若由左而右橫行式的擦過來，又擦過去，豈非任憑整個「板
面」飄灑灰屑？

擦拭完畢後可用機器吸除灰屑，或拿到室外拍打乾淨。至於溝
槽，最好用濕布抹拭，多洗幾次抹布，多擦幾次溝槽，就能清理乾淨。

結語

　　古人云：「工欲善其事，必先利其器。」對粉筆的了解，有助於教學上的使用。願每位教師皆熟悉使用粉筆的要領，擴大板書的功能，勤於清理維護、避免其傷害尤為重要。這樣，教師將不再視拿粉筆教學為畏途，反而是件輕鬆自在的事情呢？

　　　　　　　——本文原刊《國語日報》，1998年1月20日，第13版。

演說如何指導？

　　每年國語文競賽都在各縣市如火如荼地進行，一般分項有字音字形、作文、寫字、演說、朗讀五組，參加人員涵蓋社會人士、中小學教師、學生，而以學生參賽人數最多。顯然，這是件「寓教學於競賽」的有意義的工作，據此得知各校師生語文程度如何，且在精銳盡出、粉墨登場的比賽前，各方人馬早已黽黽勉勉地做好準備工作，有助於達到輔助教學的效果。因此，近幾年我忝為評審之一員時，常藉此思考我們的教育現象，到底國語文教學水準如何？改進缺失的具體作法有那些？今後整個競賽活動可努力的方向何在？以下，即以「演說」為例，從個人實際評審經驗出發，先說明一般觀感，再提出將來可努力的方向之建議，希望能對演說教學有所助益。

一　演說競賽概觀

　　筆者曾參與臺北市、臺北縣、基隆市、嘉義縣、嘉義市、臺灣省南區的國語文競賽評審工作，發覺不論是社教館或縣市教育局主辦的競賽活動，在行之有年的推動下，皆已大致定型。一般進行的方式是：

　　題目由主辦單位事先擬妥，參賽者於報到後，依序臨時抽題，上臺競賽時間約為七至十分鐘，參賽者也間隔七至十分鐘抽題，抽題後約三十分鐘進行比賽，期間參賽者在準備室自行準備。

　　輪到上臺演說時，參賽者在指定時間內的言行舉止全都列入評

量。通常臺下坐著各校尚未抽題的選手，還有他們的指導老師，在他
們身為義務觀眾的同時，也做了最好的觀摩學習。此外，臺下最接近
演說者的座位上，有主辦單位延請的三位評審先生，大多由附近的師
範校院教師擔任，且盡量以不同學校為原則。主辦單位會將印妥的題
號表、評分表交給評審先生，據此給分，常見評分表格如下：

中華民國○○○年○○縣○○組國語文競賽○區○○評分表		
號次		篇目
評 審 標 準		
項目	百分比	分數
1.語音	45%	
2.內容	45%	
3.儀態	10%	
總分		
評審委員簽名：		
備註　競賽時間各組均每人○○分鐘，時間一到應立即下臺。		

總分		名次	

　　不過，評分實情會略作調整。由於參賽人數眾多，一位選手剛步
下臺階，另一位選手就走上講臺，評審先生很難瞬間一一核算單項百
分比，再加計總分。於是，評審們往往互相約定，依據評分標準打一
總分即可；有時為了避免差距過大，還約定給分一律在七十至九十分
之間，超過此限者補加說明。考慮周延的主辦單位，會在三、五位選
手競賽完之後，再收齊評分表，以讓評審自己能比較參賽者高低，斟
酌調整分數。

分數送出後，由工作人員作統計，有關參賽者超過時間或時間不足的扣分規定，亦由他們負責。萬一前幾名總分相同，再由評審們共同討論、定奪。在統計分數的空檔時間，通常請評審先生作講評，針對參賽者的良窳得失，剖析品評，這又是一次很好的見習。最後進行頒獎。

二　演說的難處

與其他項目比較起來，演說算是較難的了。它的難處，源自這是一場即席演說，有臨時匯集的空間場景的壓力。儘管有些人平日談天說地、數黑論黃，能做到口若懸河的順暢表達，然而一旦站在競賽舞臺，面對多位老師及高手如雲的時刻，想不緊張也難！再加上題目臨時抽得，無暇作縝密的組織及語調的演練，演出實力會打些折扣，通常學生組的題目較生活化，小朋友容易就地取材；成人組的題目較專業化，須有豐富的學養作後盾。話雖如此，小朋友還是很緊張，受限於知識不多、內容不真實，常常進入不了主題，所以演說不深刻、不生動，理路混雜者時有之，話題真實有趣者罕聞。

這些現象是值得同情的。舉例來說吧！有一次國小演說組的競賽，題目是：「我最喜歡做的一件事」，參賽者開宗明義地說：

> 我最喜歡做的一件事，就是看電視。記得小時候的時候，我最喜歡看卡通了。
> ……

很顯然，這位小朋友說話好緊張，有點兒饒舌，但是「最喜歡做的一件事」竟然是「看電視」，生活情趣似乎不夠多采多姿。為什麼

這樣說呢？因為主辦單位還有如下的幾個題目：

> 爸媽不在家的時候。
> 我如何安排假期生活。
> 我最愛看的電視節目。
> 崇拜偶像要有分寸。
> ⋯⋯

　　這些題目，小朋友都會以「電視」作為談論的主題，可見電視媒體的影響力太大，間接地妨礙了他們的生活思考空間。生活空間有限，造成演說題材不足，常在瞎掰資料而已。例如「爸媽不在家的時候」這個題目，看似很好發揮，但參賽者只說到趁機開冰箱，吃一吃而後看電視，看一看而後找鬼故事書，配上吐舌頭的表情，匆匆敘述之後，「叮咚」一聲，電鈴響了，爸媽回來了，演說也就結束。類似這樣，堆進一大堆資料，全在短時間內塞完，只有敘述，沒有申論，是一般常見的通病。

三　演說的準備工作──如何言之有物

　　面對演說的通病，仍須從平日工夫著手。平日應多充實生活經驗，養成思考問題的習慣，臨場才能發揮專長，取材左右逢源，進而「言之有物」。以下我們舉幾個實例作說明：

題目一：「學校給了我什麼？我給了學校什麼？」

　　這個題目，演說者應將重點放在後句話。不擅長思考的人，常花

時間說明前句話，而到末了只會說：「現在還不能為學校做什麼，僅能立志守本分，將來報答學校。」而擅長思考的人，會花較多時間說明後句話，講出要注意自身言行舉止，不出口成「髒」，做毀損校譽的行為；進而可在學業上、與同學相處態度上，為人表率；乃至參加競賽，為校爭光。

題目二：「我最喜歡的一本書」。

這對小朋友來說，也須以真實生活經驗為主。如果先形容這本書的外表，是精裝的、盒裝的，而後再講到這本書是《史記》，接著對作者司馬遷做一番詳盡的介紹，最後說明喜歡它的原因是：「白話易懂，有漫畫插圖。」聽完這番演說，似乎面面俱到，其實根本未曾體會原書精華，況且大學生喜歡《史記》的也不多（文史系學生除外），何況是小學生？說成精裝、盒裝的漫畫插圖本，多多少少也啟人疑竇。換言之，如此演說內容，超過了小朋友的實際年齡，缺乏真實感。

題目三：「教師應負擔起校園倫理重建責任」。

這是教師組的題目。參賽者主張讓學生獨立自主，建立人生價值觀，培養「自愛自重，也尊重他人」的健康人格。在「敬人者人恆敬之」的理念下，演說最後強調具體作法有三：（一）充實自我，（二）尊重別人，（三）以身作則。這段演說稿，說得上有內容了；很可惜的是，未能切合題意發揮。題目指明「教師」，環繞教師的論點有很多，例如教師為何「應負擔起」這項責任？所謂「校園倫理責任」涵蓋範圍如何？校園內若發生師生間、同儕間的暴力事件，是否列入此

範圍內？然則，校園安全應當由教師負責否？在整個「重建責任」的過程中，教師究竟有那些著力點呢？攤開上述問題，顯然演說者的內容較偏重學生方面，可多添加教師自身的內容。

綜上三例，可知演說內容可從三方面增強，一是「切題」，二是「真實感」，三是「有深度」。所謂切題，是指先對題目深思熟慮一番；究竟發揮重點為何？例如「給孩子適量的愛與關懷」，題目所呈顯的道理人盡皆知，只是有人做不到「適量」二字而已。例如「學習使自己更受歡迎」，題目意義為「如何使自己更受歡迎？該怎麼做？」演說者不能一直強調「學習的重要」。

所謂「真實感」，是現今教育最受人詬病的問題。有些學生在老師很刻意地指導下，先做好猜題的準備，背了好幾段演說內容，如一本好書、一個電視節目、一串道德觀念……等等，到了上臺前的準備時間，便急急忙忙的將題目範圍內可用的材料，一一堆砌起來；於是上臺後侃侃而談，間或妙語如珠。問題是，臺上資料多，卻不切題，萬一某個環節失落了，就只好愣在當場，呆若木雞。其實為了避免思路中斷的情形發生，最好的方式還是「言由心生」。從演說者的自身經驗講起，找到真人實事發揮，甚至能與現場聽眾產生共鳴，那才是良好的演說方式。例如題目是「崇拜偶像要有分寸」，演說者不必從電視節目娓娓敘來，若能談些青少年崇拜偶像的負面效應，與當今社會脈動相結合，就很好了。又例如「讓教師成為專業教育工作者」，演說者若能提出去蕪存菁落實考核、提供進修機會、建立證照制度、發揚師道尊嚴等內容，就已經周延賅備了。

「真實感」越強的演說，其實也越容易「有深度」。所謂的深度，除了能掌握要點外，更要有「洞澈世情的智慧」、「良好的邏輯思維力」，或是逐層推進，或是因果推論，一步步深入主題為準。例如教師組常見的題目有：

我對地方語言教育施行的看法。

我對開放民間編印中小學課本的看法。

給編纂鄉土教材者的建議。

教師應負擔起校園倫理重建責任。

這些頗具專業水準的題目，必須在日常生活中深思熟慮後，臨場才得以發揮。演說者不妨先對問題情境提出質疑：為什麼要施行地方語言教育？為什麼要開放民間編印課本？……透過「在不疑處有疑」的懷疑工夫，找出利弊得失的癥結，然後說出自己的對應方法。在今天民主化、多元化的時代，演說者不必擔心自己的說法不合評審或主辦單位之意，有時為了達到「題常而意新」的效果，必須添入別人想不到的內容，才能出語驚人；更何況評審們也有尊重少數聲音的雅量吧！

四　演說的臨場考驗──如何言之有序

對許多人來說，演說內容不盡理想的原因，一是平日「積學以儲寶」的工夫不夠，無法深入發揮，二是臨場的緊張窘迫，造成「辭不達意」的結果。通常即席演說更難備妥內容，僵立臺上的情況時而有之，坊間已有書籍教導克服緊張的辦法，諸如利用深呼吸之類，也提出先引言、次本論、最後結論的基本模式，常見的次序有：

一、先提出明確概念→再舉出實例→重複概念作結。

二、先提出相關名言→再舉出實例→提出有效方案。

三、從檢討過去→審視現在→再展望未來。

四、說出事件真相→剖析前因後果→提出處理方案。

這些次序，有的注重前後呼應，有的強調名言警句，也有的提出故事、笑話或最近發生的事件，達到生動有力的目的。可以說，戲法人

人會變，各有巧妙不同，運用之妙，往往存乎一心了。

　　不過，眾多的演說中，大綱式演說仍然最常見。好比作文，總有人喜歡羅列一、二、三，據此各自成段，有綱舉目張、條理清晰的效果。例如題目是「教育的舵手」，演說者可先以事件說明教育生病了，而後分從教育部、民間改革呼聲、學校師生、家長等方面一一說明改革教育的方向，於是領航掌舵的人所在多有。又例如題目是「教師應以身教影響學生」，演說者先提出「教師是火把，能照亮學生」的觀念，然後分從教師的人生觀、內在修養、外發行為，乃至熱心公益等方面，說明教師的身教之重要，最後再引述釋證嚴法師的名言：「天堂不遠，天堂在我們眼前；福田很近，福田在我們腳邊。」於是鼓勵為人師者自我淬礪，道理至為明白。

　　前述大綱式的演說稿，適合論事論理，須有道理周洽而圓熟的功力。對一般中小學生來說，分立綱目的工作較難。有時是因為不擅長擴展題材，故無綱目可分；有時是想到的題材內容過於龐雜，不知如何區隔安排，終究造成各綱目下的內容大同小異，甚或重複敘述相似的情節。欲避免此種情況，倒不妨採用主線式演說，亦即將所有精要的內容，貫串起來，可從自身經驗引起，也可從最近的社會案例引起，逐步推向最後的論點。例如「搭起友誼的橋」、「分享的快樂」、「學問偷不走」、「希望明天會更好」……，有許多數不盡的生活化題目，都可從自己周遭的實例講起，或是由小見大，從家庭、學校，說到社會、國家；或是由現在到未來，從一天、一年，說到將來；甚或只交代一件事情的來龍去脈，由此檢驗出真理。如果內容真實不虛妄，「即事窮理」的結論合情合理，那就已經成功了大半，剩下敘述方式的部分，當以清晰、完整、有次序為準則。

　　我曾聽過一位教師演說「永遠的鐸聲」，她先從現今校園倫理遭到破壞，對比古代「父生之，師教之，君實之」而引起感慨，感慨經

師易得，人師難求。因此主張「寧可放棄分數，不要放棄科目；寧可放棄科目，不要放棄學生。」那麼該如何教導學生呢？在消極方面，教師不要固步自封、混水摸魚、誤人子弟；積極方面，要激發學生上進心，引導他們自動、自發、自愛、自重。最後提出「當一天和尚撞一天鐘」，這個鐘卻是「暮鼓晨鐘」！

類此演說，由古今對比，說到今日教師可努力的方向，其中一線不絕如縷的安排方式，句新語奇的靈活運用，在在釀成一篇好內容！這是一篇流暢自然的主線式演說。最怕的是，少數演說者一開始就引經據典，扣下一個大帽子：諸如「革命的基礎在高深的學問」之類，雖然信而有徵，還是 國父說的，但是一個好端端的生活化題目，就轉變成論述性題目。被這句話「設限」之後，下文只能找些革命、高深之類的話題，很難採用較輕鬆自然的演說方式，因而難逃詞窮語竭的厄運。

五　結語和建議

前述討論，僅能舉其犖犖大者，筆者以為：演說內容勝過一切，內容須切題、真實、有深度；至於形式可以自行調查，大綱式與主線式較易掌握。除此之外，尚有些小小建議，聊備其說如次：

一、演說內容不宜妄下斷語。例如抽到教育類題目，就說：「臺北市最嚴重的問題，就是小學教育的問題！」儻若抽到交通、治安……題目，是否也如法泡製呢？本來採用全稱肯定的說法，能加強語氣；而加強語氣的作用，是為了讓人信服。如今語氣若過於強烈，又失之主觀，則效果可能適得其反。

二、名言警句不限古今，總以活潑生動為要。例如環保類題目，指出從前唱歌是「我家門前有小河，後面有山坡……」，而今歌詞可

改成「我家門前有垃圾河,後面有垃圾山……」。這雖不是文豪手筆,但頗令聽者感同身受。又例如小學教師形容現在的教育是「有『類』無『教』」,然後說明學校如何將學生分類,家長有權有勢的是一類,不能體罰的同學是一類……,越說出這種現象,就越令人動容。又例如一位女教師講到職業婦女的疲累,強調在工作、家事勞頓不堪後,告誡自己說:「肉會死,身體會垮,但精神不能死。」由此講述「做個點燈的人」的題目,也令人印象深刻。換言之,這些發自內心的呼聲,自己創改的警句,尤為警策。

三、人人都會緊張,切莫因此膽怯灰心。競賽場合總有成敗,一時成敗不算什麼,重要的是這段過程。有道是:「適度的壓力是成長的泉源。」我們希望參賽者能因一次演說而有所成長,也希望校方、老師加給參賽者的壓力要「適度」。事後許多心靈的重構,是不容忽視的一環。

四、主辦單位命題宜寬。隨著社會潮流的變遷,題目應避免八股,盡量勿預設立場為妥。中小學生的心聲,是活潑而抒情的,題目訂為「如何適應升學壓力」、「我如何安排假期生活」,都可以改成「談升學壓力」、「我的假期生活」;前者是論述題,後者可敘述、可抒情,聰明的演說者自然會導入論說的層次。有些論題恐怕是學者專家的領域,小朋友未必能懂。有時「運動會後的感想」、「不要讓地球哭泣了」……,這些很生活化的題目,小朋友仍會不知所云。因為他們沒有感想,針對單一事件不見得人人都有感受。如果可行的話,試擬「我最喜歡的一部電影」、「從一則新聞說起」、「我的照片」……之類,讓演說者有寬廣的取材空間,人人得暢所欲言,或許會是更理想的競賽活動吧?

——本文原刊《國民教育》第35卷第3、4期(1994年12月),頁25-30。

李白〈靜夜思〉的解讀

牀前看月光（明月光），疑是地上霜。

舉頭望山月（明月），低頭思故鄉。（瞿蛻園《李白集校注》卷
六）

這是一首名詩，唐朝大詩人李白（太白，701-762）的作品，全
國民眾都耳熟能詳。

然而，這首五言絕句的寫作時間不詳，而李白的身世也不詳。據
袁行霈（1936-）《中國文學史》說：「不知由於何種原因，李白先世
謫居條支或碎葉，李白就出生在那裡。大約在他五歲時，隨家從碎葉
遷居蜀之綿州昌隆縣（今四川江油縣）。他父親『以逋其邑，遂以客
為名。』何以要隱瞞名字，因何遷居蜀中？都成了千古之謎。」[1]因
為這樣，我們很難判斷這首詩的寫作背景，他所懷念的故鄉是在碎
葉？還是在綿州？也無由得知了。

我們無法從知人論世的角度進行討論，只能直接從文本說起。

1　袁行霈：《中國文學史》（臺北市：五南圖書出版公司，2003年1月初版1刷），第4編
　　第3章第1節〈李白的生平、思想與人格〉，頁640。

一　從普遍性與永恆性說起

　　李白這首詩好在哪裡呢？好在他的普遍性和永恆性吧！他以月亮書寫思鄉的情懷，道盡了人世間的普遍與永恆。千百年來，只要離家在外的人，最容易被牽動思鄉情緒的媒介就是月亮了。為什麼呢？我們常說：「睹物思人」。見到與故鄉相同的景物，最容易想起故鄉。何況在深夜，夜深人靜時，生活的疲累稍稍舒緩，在片刻寧靜間，這時候忽然瞥見月光，就能引發人思念的愁緒。不論你遠在何方，月兒就是那麼沉靜地高高掛在天空上，不言不語，卻帶有深情。

　　月亮的沉靜、清明，比起其他可以「睹物思人」的照片、風景，更能牽引人的心緒更久。而她的陰柔之美，比起同樣在故鄉見得到的太陽，更能牽動人心的內在。從媒介運用的角度來說，李白以月亮為題材，寫出很具有普遍性的情景交融的情景，利用感官觸動的接引，釀構出思念故鄉的情懷。

　　幾乎每個人第一次朗讀這首詩時，並沒有離鄉背井的生活經驗，也不曾看到月亮而想起故鄉。可是，隨著年歲漸長，有些人為了讀書而寄居在外，甚至遠渡重洋；有些人因為從軍而在月光下守衛，甚至一生顛沛流離；現在又有許多人為了經營事業，往返世界各地，在家鄉的日子也不多。不論年輕，或是年老，當你離開家園後，常常會在無意間，在月光下，想念起自己的故鄉，「月是故鄉明」（杜甫（712-770）〈月夜憶舍弟〉），「共看明月應垂淚，一夜鄉心五處同」（白居易（772-846）〈自河南經亂，關內阻饑，兄弟離散，各在一處。因望月有感，聊書所懷，寄上浮梁大兄、於潛七兄、烏江十五兄、兼示符離及下邽弟妹〉），望月而思鄉是許多人很深刻的人生感受。南宋嚴羽（約1192-1245後）《滄浪詩話》已經指出：「唐人好詩，多是征戍、

遷謫、行旅、離別之作，往往能感動激發人意。」[2]唐朝人的生活環
境如此，造就了大量的這一類詩歌寫作主題。

　　間隔萬里，故鄉之遙，行路之險，都是他鄉遊子最大的感歎。但
人世間總有重逢的可能，在千變萬化的生活中，永恆不變者，唯有明
月。誠如李白另一詩〈把酒問月〉所說：「今人不見古時月，今月曾
經照古人。古人今人若流水，共看明月皆如此。」其中隱含著一份靜
謐的思考，夜深人靜下賞月，雖是剎那間的感受，卻也是千古以來人
心之所同。

　　有人借明月引發歷史興亡的感慨，如王昌齡（694-756）〈出
塞〉：「秦時明月漢時關，萬里長征人未還。」有人借明月興起了女子
的閨怨，如張若虛（660-約720）〈春江花月夜〉：「可憐樓上月徘徊，
應照離人妝鏡臺。」更有杜甫〈月夜〉借明月寄寓對親人的思念：
「今夜鄜州月，閨中只獨看；遙憐小兒女，未解憶長安。」而李白的
〈月下獨酌〉、蘇軾（1036-1101）的〈水調歌頭〉更是結合明月、美
酒、人影，載歌載舞之中，尋求相互寬慰的心靈交流。這些都說明瞭
「月」是一種寄託，一種心靈交流的重要媒介。

二　瞬間的時空感受

　　這首詩的敘事是很有層次的。我們可以先從時間（time）的角度
作思考。偶然乍見的「牀前明月光」，透露出半睡半醒的朦朧狀態，
才會內心生「疑」，「疑」的是光色潔白，彷彿是「地上霜」，「月」與
「霜」是不同物，只因同樣的皎潔色系而牽連在一起。猜想詩人是睡

2　參見嚴羽《滄浪詩話・詩評》。嚴羽又強調「論詩以李杜為準」，特別提出「觀太白
　詩者，要識真太白處」、「要識其安身立命處。」引自郭紹虞：《滄浪詩話校釋》（臺
　北市：東昇文化公司，1980年10月），頁182、155、159。

眼惺忪的，帶有點兒恍惚迷離。接著望見了明月，心中謎團頓時化解，「舉頭」而後「低頭」，這麼短暫而連續的動作，說明瞭晚上見到月亮的過程，是一次偶然的邂逅。不過，就在低頭瞬間，詩人由月亮而想起了故鄉，這麼自然而然，毫無矯飾的舉動，看得出詩人內心實在有一股對故鄉的想望，不自主的會在這麼短暫的時間油然興起。

清代俞樾（1821-1907）《湖樓筆談》說得好：

> 李太白詩：「牀前明月光，疑是地上霜。舉頭望明月，低頭思故鄉。」王昌齡詩：「閨中少婦不知愁，春日凝妝上翠樓。忽見陌頭楊柳色，悔教夫婿覓封侯。」此兩詩體格不倫而意實相準。夫閨中少婦本不知愁，方且凝妝而上翠樓，乃忽見陌頭楊柳色，則悔教夫婿覓封侯矣。此以見春色之感人者深也。牀前明月光初以為地上之霜耳，乃舉頭而見明月，則低頭而思故鄉矣。此以見月色之感人者深也。蓋欲言其感人之深而但言如何相感，則雖深仍淺矣。以無情言情則情出，從無意寫意則意真。知此者可以言詩乎！

這一段話同時評論了李白詩和王昌齡詩，重點在於詩中都寫出了短暫時間內的感受，詩人依時間順序而寫，看似不經意，但是那瞬間的感受，才是出乎自然而然的真性情。以無情的態度寫出情、從無意的筆法寫出意，這正是本詩高妙的所在。

〈靜夜思〉這首詩還可以從空間（space）的角度作思考。

「牀前」就在自己身旁，起身觀察，「低頭」把目光移注到地面，這是平面的移轉。從「低頭」到「抬頭」，目光轉移到天上，這是由平面到立體的移轉。「舉頭」所見的「明月」，尚屬有形體之物，望見明月，詩人心中仍然有歸屬感，而「低頭」所思念的「故鄉」，

則是遠在天邊，望不見的無形之物了。對詩人來說，想見而見不到，想歸鄉而歸不得，心中悵然若失的感受，恐怕是處境相同的人才能深刻體會的了。這首詩的空間感知完全是由視覺而來，從空間視角來觀察，詩人的目光是由近而遠，由小而大，由有形而無形，終至無遠弗屆，其書寫方式，帶出了詩人望月思鄉的深沉感喟。

　　空間想像是人類特有的本能之一。人依據自己的感知而著眼的那些地方就是他的空間，他位於一個空間中，觀察周遭的世界，對它作出反應。在空間這一感知點中，我們不能因此而忘記它仍然是帶有時間性的。這時，我們可以說產生了一種時空集（Chronotop），這個字是借用希臘文Chronos（時間）與topos（空間）的拼合，[3]是時空的聚合點，是時空不可分割的意象。從這個觀點來說，詩人是在那麼短的瞬間感受到無窮遠的空間，所代表出來的意義就是對故鄉的思念其實是無時不存在著的，因此能在那麼偶然的情況下，瞬間想念到看不見的遠方。

　　大底說來，這是一首擬樂府民歌的作品。在李白之前，《古詩十九首》：「明月何皎皎，照我羅牀幃。憂愁不能寐，攬衣起徘徊。客行雖云樂，不如早旋歸。出戶獨彷徨，愁思當告誰？引領還入房，淚下沾裳衣。」也能用十分質樸的民歌口語，表達出庶民的心聲。詩中寫月明之夜而失眠的景象，因不能寐而徘徊，由徘徊而出戶，出戶之後仍然不能排遣憂愁，回到房中獨自淚下。這首詩的語言淺白，情感特深，和李白詩相比，則是時間的敘述而空間的描繪力度都不夠。後來謝莊（421-466）的〈月賦〉：「美人邁兮音塵闕，隔千里兮共明

3　卡特琳娜・克拉克（Katerina Clark）、邁克爾・霍奎斯特（Michael Holquist, 1935-）撰，語冰譯：《米哈伊爾・巴赫金》（北京市：中國人民大學出版社，1992年），注釋，頁23。

月。」借用明月提出對友人的思念，這裡有空間的描繪，但是感情又過於抽象，總有一些不踏實的感覺。直到李白，才真正是開創了用簡單筆觸，短短二十個字，交會運用時間、空間的角度，書寫出無限感慨的鄉愁詩人。

三 文字的推測考求

　　這首詩的文字存在著一些問題。在宋刊本《李太白文集》、宋人郭茂倩編《樂府詩集》、洪邁編《萬首唐人絕句》中，第一句均作「床前看月光」，第三句均作「舉頭望山月」。元代蕭士贇（？-？）《分類補注李太白集》、明代高棅（1350-1423）《唐詩品彙》，也是如此。這應該是詩的本來面目。到了明、清兩朝，彭定求（1645-1719）、曹寅（1658-1712）等人編《全唐詩》及王琦（1696-1774）輯注的《李太白文集》中，雖然保留了詩的原貌，但在各種選本如李攀龍（1514-1570）《唐詩選》、王士禛（1634-1711）《唐人萬首絕句選》、沈德潛（1673-1769）《唐詩別裁》、乾隆（清高宗，愛新覺羅弘曆，1711-1799）御定的《唐宋詩醇》中，情況起了變化。[4]其中第一句「看月光」這三個字變成了「明月光」，瞿蛻園（1894-1973）《李白集校注》指出：

4　參見薛天緯（1942-）：〈《靜夜思》的前話與後話〉，收入氏著：《李白唐詩西域》（上海市：上海古籍出版社，2011年3月），頁79-80。文中引述日本學者森瀨壽三先生〈李白〈靜夜思〉をめぐって〉和〈李白〈靜夜思〉をめぐって（承前）〉這兩篇文章考出：「李白〈靜夜思〉第一句和第三句中的『明月』，最早出現在明代李于鱗（攀龍）的《唐詩選》中。」森瀨壽三還說道：「李攀龍《唐詩選》這本書，在日本歷代翻刻刊行到今日人們還愛讀不已。」

　　各本《李集》均作「看月光」，《唐人萬首》亦作「看月光」。
王士禎《唐人萬首絕句選》及《唐詩別裁》均作「明月光」，
疑為士禎所臆改。

　　從版本學的觀點來說，從唐朝到清朝初年的《李太白集》都作
「看月光」，因此李白原詩應當以這三個字為是。在明代李攀龍的
《唐詩選》改寫成「看月光」，成書於乾隆四十七年（1782）的《四
庫全書總目提要》說此書「至今盛行鄉塾間」；清代王士禎以後，沿
用李攀龍的說法，將「看月光」三個字改作「明月光」，並流傳至
今。王士禎號漁洋山人，論詩以「神韻」為宗，喜愛古澹自然、清新
蘊藉的情調，反對重修飾、掉書袋、發議論的詩風。我們很難確定他
是否更動了李白的詩句原文，也很難推測更改文字的動機何在？但是
這般改易文字，符合王士禎的詩學風格。孫洙（蘅塘退士，1711-
1778）於乾隆二十八年（1763）　編成《唐詩三百首》一書，主要依
據王士禎和沈德潛的著作，寫成「明月光」三個字，後來居上被讀者
市場接受。經過兩百餘年的自然篩選，《唐詩三百首》至今風行天
下，而《唐詩選》卻不為人知了。身為讀者，我們也能感受到「看月
光」的這個「看」字，是動詞，有詩人主動去做某件事的意味，未免
刻意了些。如果換成「明月光」這三個字，沒有動詞，純粹是景色的
描寫，詩境就寧靜祥和得多。從詩題或詩境觀之，「牀前明月光」更
容易被解讀為一種偶然的心情，較容易被讀者接受。

　　至於第三句，各家選本仍舊。而蘅塘退士孫洙編《唐詩三百
首》，則連第三句「山月」這兩個字也改成了「明月」。其後的各種李
詩選本及唐詩選本，字句大都從《唐詩三百首》。瞿蛻園《李白集校
注》指出：

> 蕭注引古詩「明月何皎皎」，再引魏文帝詩「仰看明月光」，似
> 蕭氏以「山月」為「明月」。但刊本仍作「山月」。《唐宋詩
> 醇》作「明月」。

此處所稱「蕭注」，應當來自於宋楊齊賢（？-？）集注、元蕭士贇刪
補的元刊本《分類補注李太白集》。從版本學的觀點來說，唐、宋年
間的刊本都作「山月」，但是宋朝以後注意到另有「明月」的用法。
如果從詩人目光的移轉，以及月亮的「有形」觀點來看，原詩作「山
月」是極有可能且十分合理的。現在我們讀成「明月」，有可能是因
為古書常常出現「明月」二字，讀者習以為常，無意間不自覺地加以
更易。到了清高宗的《唐宋詩醇》以後，越來越多的版本改作「明
月」二字。其實「山月」、「明月」的差異不大，都是詩人「望」的對
象；我們無由得知李白當時所望見的月亮是否背後有山為背景，因此
難以判斷原文為何？可以補充說明的是，到了清代「牀前明月光」這
句廣為流傳之後，第三句如果是「舉頭望明月」而再次出現「明月」
二字，會造成語詞的重複，讀起來有節奏感，更有朗朗上口的感覺。
或許這更有助於記誦此詩吧！

　　由上可知，李白〈靜夜思〉這首詩的原文極可能是：「牀前看月
光，疑是地上霜。舉頭望山月，低頭思故鄉。」後世的選本或注解者
改易原文，於是有了「牀前明月光，疑是地上霜。舉頭望明月，低頭
思故鄉。」從文學欣賞的角度來說，後世讀者的改動，並不減損原詩
的優美意境，不妨礙其為佳作，甚至於有助於口頭的傳播，因而這首
詩能被世人廣泛地接受。

四　結語

　　詩人李白在某一個晚上和皎潔的月色巧遇，生發出自己個人生活中的一個小切片，由於這是他刻骨銘心的思鄉情懷，也是後人看見月亮就會想到故鄉的真實寫照，因而這首詩具有普遍性和永恆性，得以流傳久遠。詩中關於時間、空間的寫作技巧，帶出文學作品的閱讀深度，也值得我們再三玩味。

——本文原刊《古典文學知識》2011年第2期（第155期）
（2011年4月），頁143-148。

柳宗元〈江雪〉的構圖

　　今天我們來上唐詩吧！讓我介紹一下柳宗元的「江雪」：

　　「千山鳥飛絕，萬徑人蹤滅……」，『千山』就是很多座山，『萬徑』就是山上有很多條小路。……」

　　「老師，那麼『萬』比『千』多，是不是小路比山還要多呢？」

　　「哦！是呀，你講得很對。」我心裡想：這小毛頭還真會想，沒想到才國小三年級的小朋友這麼有聯想力。接著，我問道：「有誰知道『鳥飛絕』是什麼意思呢？」

　　臺下的小朋友幾乎都舉起手來了：「老師，我知道，我知道！」

　　「就是小鳥都飛光了嘛！」

　　是啊，這麼簡單的問題，大家都搶著回答了。我沒有教過小學生的經驗，抓不住他們的學習水平，只好隨機應變，隨時調整教學的步調。於是我接著問道：「那麼如果在圖畫上面，要怎麼表現『鳥飛絕』呢？」

　　有的小朋友說不要畫鳥，有的說畫一隻，還要畫在旁邊；更有一位小朋友說只要畫半隻，一半的身影留在畫紙上。哈哈哈！大家都笑開懷了。

　　忽然間，心裡起了個好主意，讓大家來畫圖吧！於是我跟他們說：「『千山』很大，『萬徑』只是小路哦！前兩句詩占據的畫面很大，可是到了『孤舟』上的『簑笠翁』，注意的焦點就越來越集中，詩人是在寫冬天寒冷孤獨寂寞的感覺。因此，我們的目光注意到江面

上的釣客，他釣不到魚，而是釣竿上滿覆蓋著『雪』呢！」

　　我把這首詩的意境帶了出來，臺下的小朋友聚精會神的聽講。有人開始動筆了，也有人繼續發問：

　　「老師，『千山』要占幾分之幾呀？」

　　「老師，『舟』要畫大還是畫小？」

　　「老師，……」

　　我聽到他們討論不絕的聲音，那可是「空間設計」的構圖運用。

　　　　　　──本文原刊《國語日報》，2003年12月16日，第5版。

柳宗元〈始得西山宴遊記〉觀課記

時間：一〇三年十二月十八日
地點：苗栗縣國立〇〇高中
實習教師：劉〇老師

　　這堂課原先的規劃是：前半節課複習課文內容，歸納文本至〈學習單〉的表格中；後半節課由柳宗元突破挫折延伸到「如何克服挫折」的角度，帶領同學討論六個名人曾經遭遇到的挫折。因此老師先找來六篇關於名人的短文故事放入〈學習單〉中，準備教學。

　　由於本班學生是高三生，這篇課文在以前已經讀過了，故採用複習策略是對的。我認為大多數課文的複習重點應該放在字形、字音、字義和課文結構兩方面，這是學生必須習得的主要內容，此外可以參酌課文的屬性，找出該篇課文核心價值所在，進行情意教學或文體教學等。柳宗元〈始得西山宴遊記〉是一篇名作，任課教師在複習時，先就課文大意與同學溝通，讓同學回味起每段文字的內容，然後要求學生依序填入〈學習單〉的表格中，大約是這篇文章「結構」的概念。這個作法大致可取。圖示如下：

	第一部分	第二部分（第二～四段）		
	第一段	第二段	第三段	第四段
始	未始知	始指異之	然後知	然後知吾嚮之未始遊，遊於是乎始（因為西山化解恆惴慄之感）
得	表面之樂	發現西山	西山之景	心凝形釋，與萬化冥合（忘我）
西山	無	積極登西山 (1)西山人煙罕至 (2)西山高聳	借西山景抒情 (1)俯視：其高下之勢，岈然洼然，若垤若穴 (2)平視：縈青繚白 (3)仰視：外與天際 (4)是山：柳宗元 　　培塿：朝中小人	深受西山之吸引
宴	傾壺而醉，醉則更相枕以臥（醉：酒醉）	無	無	引觴滿酌，頹然就醉，不知日之入（醉：陶醉）

	第一部分	第二部分（第二～四段）
遊	施施而行，漫漫而遊 （表層之遊）	攀緣而登，箕踞而遨 （深層心靈之旅）
記		故為之文以志

　　如果可以調整的話，我會建議教師在字形、字音、字義方面，再下些工夫作些統整的工作，譬如這篇文章中出現了如下的句子：

> 自余為僇人，居是州，恆惴慄；
> 以為凡是州之山水有異態者，皆我有也，而未始知西山之怪特。
> 然後知是山之特出，不與培塿為類，
> 然後知吾嚮之未始遊，遊於是乎始，故為之文以志。
> 是歲，元和四年也。

　　這裡出現了五個「是」字，都當作「此」字的解釋，這是因為古音的「是」、「斯」、「之」、「此」聲音相通，故而意義相近。學生到了高三，已經讀過多篇文言文，可以找到許多這類的例子，教師可以讓學生一起複習，而不再是初學時一個字一個詞作講解。

　　其次，文章結構不必講得太細碎，或許作者沒有分成始、得、西山、宴、遊、記這麼多步驟的意圖，學生也不見得因此體會得更深入。倒是其中講到「借西山景抒情」時，說明有一、俯視；二、平視或稱環視；三、仰視的寫作技巧，這是確然無疑的。教這些視角的目的為何？除了欣賞文本之外，還可以幫助學生寫作，因此教師可以在這裡說明得更詳細些，加深同學的理解。

　　再其次，教師講解「是山」是指柳宗元，「培塿」是指朝中小人，這在文本的上下文看不出來，純屬後人的附會解釋。我們很難判定這個說法是否一定正確，我建議不必講到這種程度。從學生的立場來說，把每篇課文都影射到與當代朝政有關，沒有必要如此。

　　教師在講解過程中，常常是一個重點講完後，要求學生立刻把重點填入〈學習單〉的表格內；雖然學生因此不會抄錯，但是這些內容都不是由學生自己深思熟慮而來，而是教師一個口令、要求學生一個動作而來，這是填鴨式的教學，不符合讓學生自主學習的原則。我的看法是，如果〈學習單〉是一份作業，何妨讓同學帶回家去寫，讓他們回味上課的內容，再一次思索，而後完成作業。

　　教師最後發現時間不夠了，只能作複習而沒有再作延伸閱讀的討論，似乎引以為憾。我反倒認為，柳宗元一生並沒有突破挫折，他四十七歲就鬱鬱以終，固然令人同情，但是他並不是「如何克服挫折」的好榜樣。在進行延伸閱讀之前，教師多考慮一下如何引導同學進入課文內容，幫助同學深入理解文本，如何將課文與〈學習單〉作聯結，提升同學的寫作能力，如果多用心在這些方面，可能對同學的學習更有助益。

　　我們都知道，每位教師都想教很多內容給學生，也都很用心準備了許多課外教材；實際上不可能篇篇如此教學。因此，回歸到學生真正需要習得的文本知識，讓學生上一次課就對文本有更深一層次的認識，這才是教師今後努力的正確方向。「在精不在多」，這是我想提出的忠告。

附錄　柳宗元〈始得西山宴遊記〉

　　自余為僇人，居是州，恆惴慄；其隟也，則施施而行，漫漫而遊。日與其徒上高山，入深林，窮迴谿；幽泉怪石，無遠不到。到則披草而坐，傾壺而醉，醉則更相枕以臥，臥而夢。意有所極，夢亦同趣。覺而起，起而歸。以為凡是州之山水有異態者，皆我有也，而未始知西山之怪特。

　　今年九月二十八日，因坐法華西亭，望西山，始指異之。遂命僕人，過湘江，緣染溪，斫榛莽，焚茅茷，窮山之高而止。攀援而登，箕踞而遨，則凡數州之土壤，皆在衽席之下。

　　其高下之勢，岈然洼然，若垤若穴，尺寸千里，攢蹙累積，莫得遯隱；縈青繚白，外與天際，四望如一。然後知是山之特出，不與培塿為類。悠悠乎與灝氣俱，而莫得其涯；洋洋乎與造物者遊，而不知其所窮。

　　引觴滿酌，頹然就醉，不知日之入。蒼然暮色，自遠而至，至無所見，而猶不欲歸。心凝形釋，與萬化冥合。然後知吾嚮之未始遊，遊於是乎始，故為之文以志。

　　是歲，元和四年也。

郁永河〈裨海紀遊選——北投硫穴記〉觀課記

時間：一○三年十二月十日

地點：臺北市立○○高中

實習教師：趙○○老師

　　這篇課文是當紅的臺灣文學作品，十多年前政府提倡臺灣文學以來，正式列入國文教材。難得的是，清代散文多如過江之鯽，而郁永河寫出一篇以臺灣本地「北投」為背景的佳作，其寫作技巧並不遑多讓於古文作家。也因此，在之前講解完課文內容之後，今天的任課教師想要單獨用一節課的時間來說明這篇文章的寫作技巧。

　　教師先提出「結構」的概念。

　　教師讓學生先複習課文，讀出每一段課文的大意，喚起同學回想之前上課內容的舊經驗；再指出文中重要的關鍵詞句，點明優美的詞語，隨機補充，讓學生由此思考本段的重點所在，這很符合目前講究閱讀引導的教學法，同學也的確能由此掌握段落大意。教師說明本文結構有五：一是行前準備，二是沿途所見，三是描述硫穴，四是歸途，五是賦詩。各段說明清楚之後，再回過頭來複習全文的架構，頗能加深同學的印象。有關結構的說明十分清楚，這裡附帶說明一點，課文分七段，那是一種編排方式，教師並未受限於此，而是直接探求本文的結構，五結構與課文七段落表面上不太相似，其實課文第二、

三段就是第二結構，課文第五、六段就是第三結構，同學還是能一目
了然。

其次講解「寫作技巧」。

教師分三部分說明。（一）指明課文有「層層遞進」的寫法，前
文鋪墊後，逐步寫到「硫穴」。（二）指出文中常見「前後呼應」的寫
法，譬如與天氣、氣溫、溫度相關的文句，前後出現多次，有照應的
效果；又如草木也重複出現，構成呼應；最後是前面各段的文字敘
述，與末段的賦詩內容也是相呼應，教師逐一舉出詩、文相對應之
處。（三）就課文中出現「摹寫」的例子進行討論。譬如有些地方是
視覺摹寫，有些地方是觸覺摹寫，其他還有聽覺摹寫、嗅覺摹寫、味
覺摹寫、綜合摹寫等；如果課文沒有這類例子，教師就請同學拿出
〈學習單〉來，上面已有老師事先找好的例句。

整節課師生互動良好，有問有答。教師請同學找出寫作技巧的例
句時，會運用分組的方式，讓同學集思廣益進行討論。講到聽覺摹寫
時，教師舉出國中課文教過的〈木蘭辭〉「唧唧復唧唧……」，同學們
立即朗朗上口，跟著背出一些文句，可見班上有些程度不錯的學生。
當時教師想要趕進度，打斷了學生的背誦，我覺得有點可惜，因為語
文的學習是可以從復習過去的經驗中，回想起腦海中已有的語彙資料
庫，這也是一種很好的學習。

這節課教師花了許多精神備課，之前教師演練過，也嫻熟課文
了，因此能掌握到該講出來的內容，也能把優美語詞介紹給同學，達
成教學目標。如果要吹毛求疵，那可能是隨機講解文句時，不妨更能
運用在國文系所學到的知識，譬如講到北投溫泉的標誌「♨」，這是
氣體向上飄動的感覺。教師當場教學生找一下課文中出現氣體的地
方，學生找到「白氣縷縷」時，教師可以由此再具體說明「縷縷」有
飄上去、不絕如縷的意思在內；也可以引導同學認知上面三條彎曲的

「⻎」合起來正是古代的「气」字，也是我們常寫的「氣」的本字。運用文字學的知識，讓同學加深印象，將來寫「氣」部的字不會少寫中間的一橫。同理，課文中出現了「老藤纏結其上，若虯龍環繞」的「虯」字，現代學生習慣在電腦鍵盤上使用注音輸入法，打出這個字的注音，往往先出現的是「虬」字而不是「虯」字。如果我們能先講清楚「乚」是形符，這個字是會意字，同學就更能理解字義了。

此外，在分組討論時，有些同學沒有參與討論，在做自己的事，教師可以找機會讓他們回答問題，以便觀察這幾位同學是否失去了學習興趣，或是早已胸有成竹，提問太過簡單，而不必在討論中尋求答案。不論出現高成就或低成就的學習現象，都是教師可以再作調整的地方。

這班是高中部理組的學生，又聰明又有反應，顯然很喜歡這位教師的上課風格。尤其當這個漂亮的女老師講起寫信追求異性的例子，雖然只是岔出去的一個小話題，學生的反應就非常興奮，教師也和他們閒話家常起來。此時，教師上課會夾雜方言、英語，雖然師生間沒有什麼距離，這有利於教學；但是就國語文的學習來說，如果一定要使用方言或英語，我覺得還是應該立即補充在國語文方面相對應的詞彙，讓同學們知道如何使用正確的國語表達。

最後提一點小建議，就是關於〈學習單〉的運用。如果〈學習單〉是一份作業，我認為與其讓同學們先拿到它，在課堂上邊看邊寫，有點像一個口令、一個動作，毋須多作思考，倒不如快下課前再發給同學，讓他們下課後自行找時間回味上課的內容，再一次思索，而後完成作業。〈學習單〉內避免設計選擇題，而應該多設計同學必須書寫的填充或問答題；畢竟當今同學常用電腦打字，寫錯別字的機率相對增加不少。教師們花費心力做了很充實的〈學習單〉，可以設法充分利用它。

附錄　郁永河〈裨海紀遊選——北投硫穴記〉

　　余問番人硫土所產，指茅廬後山麓間。明日，拉顧君偕往，坐莽葛中，命二番兒操楫緣溪入，溪盡為內北社。呼社人為導。轉東行半里，入茅棘中。勁茅高丈餘，兩手排之，側體而入。炎日薄茅上，暑氣蒸鬱，覺悶甚。草下一逕，逶迤僅容蛇伏。顧君濟勝有具，與導人行輒前，余與從者後，五步之內，已各不相見，慮或相失，各聽呼應聲為近遠。

　　約行二三里，渡兩小溪，皆履而涉。復入深林中，林木蓊翳，大小不可辨名，老藤纏結其上，若虯龍環繞。風過葉落，有大如掌者。又有巨木裂土而出，兩葉如掌，已大十圍，導人謂楠也。楠之始生，已具全體，歲久則堅，終不加大，蓋與竹笋同理，樹上禽聲萬態，耳所創聞，目不得睹其狀，涼風襲肌，幾忘炎暑。

　　復越峻坂五六，值大溪，溪廣四五丈，水潺潺巉石間，與石皆作藍靛色。導人謂此水源出硫穴，下是沸泉也。余以一指試之，猶熱甚，扶杖躡巉石渡，更進二三里，林木忽斷，始見前山。又陟一小山顛，覺履底漸熱，視草色萎黃無生意，望前山半麓，白氣縷縷，如山雲乍吐，搖曳青嶂間。導人指曰：「是硫穴也。」風至，硫氣甚惡。

　　更進半里，草木不生，地熱如炙。左右兩山多巨石，為礦氣所觸，剝蝕如粉。白氣五十餘道，皆從地底騰激而出，沸珠噴濺，出地尺許。余攬衣即穴旁視之，聞怒雷震蕩地底，而驚濤與沸鼎聲間之，地復岌岌欲動，令人心悸。蓋周廣百畝間，實一大沸鑊，余身乃行鑊蓋上，所賴以不陷者，熱氣鼓之耳。右旁巨石間，一穴獨大，思巨石無陷理，乃即石上俯瞰之。穴中毒焰撲人，目不能視，觸腦欲裂，急退百步乃止。左旁一溪，聲如倒峽，即沸泉所出源也。

　　還就深林小憩，循舊路返，衣染硫氣，累日不散，始悟向之倒峽崩崖，轟耳不輟者，是硫穴中沸聲也。

徐志摩〈我所知道的康橋〉觀課記

時間：一〇三年十一月二十一日

地點：新北市立〇〇國中

實習教師：彭〇〇老師

　　「現代散文不好教」，這是我在觀摩這堂課後的檢討會上，聽到許多來自第一線教學現場教師們的心聲。通常教師們所教的課文，適合中學生程度，大學課堂未必再學習一次；教師們只能運用過去學習的文學概論知識、散文欣賞的角度，重新找出新文本的解讀方式，也就是必須先有自我咀嚼消化的能力。

　　很幸運地，我這次看到一位很有自信的實習教師，她在上課前，已經認識了全班同學，叫得出名字；這班學生也很用功好學，幾乎有問必答，對於教師提出來的問題常常能深入思考，即席反應。實習教師上課也很有氣勢，事後聽說她也會緊張，講話有破音，不過，課堂間她很能從容回應同學的提問，適時地肯定學生的回答，有時又幽默地化解學生的質疑，具有很好的人格特質。這些都為這節課奠定了良好的基礎。

　　今天是這篇課文第二次上課，先前教師已經介紹了徐志摩生平、徐志摩的寫作風格，今天要講解第一大段的課文，我們不妨也先讀一

下文本：

　　靜極了，這朝來水溶溶的大道，只遠處牛奶車的鈴聲，點綴著周遭的沉默。順著這大道走去，走到盡頭，再轉入林子裡的小徑，往煙霧濃密處走去，頭頂是交枝的榆蔭，透露著漠楞楞的曙色。再往前走去，走盡這林子，當前是平坦的原野，望見了村舍、初青的麥田、三兩個饅形的小山掩住了一條通道，天邊是霧茫茫的，尖尖的黑影是近村的教寺。聽，那曉鐘和緩的清音。這一帶是此邦中部的平原，地形像是海裡的輕波，默沉沉的起伏，山巖是望不見的，有的是常青的草原與沃腴的田壤。登那土阜上望去，康橋只是一帶茂林，擁戴幾處娉婷的尖閣。嫵媚的康河也望不見蹤跡，你只能循著那錦帶似的林木想像那一流清淺。村舍與樹林是這地盤上的棋子，有村舍處有佳蔭，有佳蔭處有村舍。這早起是看炊煙的時辰，朝霧漸漸地升起，揭開了這灰蒼蒼的天幕，遠近的炊煙，成絲的、成縷的、成捲的，輕快的、遲重的、濃灰的、淡青的、慘白的，在靜定的朝氣裡漸漸地上騰，漸漸的不見，彷彿是朝來人們的祈禱，參差地翳入了天聽。朝陽是難得見的，這初春的天氣；但它來時是起早人莫大的愉快。頃刻間這田野添深了顏色，一層輕紗似的金粉糝上了這草、這樹、這通道、這莊舍。頃刻間這同周遭瀰漫了清晨富麗的溫柔，頃刻間你的心懷也分潤了白天誕生的光榮。「春！」這勝利的晴空彷彿在你的耳邊私語。「春！」你那快活的靈魂也彷彿在那裡回響。

　　在課堂剛開始，教師先讓學生概覽這一段的課文，讓他們對課文有初步的了解，並藉由提問的方式，讓學生說出段落大意。當他們知

道這段主要是徐志摩寫他早晨漫步的過程之後，再請他們找出作者散步的路徑圖。這時教師發現學生會誤把作者看到的景色認為是徐志摩散步的地點，所以須藉由動詞來幫助學生理解，但是教師不會明講而是利用提問幫他們釐清困難。例如：問學生「望見」是什麼意思？那此時他們就會自己明白，作者只是看見，而不是實際走到那裡，因此在與學生的一問一答中，能把課文的路徑圖完成。老師在講解課文時，依序在黑板上繪圖，先勾勒出大道、小徑、原野、小山、教寺、土阜，然後再說明光影的變化：從「靜極了」三個字可以想像黑夜帶來了「靜」的感受，而且「極」字形容出很遠的感覺，藉由空間的移動，逐步寫出天色由暗轉亮的過程。

「靜極了」這句，教師告訴學生其實安靜是一個抽象的概念，作者如何具體表現這裡是安靜的氣氛？讓學生從句子中找證據：「牛奶車的鈴聲，點綴著周遭的沉默」，更進一步藉由學生物理課所學的聲音概念（聲音從遠方傳來會更小聲），告訴他們「靜極了」的「極」對應的是下文「遠處」鈴聲，極微弱的聲音作者尚且能聽到，代表著此處是安靜到了極點。至於「小徑」是微亮的，「原野」稍亮些，走到「土阜」就是明亮的景色了。天色越來越清楚，景物也越來越多，時間也跟著推移。關於這裡天色變化的內容，教師是這樣解釋給學生聽的：「作者空間的轉移，告訴我們時間的推移，而時間慢慢流動，與天色漸漸要轉亮的情境相符合，而天變亮的具體表現在於他所描寫的景物，景物從無到有，甚至越來越多，越來越清楚，讓讀者明白天色越來越亮。」教師配合板書的路線圖講解課文，學生聽得津津有味，很能融入課文情境。中間老師還請同學上臺，畫出「海裡的輕波」的樣貌，由此分析平原的地形。教師說明：「輕」指細微柔弱，這裡形容海裡的小波浪。使用「輕」字有兩個效果：其一，「輕」指地形是和緩的，就如同小波浪的起伏。二，「輕」是指細微，因為小

波浪相對於大浪是無聲無息，所以後面作者說地形是默沉沉的起伏。此外，教師分析了「一流清淺」是動態的、彎曲的流水；又分析「有村舍處有佳蔭，有佳蔭處有村舍」是巧妙的回文手法，寫出美麗的自然景觀。至於「娉婷的尖閣」、「嫵媚的康河」這種描寫法，既是擬人法的活用，也帶有深情。其中「康橋只是一帶茂林，擁戴幾處娉婷的尖閣。」學生不太了解這句話確切地在說什麼，特別是動詞「擁戴」，所以教師請學生畫出來，藉由畫圖了解學生的難點，再加以釐清。教師還告訴學生「娉婷」可用來形容女性身材修長高挑，所以「娉婷的尖閣」告訴我們這些建築物特別高，以至於屋頂不會被茂林所遮擋，作者也才能看到此畫面。

課後檢討的時候，來了教務處杜主任、教學輔導王老師、導師輔導陳老師（也是國文科）和另一位年輕的國文科江老師。大家都給予讚美、鼓勵，另外就是提些建議。

我個人認為，這次的教學有點像結合地理科、美術科的聯絡教學，雖不盡然如此，但是勇於嘗試不同的教學方式，很令人欣賞。之前我問了一下輔導老師，是否曾事先給過她建議？她說不但沒有，而且教學內容幾乎都是實習教師自己想出來的，連教學備課用書也沒參考多少。這就表示試教者自己有閱讀分析文本、進行詮釋的能力，還會另外找很多期刊論文資料，關於第一段天光變化的分析，教師事後說得自臺灣師範大學鄭圓鈴教授在網路上的開放課程，由此可見，她的用功程度比起那些只能依賴備課用書的人，真是好太多了。

陳老師說：可以把課文中的字句挖空，讓學生念課文，找出原文，作填空練習。江老師建議依照課文的句號，分出一小節一小節來教。杜主任提出運用心智圖的方式來教。他們各有不同的教學方式，正好說明瞭「運用之妙，存乎一心」，教學工作本來就沒有「定法」可言。

　　後來大家形成了共識，那就是問一下教學目標是什麼？有經驗的老師似乎都同意要把學生教會、教好，這是教學的主要目標。我很贊同這種說法。譬如當老師畫好圖、講解完的時候，要求同學找到課本空白處，把這些重點內容抄寫上去。前面陳老師說到找原文填空的方式，也是製造機會讓同學學習。我的建議是可以考慮不讓同學在課堂上寫。教師講解完之後，同學立刻填寫，這麼做的好處是同學不會出錯，教師批改十分容易。但是就學習過程來說，設計成學習單的目的，應當是讓同學帶回家寫。當他回家之後，必須回想上課的內容，想不出來就必須再閱讀課文找答案，這樣的動作比較容易讓同學主動地學習。

　　這篇課文是一篇美文，文辭優美，甚至於有些文辭日常生活中不常見，如水溶溶、漠楞楞、曙色、沃腴、土阜、娉婷等，正好要求學生讀懂意思，進而書寫它、應用它。課堂中老師經由畫圖讓同學了解文本的含義，這部分做得很好；但是接下來要讓同學更能欣賞文章之美，體會這篇文章有視覺加上聽覺的美感經驗，也有逐層遞進的寫作格式。作者如何選取材料？如何安排材料？習得作者描寫景色的技巧，能提升學生的寫作能力，將來受益無窮。盡量回到語文修辭的訓練，才是選讀這篇課文的主要目的。

　　整體來說，這堂課的教學效果很好，學生反應奇佳。相對來說，授課者沒有講完預定的進度，這類小瑕疵也就不必苛責了。

紀弦〈狼之獨步〉觀課記

時間：一〇三年十月三十日
地點：新竹市立〇〇高中
實習教師：林〇〇老師

　　實習教師上課前，先作了一份教案，其中列出「學生學習條件分析」這個項目，上面寫著：「授課班級為高二學生，本班為數理性質實驗班，學生對文科的學習動機較理科弱，也因班上學生個性較活潑，課程中將增加課堂討論，將使用PPT輔助，增加照片資源，試圖讓本班學生於課堂中多發表想法，以增進對國文科的興趣。」然而，可能因為今天來觀摩的外賓很多，包括校長也來了，學生過於緊張，整堂課都乖乖地坐在位子上，安靜無聲，一點也看不出活潑的本性。再加上老師急於把所學所知全都教出來，缺乏引導學生互動，因此學生並沒有在課堂中多發表想法，實習教師認知「增進對國文科的興趣」很重要，可惜她這堂課的教學效果未臻理想。以下我再細說緣由。

　　上課鐘聲響起之前，實習教師已經先將紀弦〈狼之獨步〉這詩完整地抄在黑板上。她的板書工整，雖然因為女老師的聲音嬌柔，念不出來紀弦詩中的霸氣；不過，讀音還算清楚，坐在教室後排的老師們還是聽得懂她在逐字逐句的講解課文。

　　她首先說明「我乃曠野裡獨來獨往的一匹狼。」這句話中「乃」作「是」的解釋，屬於修辭格中的譬喻。接著說明這句話的含義是：

作者特立獨行，孤單而且狂傲。「不是先知，沒有半個字的歎息。」
「先知」是指無悔，義無反顧的人。「而恆以數聲悽厲已極之長噑」，
用「長噑」二字，代表內心的吶喊。「搖撼彼空無一物之天地，」這
裡「空無一物」是很有力量的詞語，「天地」本來是指曠野，也可以
用來形容當時的詩壇，作者寫當時的詩壇很熱鬧，但是他視如無物。
「使天地戰慄如同發了瘧疾；」這句話是自我力量的展示，為什麼用
「瘧疾」來形容呢？因為瘧疾這種病會使人忽冷忽熱，會發抖；所以
接著說「並颳起涼風颯颯的，颯颯颯颯的：」最後一句「這就是一種
過癮。」這是最有力量的一句，作者的得意，自我的心滿意足，痛快
淋漓的豪氣，都在此顯露出來。

　　整體來說，臺上教師的講解大致不錯，詞語的意象或是隱喻，解
釋的很到位；已經有了課本和教學參考資料，只要把詞語釋義牢記在
心，消化過後再講出來就可以了。雖然看似簡單，但不只是照本宣科
而已，還需要事先演練，熟悉教材，連成一氣說得很完整，才不至於
臨時講到一半沒話說，或是說出不該說的題外話來。沒有「凸槌」，
心中已是萬幸了！

　　可惜的是，整首詩都是老師在講解，沒有讓學生多作思考，也看
不出學生的體會？老師講到「特立獨行，孤單而且狂傲」時，可能預
想學生不能有此體會，因此要求學生抄下來，我看到學生很聽話，都
在埋頭抄寫。可是講到後面幾句詩時，老師還是覺得學生不能有此體
會，又要求學生抄下來，我看到學生埋頭抄寫的人減少了，他們時而
抬頭用心聽講，時而低頭看課文，但是抄寫筆記的同學稀稀落落。老
實說，學生可能秉賦不差，已經能作某種程度的理解，覺得老師所說
的內容並不特出，因此不抄；學生也可能學習動機弱，覺得老師講解
太深，毋須作如此深入的思考，因此不抄；然而無論是何種情形，都
說明瞭學生並沒有提振學習的興趣。

　　這該怎麼辦呢？我覺得有兩方面可以進行。第一，教師不要以自己講述課文為教學的主要任務，而要以學生是否能有興趣的學習為終極目標。因此，課堂中要讓學生思考詩句的含義，讓他們把自己的體會說出來。學生如何能體會「先知」是「無悔，義無反顧的人」的意思呢？教師可以先引導同學表達對「先知」一詞的理解，再歸納出這個詞語在這句詩中的確切意思。在前一節課中，教師已經說明瞭這首詩的寫作背景、作者介紹，同學應該能猜出詩句的部分內容。讓同學勇於發表，其實在發表之前，他們的腦海就已經開始對詩句作有深度的思考，並將之用系統合理化的語言表達出來，這就已經是一種語文的學習。透過他們自己的思考體會得來的東西，他們更不容易忘記，這比起教師苦口婆心地要求他們抄下不太想抄的筆記，來得更有效用的多！

　　第二，教師不要以課本或教學參考資料的講解為唯一說法，而要以自身對這首詩的體會為基礎，自己能讀出情感，讀出味道，才有可能去感動聽眾，感動學生。譬如把「乃」字解釋成「是」字，「我乃曠野裡獨來獨往的一匹狼。」等於「我是曠野裡獨來獨往的一匹狼。」屬於修辭格中的譬喻。這些說法僅止於客觀的知識認知層面，說法無誤，但是沒有真正體會到作者的心理情意層面。我們都知道詩是精煉的語言，詩人字斟句酌，不會浪費一點筆墨。「乃」字換成「是」字，字句沒有更精簡，不必作此解釋。作者用「乃」字，在白話文中可以解釋成「乃是」、「就是」，比起單用一個「是」更有力量，內容更豐富，更有強調語氣的作用。解釋成修辭格中的譬喻，作者可能不作如此想，小看了作者的用心。這裡，只要把原詩多念幾次，兩個字詞互換，再念幾次，比較其中的聲情，就不會把一首詩的精巧用字講成平庸之作了。又譬如把最後一句「這就是一種過癮。」說成是最有力量的一句，這也不太對吧？因為全詩的最末一句，作者

並沒有用驚歎號收尾。他反而是作者在用盡了「長嗥」、「搖撼」、「使天地戰慄」的一連串努力之後，發覺已經得到了「如同發了瘧疾」、「並颺起涼風颯颯的，颯颯颯颯的」效果之後，內心有點沾沾自喜，可以收取果實後的自我滿足。如果我們能結合一些背景知識：民國四十五年，紀弦創現代派，引起風潮，卻遭來文壇廣泛地撻伐與抗拒。民國五十一年，紀弦解散了現代派。到了民國五十三年，他才寫下〈狼之獨步〉這首詩。那就更能理解作者此時此刻是有幾分得意，帶著痛快淋漓的豪氣，但也收斂起咄咄逼人的氣勢，獨自享受著「一種過癮。」

關於一首詩的理解應當從何而來呢？我的建議是：用很有感情的方式朗讀這首詩。當你能做到這點，就不會人云亦云而缺乏自己獨到的體會了。我之所以強調「朗讀」的另外一個原因，是這位老師的後半節課，精選了四位同學的仿擬佳作，用PPT秀在銀幕上，再品評這幾首詩。其間，她沒有讓同學念出整首詩，教師也沒有朗讀整首詩，這讓其他同學失去了一次欣賞觀摩的機會，也很難深入體會寫出佳作的同學當初的構思和用心。朗讀一首詩是讓我們進入作者詩心的絕佳機會。當時，教師對這四位同學作了些提問，還現場修改了同學的詩句，這可以留在批改作業時再進行處理。當我們請佳作同學上臺時，應該是給予肯定和讚美，讓其他同學提問，可以探知構思的心路歷程，進而見賢思齊，學習模仿。

每位老師都有其優、缺點，以上我們作此檢討的目的，是為了「前事不忘，後事之師。」可以提供借鑒，將來避免再發生相同的錯誤。這位老師的板書佳，臺風穩健，很用心地講解一首詩，讓學生能聽得清楚明白，還是有她很可取的地方。

附錄　紀弦〈狼之獨步〉

我乃曠野裡獨來獨往的一匹狼。
不是先知，沒有半個字的歎息。
而恆以數聲悽屬已極之長嘷
搖撼彼空無一物之天地，
使天地戰慄如同發了瘧疾；
並刮起涼風颯颯的，颯颯颯颯的：
這就是一種過癮。

推廣閱讀教育有其必要

閱讀，是知識的起點；知識的力量，就是整體國家的力量。假設全國人民的知識不斷下滑，那麼國家的競爭力一定完蛋！

有一次以小學四年級的學生為參考樣本，作了跨國的評比，臺灣地區的評比成績尚佳。我們都知道，在臺灣，小學生還是最有時間閱讀課外書籍的年紀。我們的國中生、高中生、大學生沒有多少時間閱讀課外書。在批閱大學指考作文的時候，常常看到學生拿「國父十次革命，最後一次才成功」、「愛迪生發明電燈，卻說天才是百分之九十九的辛勤努力」……作例子。事實證明，學生舉不出課本之外其他的例子，他們得自課外書的知識貧乏得可憐，連作文都只能回想讀小學期間老師上課說過的教材。實不諱言，我國學生課外閱讀的表現真的很差。

然而，幾年前曾志朗先生任教育部長時，就一直推動閱讀教育，他甚至親身到小學對小朋友講故事。為什麼沒有成效呢？教育政策的不連貫是原因之一，教師忙於趕課，沒有時間指導學生閱讀也是原因之一；家長只鼓勵學生讀課本，怕孩子看多了課外書反而學業成績退步，因此不鼓勵自己的小孩讀課外書也是原因之一；現在窮人家變多了，家裡沒有預算買課外書也可能是原因之一。

推廣課外閱讀真的很難嗎？問題關鍵在於有沒有心思去做，也需要克服時間、金錢的問題。

我們都能了解：知識的習得不是只有來自課本，課外書看得越多

的孩子，他的學習意願比較強烈，得到的知識也比較多，在同儕之間的表現也比較優異。父母首先要做的事，是給孩子一個安靜的環境，讓他輕鬆休閒式的閱讀。如果電視音量太大，家長是不是可以每天減少看電視的時間，留下二十分鐘或是半小時都好，陪小孩一起看報紙、或是課外書？假日有空的時候，是不是可以到書店買一本書回家？要不然，到社區圖書館或是學校借一本書回來？有些書店可以席地而坐讓小朋友放鬆心情看書，就讓小朋友自己選書看吧！千萬不要接受推銷員口若懸河的說詞買一大套書回家，沒有人把套書從第一本書看到最後一本的。已經有學者指出，因為小孩子不可能對一大套書的每一本都有興趣，因此套書買回來之後，往往會變成爸媽罵小孩、小孩子又很不情願讀書，殺傷親子感情的利器！

　　課外閱讀應該是一件快樂的事情。請教育部的官員們不要再提倡什麼「教學策略」了。閱讀的基本原則是：讓大家都讀自己喜歡讀的書，讓大家保持閱讀的興趣，有興趣久了可能成為一種習慣，可以自動自發的找些課外讀物讀下去。教師舉辦閱讀王比賽、閱讀一本書之後交一份心得報告，或是在功課少的時候指定同學讀一本課外書，都是一種可行的教學策略，重點是，不要揠苗助長，不要澆熄了學生閱讀的樂趣和熱情。被逼著去做，把它當成一項要寫報告的作業，表面上是什麼教學策略，其實會造成學生心理不愛看書的反效果，這跟其他國家的學生為興趣而閱讀的習慣大不相同。

　　那麼教師該怎麼做呢？首先，不要把知識限定在課本而已。許多人只認為課文是「範文」，閱讀教學只是國語文科老師的事情，這是不正確的想法。科學家、音樂家、畫家、運動員的故事，國文老師知道的不見得比專業科目的老師多。所以閱讀教學應該是全體教師動員起來，大家都鼓勵學生多閱讀。獨立設一門閱讀課也行，不獨立設課也行，先決條件是請每位老師留出一些時間，帶領學生閱讀。

　　怎樣帶領學生閱讀課外書呢？教師可以先挑選一些適合學習情境的好書。過去的《民生報》，現在的《國語日報》、《文訊》雜誌……，都介紹過好書、新書，甚至分出適合年齡層的書籍告訴社會大眾。有些出版社編選「年度散文選」、「年度詩選」、「年度小說選」，這類經過名家篩選過的好文章，基本上可讀性很高。縣市政府或文教機構、傳播媒體主辦的寫作競賽獎（譬如國語日報社的「牧笛獎」作品集），也有許多書可讀。當我們不知道市場動態的時候，我的建議是跟著書評走。學者介紹過、寫過書評的書（譬如李家同先生《李伯伯最愛的四十本書》），也有它的可信度。直接帶小朋友到書店或是圖書館，找個位置坐下來，讓他們自己隨意翻書，他們更容易選到適合自己心智年齡、更對味而有興趣的書來讀。林良先生《爸爸的十六封信》、金庸的武俠小說、風靡世界的《哈利波特》第一集到最後一集……，只要你喜歡，都可以愛不釋手。

　　我們也希望政府採購一批批的好書，直接贈送給窮鄉僻壤的學校，改善他們文化資源較差的現狀。傳播媒體發布一些需要受贈好書的單位的訊息，一定會有善心人士願意捐書給他們。在學校情境中，教師可以在教室角落擺設一個簡易書櫃，請同學從家中帶一本書來，放在這裡，供全班同學交換取閱。一班三十人左右，假設每人每週借閱一本書，書櫃只要放滿三十多本書，上下學期合起來就夠用了。在中部地區有個「臺灣閱讀學會」已經在推動選好書、送書到偏鄉的工作。

　　有了好書之後，教師上課的內容，就可以從課外書中拿些例證作補充，總比有些老師上課喜歡拿家務事來「哈啦哈啦」——美其名為「引起動機」好得太多。老師也不必常常「製造」學習單，學習單往往設計得很美，挖空心思要同學摘取書中的佳句，或是根據書中的名言警句造句，甚至於找些修辭句型來欣賞，那些作法都變成支離破碎

的學習，要求學生注意枝微末節，好去熟悉題型、應付考試，都是不太正確的心態。真正良好的閱讀習慣，就是慢慢的咀嚼消化，沉潛吟詠，讓每個人都可以在無負擔、無壓力的狀態下，進入書中的世界，自己和書中的人、事、物對話。教師很重要的工作之一，就是作業不要出得太多，讓孩子有時間多看課外書。有時看完一本書之後，只要問她一句話：「好不好看？」她願意跟你分享這本書好看的原因，她對一本書能作些整體的描述，我們就猜想得出她懂得幾分了。

　　功課太多，補習太重，睡眠不足，都讓我們的孩子喘不過氣來。家長只愛看電視，老師自己不讀課外書，都讓我們的孩子斷絕了知識的道路。會不會有朝一日，我們的孩子學校功課很好，而她的生活知識卻越來越貧乏了呢？這是我們教育界人士應該深思的問題。

　　推廣閱讀教育真的很重要，看報紙、讀小說都好。開卷有益，請家長和老師多給孩子閱讀課外書籍的機會。

把書留下來吧

　　網路上，有許多人在賣書。他們大都是大學生，以為畢業了從此不必再讀書，尤其是一些不喜歡的教科書。我倒是認為，這些書都應該留下來，因為上面有自己最熟悉的筆記，偶爾翻閱一下，那學校生活的點點滴滴就浮現起來。

　　我的經驗是，大學時代的講義、筆記本，還有隨時複印下來的資料，搬了幾次家以後，就不見了。只有書還在！雖然現實生活中，我們還有許多知識存放在電腦裡，可是資料夾太多了，電腦汰舊換新幾次以後，那些辛苦努力留下來的足跡，也忽然間不見了。只有書架上那一本本書，完完整整地在那裡向我們招手。

　　有時夜深人靜時，隨時拿起一本老書，一下子就想起來老師講過的知識。有時候看著自己的手記，卻怎麼也想不起來那時候怎麼會寫下這樣的文字。看到自己上課不專心時的塗鴉，也有會心一笑的時候。看到自己和同學傳來傳去的紙條，夾在書本裡，就想起那位老教授好喜歡抄黑板，而我們就在底下乘機傳情的光景，不覺莞爾。

　　畢業後，大家都忙於工作，我們的工時都太長了。回到家，每個人都好累，只好坐在沙發上，拿著電視遙控器轉來轉去。如果有空看書報，男生最常看的是八卦雜誌和股票周刊，女生最常看的是夾有許多女星、名牌包和保養品廣告的雜誌。其實這些都是看完就隨手可丟棄的雜誌，已經不是書了。讀書的人口真的變少了。

　　真正的知識永遠藏在書本裡吧？我愛看電視劇，看到《三國演

義》的劇情，或是金庸的武俠小說，常常回頭翻書本，往往會發現許多電視劇沒演到的情節。那時候就能體會有些內容是難以用畫面呈現出來的。譬如趙子龍孤身奮戰、保護阿斗，那「如入無人之境」的英勇行為如何表現現出來？又如《天龍八部》在王語嫣出場之前，著力描寫她的美貌，在電視畫面上就是人在鏡頭前出現了，是不是真的美若天仙就難說了。偶爾我也會拿起英文課本，以前背過的英文單字很容易就複習起來，這比我去學新的詞彙要快得多。後來我才體會到，那些書本都是我在年輕時、記憶力最好的時候，腦海中曾經留下來的深刻印象。這恐怕不是買任何一本好書就能取代的吧？現在，我自己站在講臺上授課，常常鼓勵同學們買書，因為它是前人的智慧，也是自己心血結晶的紀錄，這些書陪伴著我成長，應該捨不得賣掉它們吧？

養成讀報習慣　勝過上網看新聞

　　近年來，鼓勵讀報教育的聲音很多，有借鏡日本作法者，也有實際到城鄉推動者，如《國語日報》在前社長馮季眉女士的努力下，曾經與國小教學現場結合，推動閱讀報紙的活動；現在《人間福報》也推動了「雙園讀報教育」，目標鎖定國中部分，不但提高了國中生的閱讀率，也增添了國中生投稿寫作的動機，真是一舉兩得。

　　誠如經濟合作暨發展組織（OECD）調查所發現：孩童閱讀理解能力與閱報頻率正相關。個人以為，報紙的內容主要有兩大區塊：新聞與副刊。讀報的功能首先是吸收新聞資訊，讀者可以經由閱讀、吸收、理解、判斷的過程，得到第一手的資訊。儘管現在資訊傳播的速度很快，有手機，有LINE，手滑動一下就可以得到資訊。然而請不要忘了，所有的新聞都需要思考、判斷，才能得到正確的理解。滑手機只是節省一下時間，獲得的資訊沒有時間咀嚼思考，也就無法得知正確的資訊。事實上，在報社工作的記者，大多訓練有素，他們所取得的新聞往往又快又精準，已經有多家電視媒體整日二十四小時播出來的不是新聞，而是「舊聞」，他們有時會根據當天報紙刊登出來的新聞，再去找現場、找人訪談，或是找來名嘴評論已經發生過的事件，這哪裡算是「新聞」？新聞講求及時，報紙刊登的新聞毫不遜色於電子媒體。

　　其次是副刊。從書寫生活大小事，到時事感懷，乃至較為專業的文化評論，更是提升閱讀理解力的機會。許多報紙副刊已經走上輕、

薄、短、小的路途，迎合大眾速食文化的口味，然而不論篇幅長短、敘事大小，所有的文章都有助於我們觀察這個社會，了解庶民生活的脈動。副刊其實是淨化後的報導文學，是作家心靈沉澱過後的反映，免除了腥、羶、色的噁心畫面，給予讀者自由思考的空間。鼓勵大家閱讀副刊，百利而無一害。

　　閱讀報紙是一種習慣，上網看新聞也是一種習慣，兩者卻不可同日而語。一份報紙全面刊載了各種不同的政治、社會、體育、文教新聞，讀者一頁頁的翻閱，大致上透過標題，得知有哪些訊息，而後對感興趣的話題，再深入閱讀標題下小字的詳細說明。因此，這是一種全面了解、又能深入體會國家社會大事的好途徑。而上網看新聞並不是如此！網路上已經作好新聞分類，當你點入某一類新聞之後，立即跑出來各家新聞媒體對此一事件的報導，於是點閱幾則之後，看到的新聞大同小異，往往花費了許多時間，所得到的新聞資料只有那幾則。過度集中於自己想看的資訊，無意間就忽略了其他事件。表面上看來上網得到訊息很快，其實，這是一種速食文化，而且一直專注在某個事件，說穿了也是一種偏食文化，所得到的資訊不夠周延。

　　總之，閱讀報紙的益處，網路無法取代。從小培養學童讀報的習慣，大人們也要以身作則，多讀報紙，而不是天天在低頭滑手機，與家人缺乏互動，這是所有家長和教師們可以做到的改變。

記敘文的寫作教學指導

一　記敘文的教學目標

(一) 認知方面

1　認識記敘文體裁，了解此文體的定義及其分類。
2　了解記敘文的寫作對象及寫作重點。
3　加強相關記敘文作品的認識。

(二) 技能方面

1　能欣賞記敘文名篇的寫作技巧。
2　培養寫日記、遊記、記敘小品文、傳記、訪問稿或報導文學作品的能力。
3　能藉由習作批改檢討與觀摩，加強記敘文的表現方式。

(三) 情意方面

1　用心思考生涯規劃，關懷社會，追求人生目標。
2　能體會季節變化的時空差異，感受大自然之美。
3　能提升文學閱讀的興趣，增進生活品味，陶冶性情。

二 有關「記敘文的定義與分類」的補充

　　記敘文是一種最常見的散文體製，掌握記敘文是學寫其他各類文章的基礎。記敘文通常以描寫、敘述為表達形式，不過也可兼用議論及抒情。

（一）記敘文包括「描寫文」

　　記敘文作品數量甚多，敘述與描寫又略有區隔，因此近年來有一趨勢：把「描寫文」獨立出來，視為另一種文體。一般說來，「描寫」屬於一種「再現性」的寫作技巧，也就是說，美的事物已經呈現在眼前，描述者取用語言文字再次呈現它的美。所以描寫語言像圖片般，它的形態是點狀的、靜態的、有空間傾向的，通常見於「記人」、「記物」的篇章。而「敘述」屬於一種「表現性」的語言，美的事物並未呈現在眼前，而是情感層次的抽象領域，敘述者必須用文字主動創發它的美。所以敘述語言像電影般，它的形態是線狀的、動態的、有時間傾向的，通常見於「記事」的篇章。

　　從寫作教學的立場講，「描寫」是較為基礎的工作，「記人」、「寫景」、「狀物」皆由此出發。不過，從寫作的原理講，「描寫」雖偏向靜態，「敘述」雖偏向動態，但在完成一篇文章的過程中，靜與動不可能截然劃分。梁啟超〈作文教學法〉、蔣祖怡〈記敘文寫作述要〉對此已作過說明。一篇具備高度藝術價值的記敘文，理應結合點與線、靜與動，營構出立體而完整的書寫。

　　「描寫」是記敘文的一大支柱，記敘文不可能脫離它而存在。仔細觀察，更會發覺大多數作品中的成分，是以敘述語言為主體，而以

描寫語言為輔助性質；因為描寫語言旨在描形狀貌，而敘述語言旨在表現過程及過程中感情的真。例如朱自清〈背影〉一文說：「我最不能忘記的是他的背影」，其實作者沒有刻畫「背影」的形狀，而是在娓娓道來的敘述性語流中，敘述一個迂拙木訥的父愛形象，一個時代縮寫的父愛角色。他真正忘不掉的是「父親的愛」。

（二）記敘文可分為「描寫」、「敘述」二類

夏丏尊〈文章作法〉把記敘文分為「記事文」、「敘事文」兩類，前者定義為：「將人和物的狀態、性質、效用等，依照作者所目見、耳聞或想像的情形記述的文字。」後者定義為：「記述人和物的動作、變化，或事實的推移的現象的文字。」蔣祖怡〈記敘文寫作述要〉也說：「記敘文可以分兩種：一是『記事文』，是記一切靜態的；一是『敘事文』，是記一切動態的。」梁宜生〈文章作法〉、曾期善〈各類文體作法〉、邱燮友等〈階梯作文 一〉也援用夏丏尊書的說法。

郁達夫〈現代散文導論〉、張雪茵〈散文論〉與他們看法接近，只是把名稱改為「描寫」與「敘事」兩類。邱言曦〈騁思樓隨筆〉則把記敘文分為「寫景」、「敘事」兩類。綜上所述，記敘文有兩類不同性質的作品，夏氏、蔣氏的定義可從，但郁氏、張氏的名稱較易作區隔。

記敘文的分類名稱有兩重考慮：一是寫作內容（對象），包括人、事、景、物；一是寫作方法，包括「寫」和「敘」。依據前賢意見，寫人、景、物的內容，其寫作手法可稱之為記事、描寫或寫景，偏向靜態；寫事的內容，其寫作手法可稱之為敘事（坊間亦有稱之為記敘、敘述者），偏向動態。為了兼顧寫作內容（對象）和寫作方法的思考向度，我們把「人、事、景、物」的詞語限定在寫作內容上的

討論，而在寫作方法上的討論統一採用「描寫」、「敘述」的名稱，「描寫」包括記人、寫景、狀物；「敘述」專指敘事。這樣的說法，可以避免名目淆亂的現象，也為今人所通用（參見鄭明娳《現代散文構成論》，臺北市：大安出版社；劉志勇等《中國語文文體詞典》，成都市：四川大學出版社；秦亢宗《中國散文辭典》，北京市：北京出版社）。

三　記敘文的基本要素

（一）事情發生的時間：時間有現在、過去和未來，敘述時要交代清楚。寫作時常見以時間為線索，按時間的推移來發展事件。

（二）事情發生的地點：事件發生地點的環境、狀況和氣氛，也應該交代清楚。寫作時亦可見以地點為線索，按地點的轉移來發展事件。

（三）與事情有關的人物：人物是主要關鍵角色，要寫得有血有肉，個性突出。寫作時常見以人物出現的先後次序來開展事件。

（四）事情發生的原因（開端）、經過（發展）、結果（高潮）：這是事件發展的重要環節，好的記敘文，因果關係要能緊密配合，敘述事件合情合理。敘述經過要寫得有起伏，曲折動人，且能把事件串連起來，圓滿地說清楚。

四　寫好記敘文的準備工作

（一）蒐集寫作材料

首先須作精細的觀察，實地去看，盡量發覺別人所沒看到的。其

次是廣泛求知，充實人生閱歷，對事物關心的態度、愛憎的程度或研究的興趣，都會影響到蒐集材料的結果。

(二) 根據材料確立主旨

有了豐富的素材，就要從紛雜的材料中，抽繹出中心思想，作為文章的主題。此時可再回過頭來，根據文章主題補強一些寫作材料。根據材料確立主旨，大抵可依循兩條途徑：一、概括事物的共同點，如沈復〈兒時記趣〉所概括的便是兒時的「趣」事；二、結合因果相連的素材，如《史記·張釋之執法》就很能集中焦點，從犯案、到張釋之問罪、皇帝大怒、張釋之辯護、皇帝接受判決，串連事件發展過程的因果關係而寫作。

五　描寫「人」、「物」的原則與技巧

(一) 基本原則

首先，描寫人物和景象要先能掌握其特色，通常印象最深刻的地方，最需要描述重點；就像寫生攝影一樣，要選取最具特色的畫面。

其次，「語言描寫」必須透過語言，把握人物的身分、地位、年齡、性格去寫，依著人物的性情來說話，如實地反映說話者的神態、語氣、說話時的心情等，也就是「語言描寫個性化」，才能表達得體。描寫說話者的身分要十分明顯，即使省略了主詞，也要能讓讀者明瞭是誰在說話。

語言描寫要生動精煉，避免囉嗦；要能集中語詞，聯結整篇文章的思想主題發展。例如朱自清〈背影〉一文，沒有蓄意刻畫「背

影」，卻也四次提到父親的背影，令父親的慈祥形象，不斷地被釋放出來。又如胡適〈差不多先生傳〉中，差不多先生說了七段話，集中表現了差不多先生做事馬虎，對馬虎行事招來的後果還感到莫名其妙。其中四段話是以「不是差不多嗎？」作結，另兩段的結尾分別是「何必太精明呢？」和「何……必……太……太認真呢？」由此可見，通過說話反映人物的性格時，要說些與主題有關的話，可以在自然巧妙的情況下，反覆使用最能表現該人物性格的語詞和句子。

此外，要盡量讓人物透過行動來表現自己，也就是運用「行動描寫」。一開始，可以先交代人物的出身環境，後文再與前文這些「交代」相映照，增進對人物的深刻了解。然後盡量作舉止行為的重點描寫，呈現人物的性情及心理狀態。例如都德〈最後一課〉：

> 漢麥先生立起身來，面色都變了，開口道：「我的朋友們！我……我……」先生的喉嚨哽住了，不能再說下去，他走下座，取了一條粉筆，在黑板上寫了三個大字——「法蘭西萬歲！」他回過頭來，擺一擺手，好像說：「散學了，你們去罷。」

這篇文章前面寫今天教室內的懸疑氣氛，再寫到自己身為小學生的自責、悔恨，老師的訓斥、感傷，構成文章多層的轉折起伏。最後作者像「旁觀者」一樣，冷靜地敘述所發生的事件，將故事核心推向高潮。此處讀者看到的場景是：漢麥先生「無言的吶喊」，正來自於他對國家的忠誠；這位主角人物沒多說什麼，但人物動作已經表明瞭一切，令人印象深刻。

六　敘述「事」的原則與技巧

（一）事件外表與內心世界的聯結

當我們透過言行舉止去描寫人物形象時，很容易流於白描，如果不想僅止於「形似」，而企圖追求「神似」，那就要設法突出描寫人物的心理性格。除了前節所述用語言、用動作寫心理之外，尚可用內心獨白寫心理。「獨白」是一種特殊的說話形式，說話的人物沒有談話對象，只是內心在思索，這是展示人物內心思想和感受的方法。如胡適〈差不多先生傳〉中，「差不多先生病在床上，知道尋錯了人；但病急了，身上痛苦，心裡焦急，等不得了，心裡想道：『好在王大夫同汪大夫也差不多，讓他試試看罷。』」此處透露出差不多先生不得不接受獸醫治病的事實，內心是有些掙扎與痛苦。

（二）事件的因果關係

劉雨《寫作心理學》曾說：「從文章本身來看，結構的形成過程顯然受邏輯的因果關係的支配，也就是說，一種邏輯的因果規律在無形中制約著作者的整個思考線路。」因此就作者的立場而言，思路越清楚，就越能把文章內容寫得合情合理，文章自然成為一個有因果關係的有機體。而就讀者而言，閱讀文章所敘述的事件發展，也必須找出其因果關係，這是可依賴的重要線索。譬如《列子‧愚公移山》一文，敘述完整的一件事，「因」是指大山阻礙交通，「果」是指愚公自助他助，終於完成移山的壯舉。這樣的敘述方式，不僅交代了事的進行，其實也讓人在趣味盎然中，領悟文中包藏的至理。（參見仇小屏

《篇章結構類型論》，臺北市：萬卷樓圖書公司）

（三）動態靜態的安排

　　記敘文的排列，可從動態、靜態作區別。寫靜態的多屬於描寫手法，被描寫的對象常停留在某處，可依觀察的順序書寫，如朱自清〈荷塘月色〉先作大略的觀察，再作細密的觀察；先寫荷葉上面，再寫荷葉下面，層次井然。寫動態的多屬於敘述手法，被敘述的對象不定格在某處，如前引《列子‧愚公移山》一文，完整敘述一件事的進行，人物場景不會停留在某處。是故動態與靜態的區隔，會影響到作家的寫作策略。

（四）順敘法與倒敘法

　　時間、地點為人物活動提供了生活場景，同時有助於形成文章的結構。一般記敘文的寫作依照時間來行文，可以有順敘、倒敘等方式。「順敘」又稱作「直敘」，是常見的寫法。但為了突出結局，也可以設置懸念，有時會採用倒敘法。「倒敘」又稱作「逆敘」，此寫法也常見，但絕不能與順敘法同時並用。坊間還有插敘法、補敘法……等，其實這些作法並不能架構出一個完整的結構，只能搭配順敘、倒敘法，組成篇章。雖然如此，它們仍都有助於擴充文章內容，豐富文章的表達。說明如下：

1　順敘

　　主要按作者的思路而開展，並根據事件發生經過及先後次序來敘述，或以時間來推移，或依空間（地點）的前後變化、人物的出現先

後次序來敘述，而在敘述事情時避免過於平鋪直述，最好在順中有折，描寫多些環境與人物的變化。例如陶淵明的〈桃花源記〉，依捕漁人的行蹤和遭遇為故事的線索，採時間順序敘述，先寫漁夫怎樣發現了世外桃源，後又有山中人熱誠的款待，後再度前往，卻再也找不回桃花源了。全文先有懸疑，最後又留下一些悵惘。「在這篇文章裡面，文章敘事的先後和事實發展的先後是一致的。」（參見王鼎鈞〈作文七巧〉），又如吳敬梓《儒林外史》第一回〈王冕畫荷〉，也是依時間順序寫出來的好文章。

此外，歐陽脩〈醉翁亭記〉、陳之藩〈寂寞的畫廊〉等多篇文章，都是依空間（地點）的順序，採由大而小（或由小而大）的安排方式，依空間順序寫出來的好文章。

2 倒敘

與順敘相反，倒敘是將事件的結尾或高潮放在文章起首部分，然後再回過頭來敘述發生在先的情節；有些情況則是從眼前所見的事物，再回憶起往事。正由於倒敘較為懸疑，常能觸發讀者作思考探索，因此在小說中常見。例如羅貫中《三國演義》寫「楊修之死」，先記楊修解釋「雞肋」口號，猜破曹操心事，被處以惑亂軍心之罪。然後再追述楊修平日恃才放曠，數犯操忌，積怨日久，早已伏下殺機。「又如林文月《飲膳札記》諸篇，其寫作方法幾全是由『食物』入手，先仔細解說菜式名稱，而後再倒敘其背景歷程，情思飄然落於悠遠時空的人、事、物……。」這也是寫得很好的倒敘法文章。（參見陳惠齡《現代文學鑑賞與教學》，臺北市：萬卷樓圖書公司）

3 插敘

插敘多出現在文章的中幅，指暫時中斷文章原來的敘述，插入一

些與主題有關的內容，而後再接回原來敘述的線索。主要作用有二：一是對有關的人和事作必要的回憶、補充、解釋、交代，由近及遠地回溯，說明它的前因後果；二是針對某些內容抒發感懷、發表議論，在情節或人物描寫上有更多刻畫，使文章不流於平鋪直述，然而，插敘的部分不是主要情節，千萬不可喧賓奪主，干擾了主題。茲以《戰國策・齊策・鄒忌諷齊王納諫》為例：「鄒忌脩八尺有餘，身體昳麗。朝服衣冠窺鏡，謂其妻曰：『我孰與城北徐公美？』其妻曰：『君美甚，徐公何能及君也！』城北徐公，齊國之美麗者也。忌不自信，而復問其妾曰：『……？』」此處「城北徐公，齊國之美麗者也」二句，敘明徐公的美麗，可解釋上文為何鄒忌想與城北徐公比，也交代下文鄒忌沒有自信，又把同樣問題再問妾、問客的原因。這兩句插敘有解釋上文、預示下文的作用。

4 補敘

多出現在文章的末尾，是針對前文闕漏或語焉不詳處加以說明補充，所以常是補敘人名（如歐陽脩〈醉翁亭記〉、王安石〈遊褒禪山記〉）、時間（如柳宗元〈始得西山宴遊記〉）、事件發生的緣由（如范仲淹〈嚴先生祠堂記〉）、追懷親友舊遊（如歸有光〈項脊軒志〉），也可能再出一意，以開拓文境（如柳宗元〈桐葉封弟辨〉）。仇小屏《篇章結構類型論》指出：「為什麼要將一些事情延至最後才交代，通常是為了使前面的主體部分更簡明暢達，不會有太多枝節，但因為有補敘的存在，所以也不至於喪失敘述的完整性。這樣就同時兼顧了簡潔與完備的優點。而且前面漏失的，後面就補充，這也是一種呼應，所以有聯絡美。」（臺北市：萬卷樓圖書公司）

七　寫作教學指導

（一）方法的運用

　　敘述方法並非一陳不變，靈活運用各種寫法，可以使文章更多姿多彩。像徐志摩〈翡冷翠山居閒話〉以「你」的語氣作敘述，而林文月〈翡冷翠在下雨〉則藉由第一人稱「我」巡禮雨中的翡冷翠，引發思古幽情，展開地靈人傑的思辨命題。徐文偏重感物，林文偏重記遊，二者情趣、理趣的熱筆、冷筆有別。這啟發了我們：寫作方法是靈活多變、不拘一格的，只要能揀選印象最深刻的事物，出之以真誠的筆觸，就能具體的表達心中的所思所感。基本上，採用什麼敘述方式，哪些應當表現，還是要由作者的性情、觀念，以及事件的性質來作決定的。

（二）詳略的安排

　　敘述事件並非原原本本、鉅細靡遺的全都記錄下來，而是串連材料，集中主題，詳其所詳、略其所略的敘寫下來。例如歐陽脩〈賣油翁〉一文，對陳堯咨「善射」的技術輕描淡寫，對賣油翁的瀝油技術卻寫得清楚明白，通過這則故事傳達了「熟能生巧」的道理，也凸出「人各有專長」的意義，這是詳略互見的寫法。

　　又如許地山〈落花生〉一文，文章重心是在花生收穫後的家庭聚會，約占全文五分之四的篇幅。聚會大半個晚上，中間有些什麼曲折，作者都一概略去，只是側重敘述父親對花生寓意的發言，以及作者當時的一些感想，而其他人說話的內容又是略寫。

又如胡適〈差不多先生傳〉，旨在針砭國人做事不認真的偏差觀念。由於文章不是針對某人而發，而是一般人，所以對差不多先生的外形只輕輕帶過；但對他從小到大、到病死期間的言語行為，正表現出他做事不認真、馬虎行事的後果，敘述得十分詳盡。如此安排，完全按照文章主意而決定詳略，可說是十分得宜。

(三) 文體習作指導

最常見的記敘文的體裁，包括日記、遊記、史傳、報導文學，以及對過去事件進行直接敘述的各種小品文。從事寫作教學時，尤以日記、遊記的應用最廣，以下對此種體式略加說明：

1 日記

日記是一個人每日生活的紀錄，它具有真實、具體、新鮮、富有史料價值的特點，內容包羅萬象，筆法十分自由。寫日記可以幫助我們觀察、思考、記憶、反省，增添寫作能力。在工作忙碌的今日社會，天天寫日記並不容易，不妨改成鼓勵同學寫觀察日記、隨感日記。前者重點在訓練學生的觀察力，能主動注意周遭事物，養成發現、紀錄、研究的習慣；據說法國小說家莫泊桑在初學作文時，曾被要求連續觀察十個車夫，寫出不同的眾生百態及心理狀態。後者重點在訓練學生的感受力，捕捉因事有感而發的題材，用簡約的文句，重點式的描述下來；例如看過的新聞、電影、書報、網站消息，都可以把個人的所見所思隨筆紀錄，經過一段時日沉澱之後，許多意想不到的樂趣又會湧現到記憶裡來，那就是寫作的好材料。指導同學寫日記要注意下列各點：

（1）形式上的條件：先寫下年、月、日，還有星期幾、天氣。

（2）主文內容：從每日真實的生活出發，可以寫時事、感想、計畫、讀書心得，總歸以個人的感懷為主。

（3）記下值得記的事，勿流於流水帳的刻板形式。

（4）文字要簡潔明晰，親切有味。

（5）寫日記必須持之以恆，克服厭倦感。

這方面可供延伸閱讀的好作品有：陸游〈入蜀記〉、黃淳耀〈甲申日記〉、李慈銘〈越縵堂日記〉、薛福成〈出使四國日記〉、謝冰瑩〈從軍日記〉、胡適〈日記選集〉、陳冠學〈田園之秋〉等。

2 遊記

遊記是一個人旅遊行蹤的紀錄，它是透過觀察與思考，抓住地方風物特色，寫物狀景，藉景抒情，體會到作者所見所思的美學感受。

遊記的寫法，一種是以遊者為主體，依照所經過路線，採用「移步換景」的手法，引導讀者如臨其景，同感其情；另一種是以景物為標誌，分別依前、後、左、右的空間順序敘述。無論如何，都要帶出確切的視野。例如蘇軾〈赤壁賦〉寫「江上之清風，山間之明月」，不說「山間之明月，江上之清風」，這是因為他正在遊江，正在船上，由江風到山月，視界由平面而立體而提高擴大，是「正三角形」；由山月到江風，視界就縮小為「倒三角形」了。（參見王鼎鈞《作文七巧》，臺北市：爾雅出版社）

遊記又可分詳寫、略寫兩種方式。前者須先掌握題材，運用想像力，把感官功能化為修辭技巧，將景物具體、清晰的描寫出來，像酈道元《水經注》就大量創新了生動形象的詞彙。後者常避開直接描寫的方式，採用烘托、陪襯、補敘的技巧，點到為止，目的在於一種心情靈感的呈現，像蘇軾〈記承天寺夜遊〉一文，短短八十四字，也能從寫景而達到「興情」和「悟理」的層次，最後提出領略「閒人」的

樂趣，咀嚼出非常深刻的人生哲理。至於劉鶚《老殘遊記》，一方面能詳寫山水景物（如〈大明湖〉）、生活情趣（如〈王小玉說書〉），另一方面也能藉景興懷，在疏淡素樸的筆調中，即景生情（如〈黃河結冰記〉）。所以說好書耐讀，沉浸越久，越覺其芬芳。

指導同學寫遊記的注意事項：

（1）掌握地理特色，詳寫有代表性的景物，描述出地方風物的鮮明形象。

（2）依循遊覽過程有條理、有詳略的記敘下來。

（3）思考景物背後的深層意義，以及景物帶給人啟發、有教益之處，寫出個人深刻感受。

（4）須注意剪裁，略去眾人所見略同的景物，一路上無關痛癢的事情不必寫。

這方面可供延伸閱讀的好作品有：楊衒之《洛陽伽藍記》、柳宗元〈永州八記〉、徐宏祖《徐霞客遊記》、沈復《浮生六記‧浪遊記快》、劉鶚《老殘遊記》、徐鍾佩《多少英倫舊事》、鍾梅音《海天遊蹤》、陳之藩《旅美小簡》等。

3　記敘小品文

前面述及描寫、敘述的原則與技巧，皆可參考。

4　其他

（一）傳記：客觀的材料，總是散漫而斷續的，就像司馬遷面對二千多年的史料，他如何疏通整理，而後寫成一篇篇可讀性很高的傳記，這就大費周章了。我們把每天發生的新聞事件陳列在眼前，有時也像霧裡看花，不知事情發展的來龍去脈。若能經過有條理的組織消化，去掉枝枝節節，勾勒問題的發展關鍵，才能串聯成一篇主題十分

明確的好文章。

（二）訪問稿：是觀察成果的一部分。發現了「有意思」的現象，好比找到「礦苗」；進行訪問，就是「開礦」。開礦是不斷深入挖掘的工作，務必追根究底，得到滿意的答案才能下筆為文。

（三）報導文學：是一種以客觀真實為基礎，用文學筆法報導具有一定新聞性（或過去鮮為人知）的客觀事實的文學體式。揭示事實背後的意義，表達作者對社會、對人生的哲理性思考，從而引起社會大眾對它的關注。當代報導文學代表作家有古蒙仁、馬以工等。

八　關聯統整

（一）學習領域統整

1　健康與體育

撰寫日記時，能養成思索、反省的習慣；撰寫訪問稿、報導文學時，亦有機會學習他人成功之道，以及將來服務社會的方向，從而建立自己的人生觀，締造充實而快樂的人生。

2　藝術與人文

撰寫日記、傳記時，傳達出有感情、經驗與思想的作品，發展個人獨特的表現。

撰寫報導文學作品時，針對特定主題，表達對社會、自然環境與弱勢族群的尊重、關懷與愛護、澄清價值判斷，並發展思考能力。

撰寫遊記時，鑑賞各種自然物、人造物與藝術品，從事美感認知與判斷。

3 自然與生活科技

能由不同的角度或方法作觀察，以利撰寫遊記。

能依某一屬性（或規則性）去作有計畫的觀察，以利撰寫報導文學作品。能善用網路資源與人分享資訊，以利撰寫訪問稿或紀錄稿。

4 綜合活動

撰寫訪問稿、報導文學時，能找尋與文化相關的主題，描述當地的文化特色，並分享自己對文化的認知意義及其價值。

撰寫遊記時，能注意到人與自然的關係，進而對日常生活中的事物作有系統的觀察與探究，發現及解決問題。

（二）六大議題統整

1 資訊教育

撰寫訪問稿、報導文學其他文章之前，能利用網際網路、多媒體光碟、影碟等進行資料整理與分析。

2 環境教育

安排旅遊活動，藉由觀察與體驗自然，來創作文章；亦可藉由音樂、戲劇等形式表現自然環境之美與對環境的關懷。

3 生涯發展教育

鼓勵同學養成寫日記的習慣，探索自我的興趣、性向、價值觀及人格特質，了解自己的能力、興趣、特質所適合發展的方向。

九　教學活動設計

〔語文綜合練習〕

填寫文學筆法：

「描寫」和「敘述」的不同，可依寫作旨趣和記敘對象的不同，而判別出來。例如描摹人、景、物的樣貌，較偏向靜態的，屬於描寫；敘寫事件的發展，較偏向動態的，屬於敘述。下面一段文章，取材自《愛的教育‧六千里尋母》，請在空格內填入該處屬於「描寫」或「敘述」的筆法：

　　翌晨，瑪爾可負了衣包，身體前屈著，跛著腳，彳亍入杜克曼布（敘述）。這市在阿根廷共和國的新闢地中算是繁盛的都會（描寫），瑪爾可看去，仍像是回到了可特準、洛賽留、培諾斯愛列斯一樣（敘述）。依舊都是長而且直的街道，低而白色的家屋。奇異高大的植物，芳香的空氣，奇觀的光線，澄碧的天空，隨處所見，都是意大利所沒有的景物（描寫）。進了街市，那在培諾斯愛列斯曾經驗過狂也似的感想，重行襲來。每過一家，總要向門口張望，以為或可以見到母親。逢到女人，也總要仰視一會，以為或者就是母親。要想詢問別人，可是沒有勇氣大著膽子叫喚。在門口立著的人們都驚異地向著這衣裝襤褸滿身塵垢的少年注視。少年想在其中找尋一個親切的人，發他從胸中轟著的問話。正行走時，忽然見有一旅店（敘述），招牌上寫有意大利人的姓名。裡面有個戴眼鏡的男子和兩個女人（描寫）。瑪爾可徐徐地走近門口，振起了全勇氣

問：「美貴耐治先生的家在什麼地方？」（敘述）

上述的題目設計及答案，來自夏丏尊〈文章作法〉，該書另附一題，選自〈瘋姑娘〉，茲附原題及解答於次，僅供參考。

〔練習〕

試將下文的敘事（敘述）和記事（描寫）的部分分析出來：

> 伊的避暑莊邊有一個小小的丘樣的土堆，汽船在這前面經過（描寫）。每逢好天氣，伊便走到那裡，白裝束，披著長的捲螺髮，頭上戴者一頂優美的夏帽子。伊躺在丘上面，用肘彎支拄起來，將衣服安排好許多的襞積（敘述），捲螺髮的小團子在肩膀周圍發著光，而且那一隻手，那支著臉的，是耀眼的白（描寫）。在自己前面，伊攤著一本翻開的書；但眼光並不在這裡，卻狂熱的射在水面上。伊這樣的等著伊的豪富的高貴的新郎，伊的幻想的目的。只要他在船上，他便應該看出伊在山上的了。他們看見而且感動而且趕到伊這裡來，那只是一眨眼間的事（敘述）。

〔討論與活動〕

問題討論

（一）從言談對話可以寫出「方向感」和「層次感」，換言之，記敘文章實有線索可尋，且能一級高過一級，逐步推進至更深層的境界。茲以《論語·公冶長》「顏淵季路侍」章為例，試分析在這場師生對話中，顏淵、子路的個性有何不同？弟子和老師的志向有何差

異？這篇文章還有哪些寫作特色？

　　解答：請參考本書〈文言文教學與作文訓練〉一文第四節「創作的傳達階段之問題討論」，頁一三八至一三九。

十　類文補充

附錄　歷屆高中、五專各地聯招作文試題（記敘文部分）

國中生活記趣（60師專、61臺南高職）　　老師囑咐的話（61雲林、嘉義）

試述一則感人的故事（61桃園）　　　　　國中生活的回憶（62澎湖）

我最難忘的一課（64師專）　　　　令我興奮的一件事（66臺東女中）

燈（67臺北男）　　　　　　　　　　　仲夏夜讀書記（67北女）

最佳的禮物（67臺南男）　　　　　　　　　　　晨（67基隆）

一枝小小的原子筆（68彰化）　　　　　　我的休閒生活（70嘉義）

當國旗升起的時候（71省聯）　　　　　　　國中三年（71臺北）

成長中的煩惱與喜悅（72南五專）　　　　旭日的聯想（73高雄）

校園生活記趣（78省聯）　　　　　　　　　　燈（79省職聯）

泥土（81北聯）　　　　　　　　　　令我感動的場面（82南五專）

一場及時雨（83北聯）　　　　　　　　　充實的一天（84北聯）

逛書店的收穫（87北聯）　　　　　　傾聽大自然的聲音（88北聯）

我最在乎的一件事（89省聯）　　　　生命中的美好經驗（89南五專）

參考文獻

梁啟超　《作文教學法》　臺北市　臺灣中華書局　1980年臺三版

張九加　《記事文教學釋例》　臺北市　文史哲出版社　1987年初版

蔣祖怡　《記敘文一題數作法》臺北市　文史哲出版社　1989年初版

鄭明娳　《現代散文構成論》　臺北市　大安出版社　1989年初版

王鼎鈞　《作文七巧》　吳氏圖書公司　臺北市　1991年改版

周振甫、徐明霽　《散文寫作藝術指要》　臺北市　東方出版社
　　　1997年第一版

夏丏尊、劉薰宇　《文章作法》　香港　三聯書店（香港）公司
　　　1998年第一版

陳惠齡　《現代文學鑑賞與教學》　臺北市　萬卷樓圖書公司　2001
　　　年初版

　　　——本文原刊王基倫等編著：《國民中學・國文第三冊・
　　　教師手冊》（臺北縣：育成書局，2003年6月）。

學術論文篇

「集中識字教學」的理論應用

摘要

　　如何從古漢語的學理知識出發，約略整合「集中識字教學」的原理原則，並將之運用於教學過程上，為本篇論文所欲處理的相關問題。

　　研究過程為：先確立「集中識字教學」的具體方向，計有（一）象形、指事字單獨學習認唸。（二）會意字按義符（同偏旁者）歸類。（三）形聲字按聲符（同偏旁者）歸類，其中包括聲符兼義和聲符不兼義者。而後據此方向，討論「集中識字教學」如何運用至教學上，達到幫助學生學習系列字群的目標；其中字例解析、歸類應用，皆盡量與實際教學相關，冀能由此將理論與實務相印證，供從事國語文教學工作者參考。最後，提出從事此項教學工作，所須具備的學養及克服相關困難問題的解決之道。

關鍵詞：文字學、集中識字、語文教學

　　近年來，大陸學界提出了「集中識字教學」的理論，並討論其實踐的可行性。一般認為，集中識字是我國識字教學的傳統經驗，可以自小學一、二年級起開始實施，符合漢字漢語的特點和識字教學的規律，值得大力提倡。[1]就在這項教學理論逐步引入臺灣的同時，教育部也著手修正國民中小學課程標準，並將「熟悉課文中生字的形、音、義及國字結構，並認識象形、指事、會意、形聲等簡易的造字原理」，列入高年級目標的新增條文。[2]

　　上述兩種努力方式，可說殊途而同歸，目的都在於運用古漢語的學理知識，幫助兒童更有次序且深入的學習理解漢字。大陸學界重視初學的過程，有學者主張從「集中識字」、「大量閱讀」、到「分步習作」，建立起三階段的新教學體系，[3]顯然較具理論系統；臺灣官方只是教學目標的宣告，似乎重視兒童歸納統合的能力，其實對於識字教學各環節所可能遭遇的重重困難，付之闕如。

一　「集中識字教學」理論的形成

　　我國識字教學的傳統教學方式，是讀《三字經》、《百家姓》、《千字文》之類的書籍，這個階段的學齡孩童，「好讀書，不求甚解」，塾師也不多作內容深究，其目的在於多認唸漢字而已。到了近代，學生

1　郭林：〈論集中識字〉，《集中識字教學的理論與實踐》（北京市：教育科學出版社，1991年），頁1-6；馬文駒：〈大陸識字教學新進展〉，收入國立臺北師範學院主編：《海峽兩岸小學語文教學研討會論文集》（臺北市：國立臺北師範學院，1994年），頁109-125；施仲謀：〈識字教學初探〉，收入國立臺北師範學院主編：《海峽兩岸小學語文教學研討會論文集》（臺北市：國立臺北師範學院，1994年），頁127-132。

2　教育部：〈國民小學國語課程標準〉，《國民小學課程標準》（臺北市：臺捷國際文化公司，1993年），頁56。

3　張田若：〈「集中識字、大量閱讀、分步習作」教學體系的理論與實踐〉，《集中識字教學的理論與實踐》（北京市：教育科學出版社，1991年），頁7-27。

先學注音符號，許多小朋友大字不識幾個，卻能依賴注音符號（或拼音方法）閱讀兒童讀物。隨著社會對語言文字的日趨冷漠，以及聲光媒體的入侵家庭，都促成兒童識字能力日趨惡化。識字不佳導致錯別字連篇，語文程度的下降，令人憂心忡忡。

　　而現行國小國語課本的編排方式，低年級大致以發音次序的學習為主，中高年級大致以文體分配的學習為主，生字分習寫字與非習寫字，習寫字以大字排印，須會認會寫，非習寫字以小字排印，會認即可；識字教學完全是有什麼字就教什麼字，看不出循序漸進的步驟，毫無章法可言。然而從認知心理學的角度來說，若能讓學童從一字一字的學習，逐步邁向一系列字群的學習，將更能達到學習的效果，此為淺顯易知的事實。因此，大陸學界先是運用了「以歌帶字」的教學方式，「後來發覺歌詞中的字有限，就改用按漢語拼音的音序同音歸類的方法學字，每一音節分四聲排列生字，讓學生學習。用這種方法可以容納大部分生字，但是從效果看，容易造成同音混淆。經過研究發現其中形聲字的效果好，因為可以借形聲字『形符表義，聲符表音』的作用，從字形上找到記憶字音的依靠，而漢字中形聲字的比重是相當大的。但是，漢字中也有一些不是形聲字，怎樣歸類呢？經過研究，可以把不表音的結構單位，例如『肥』字的「巴」字視為基本字，與『巴』字的形聲字組合在一起學，同樣有助於記憶，只要注意區別其讀音就可以。於是產生了『基本字帶字』的方法。這種方法既充分利用了漢字的形聲字規律，又兼容了不是形聲字的合體字，可以囊括絕大多數生字。經過實驗證明這是較好的方案。從此『基本字帶字』就成了集中識字的最主要方式。於此同時還採用『看圖識字』等方式識少量的字。」[4]

4　張田若：〈「集中識字、大量閱讀、分步習作」教學體系的理論與實踐〉，頁17。

　　所謂「他山之石，可以攻玉」，大陸學界的實驗過程，證明以形聲字為主體的「基本字帶字」教學法，學習效果良好，足供臺灣學界借鏡。其實「以歌帶字」、「看圖識字」的教學法，此地教學者早已有所嘗試，[5]只是尚未進階到「基本字帶字」教學法，而這正是文字學理論的應用，也是集中識字教學的難點所在。以下即針對這方面的研究，提出可實際從事教學的具體方向，加以討論。

二　「集中識字教學」的具體方向

　　若欲運用文字學理論從事集中識字教學，首先須顧及中國文字的特性，按照漢字構造規律來歸類學字。潘重規《中國文字學》指出：「中國文字最初是從圖畫發展起來的象形文字，……它有幾個最重要的特性：（一）中國文字是形音雙衍的注音字而不是拼音字。……中國語用一個單音節表示一個名物，一個意思；這和西方各國的語言用複音節是大不相同的。（二）中國文字有統一的功能。（三）中國文字是唯一具備高度藝術的文字。中國文字由圖畫發展而來，成了一種線條的文字，線條的結構是可以表現一種構圖美的。」[6]此外，以象形字為基礎、形聲字多、常用字集中，也是大家耳熟能詳的知識。[7]如上所述，了解中國文字須先從象形字著手，進而了解許多義符（或稱形符）、聲符，而後大量的形聲字得以分析清楚；是故漢字歸類學習的

5　參見吳文欽：〈課文歌曲教唱〉、王淑慧：〈遊戲說唱記「量詞」〉、陳美梅：〈字義圖解〉，均收入林寶山主編：《優異教學技巧》（南投縣：臺灣省教育廳，1992年），頁59-69、70-72、114-116。

6　潘重規：〈中國文字的特質〉，《中國文字學》（臺北市：東大圖書公司，1977年），第1章第3節，頁7-9。

7　參見羅秋昭：〈識字教學〉，《國小語文科教材教法》（臺北市：五南圖書出版公司），第5章，頁89-108。

主要方式有以下幾種：

（一）象形、指事字單獨學習認念。

（二）會意字按義符（同偏旁者）歸類。

（三）形聲字按聲符（同偏旁者）歸類，其中包括聲符兼義和聲符不兼義者。

再者，亦可考量現代漢語的實際發展情形，顧及國語文教學需要，從形、音、義三個角度作一些歸類：

（四）形近字歸類。

（五）同音字歸類，其中包括聲調相同者和聲調不相同者。

（六）按字義歸類，將字義相近者歸在一起。

上述方向的提出，實欲從系列字群的學習，達到集中識字教學目標。迄今為止，實驗成效為：象形、指事字歸類教學的效果很好，但這類漢字的字數不多，不能作為主要的歸類方式。會意字按義符（同偏旁者）歸類，往往同偏旁的字甚多，如从手、从木、从水……之類，其共性是義符容易識記，而字的難點恰恰不在義符上。形聲字按聲符（同偏旁者）歸類，可以囊括大多數漢字，其中聲符兼義（規律顯著者）約占三分之一，可以解決字的難點（即聲符），在集中識字教學中具有很大的優勢。形近字較無共性可資利用，教學時方便比較而已。同音字的字數多寡不一，且字形各異，難有共性，不易進行教學。按字義歸類的方式，例如把動物十二生肖歸在一起，或把字義組合在一起，如根、莖、葉、花、果等等，確實有助於學生聯想，獲得記憶支柱，但其字形還是各異，可以適當採用而已。[8]

因此，上述六個方向，仍以前三項最適合集中識字教學，且象形、指事、會意、形聲字若能區分清楚，義符、聲符皆得其要領，則

8　張田若：〈「集中識字、大量閱讀、分步習作」教學體系的理論與實踐〉，頁33-34。

進行識字教學時，有基本字根可作為解釋生字的憑藉，所述較為合理得當。以下即就前三項漢字歸類方式，討論如何將理論與實務相結合，實際運用至教學上。

三　「集中識字教學」的實施方法

（一）象形、指事字單獨學習認念

　　初文由圖畫進化而來，因此有許多初文為象形：[9]象具體之形者，稱之為「象形」；象抽象之形者，稱之為「指事」。[10]二者皆須教師先依據許慎《說文解字》，明辨其字形字義，而後講解之，使同學識其字而知其義，加深腦海印象。許慎〈說文解字敘〉云：「象形者，畫成其物，隨體詰詘，日、月是也。」段玉裁注：「詰詘見言部，猶今言屈曲也。日下曰：『實也。大昜（太陽）之精，象形。』月下曰：『闕也。大陰之精，象形。』」是知凡觀察實物形體，隨其輪廓，以屈曲線條宛轉畫其形狀之法曰象形。茲另舉象形數例作說明：

　　又，《說文》：「彐，手也，象形。三指者，手之列多，略不過三也。凡又之屬皆从又。」

　　隹，《說文》：「隺，鳥之短尾總名也，象形。凡隹之屬皆从隹。」

　　鳥，《說文》：「鳥，長尾禽之總名也，象形。鳥之足似匕。凡鳥之屬皆从鳥。」

　　烏，《說文》：「烏，孝鳥也。凡烏之屬皆从烏。象形。」

9　林尹：〈中國文字的要素〉，《文字學概說》（臺北市：正中書局，1971年），第1篇第1章第5節，頁20。

10　林尹：〈指事概說〉，《文字學概說》，第2篇第3章第1節，頁90-91。

肉，《說文》：「⿰，裁肉，象形。凡肉之屬皆从肉。」

木，《說木》：「米，冒也，冒地而生，東方之行。从中，下象其根。凡木之屬皆从木。」

网，《說文》：「网，庖犧氏所結繩，以佃以漁也，從⺍，下象网交文。凡网之屬皆从网。」

人，《說文》：「⺅，天地之性最貴者也，此籀文，象臂脛之形。凡人之屬皆从人。」

心，《說文》：「⿰，人心，土臧也，在身之中。象形。博士說：以為火臧。凡心之屬皆从心。」

糸，《說文》：「⿰，細絲也，象束絲之形。凡糸之屬皆从糸。」

上述十字皆屬象形字，又字本象右手形，以三指代五指；隹字、鳥字以長、短尾分，象側立之形；烏字因為烏身全黑，看不出牠的眼睛，於是減省了鳥字的筆畫，成為「省體象形」字；肉字象截臠平面之形；木字象草木生長之形；网字、糸字更象網狀、繩絲狀圖形；人字甲骨文作⺅，金文作⺅，并象人側立之形，⿰象自頭身及脛，丿象手臂之形；心字金文作⿰，象心瓣及兩大動脈之形；我們僅須參考《說文解字》原文及段玉裁的注解，即能掌握許多初文的本義。今人書籍常列有象形正例、象形變例之說，變例又分「增體象形」、「省體象形」、「加聲象形」，[11]或分「合體象形」、「省體象形」、「變體象形」；[12]亦有分為「借體象形」、「合體象形」、「變體象形」者，[13]這些分法取其可供教學參考者用之即可。筆者以為，學說須有助於後學之理路清晰，始具備教學應用之價值，儻若名目繁多，治絲而益棼，則可略而

---

11 林尹：〈象形變例舉例〉，《文字學概說》，第2篇第2章第3節，頁81-86。
12 高緒价：〈象形舉例之二──象形變例〉，《師專文字學》（臺北市：中華出版社，1975年），第2章第3節，頁67-82。
13 潘重規：〈六書分說〉，《中國文字學》，第2章第4節2，頁49-53。

不論。

接著談指事字。許慎〈說文解字敘〉云：「指事者，視而可識，察而見意，二、二是也。」段玉裁注：「有在一之上者，有在一之下者，視之而可識，察之而見上下之意。」故知所謂指事，就是用符號表示某一事類的通象，使人看見它，可以識其事象，觀察它，可以見其事意。譬如「二」（上）「二」（下），以「一」長畫表示任何東西或表面，以「一」短畫指明物所在的位置，便構成「上」「下」的概念。茲另舉指事數例作說明：

八，《說文》,「八，別也，象分別相背之形。凡八之屬皆从八。」

牟，《說文》：「牟，牛鳴也，从牛，乙象其聲氣从口出。」

厶，《說文》：「厶，姦衺也。韓非曰：『倉頡作字，自營為厶。』凡厶之屬皆从厶。」段注：「自營為厶，六書之指事也。」

予，《說文》：「予，推予也，象相予之形。」

侖，《說文》：「侖，思也，从亼冊。」段注：「侖，理也，……思與理義同也，……凡人之思，必依其理，倫、論字皆以侖會意。」

欠，《說文》：「欠，張口气悟也，象气从人上出之形。」

上述六字皆屬指事字，八字甲骨文作八，金文與篆文同體，皆依主觀臆構作分開推物狀；牟字象牛口出氣，表示牛鳴的意思；厶字實是意構的虛象，用自環的圖形，代表一切以自我為中心，為自己經營，所以《韓非子·五蠹》說：「自環者謂之私，背私謂之公。」予字象以手推物與人之狀；侖字从亼冊，段注說：「聚集簡冊，必依其次第，求其文理。」此或為本義，引申為有條理、次第之意，成為形聲字語根之一；欠字象仰頭呵氣狀。「其他的字如甘字，畫一短橫畫在口之中作『甘』，表示所含的是甘美的味道。又如刃字，在其刀口標注一

小點作『ㄅ』，表示是堅利的部位。」[14]世間具體之物少，而抽象之動作、語氣、情感恆多，故指事字生焉。指事字多無實物可象，卻又常譬喻較大範圍的事物，因事而生形，本義又多非名詞，是故教學說明稍感困難。然而，唯有多參考觀念正確之書籍，並加強練習識字，識讀每一個初文，而後始得申論簡易的造字原理。

(二) 會意字按義符歸類

象形、指事多為獨體字，會意、形聲則為合體字，會意是會合兩體或兩體以上的字形，結合其意義，而造出一個富有新意義的字。許慎〈說文解字敘〉云：「會意者，比類合誼，以見指撝，武、信是也。」段玉裁注：「誼者，人所宜也。……會意者，合誼之謂也。」「比」是「並」，「類」是「字類」，「誼」是「義」，即「意義」，合併兩個或三、四個初文，構成一個新的字義，就是「比類合誼」；「指撝」是「指向」，即「旨趣意向」，所謂「以見指撝」，就是用來發現新合成的字的意向。

會意字的形符只能表義，不像形聲字的聲符兼有表音的功能，因此，我們稱它為「義符」。許多部首字，如人、口、土、女、手、木、水、示、竹、羊、艸、虫、衣、豕、豸、貝、頁、馬、魚、鳥……等，都是會意字的義符，如果我們清楚每個部首字的字義，那就幾乎識得所有漢字的偏旁了。[15]例如「示」這個部首，《說文》云：「示，天垂象見吉凶，所以示人也。……觀乎天文以察時變，示神事也。凡示之屬皆从示。」因此祈、福、祝、禱、祭、祀、祥、祿、

---

14 王永誠：〈國民小學生字教學探討〉，《第一屆中國語文教學學術研討會論文集》（高雄市：國立高雄師範大學，1992年），頁66。

15 可參考吳啟振：《認識國字部首》（臺北市：國語日報社，1993年），頁1-83。

祠、禮……等，與宗教信仰有關之字皆从「示」。而「衣」這個部首，《說文》云：「兪，依也。上曰衣，下曰常（下裙），象覆二人之形。凡衣之屬皆从衣。」因此「衣」部的字，大都與身上衣著有關。學童明白及此，則不易再將示、衣二偏旁混為一談。「艸」部與「竹」部頭的字，亦復如此，須依據《說文》本義講解清楚，學童才不會混淆。又如「頁」這個部首，《說文》云：「兒，頭也。……凡頁之屬皆从頁。」教學時能先講解這個字的屬性，學童才會理解：為什麼形容頸項以上各部位的字，如頭、額、領、頰、頸、項、頤、顴……等，皆从頁。由此可知，熟識象形、指事之獨體初文，絕對有助於會意合體字的分析。以下舉會意數例作說明：

公，《說文》：「公，平分也，从八厶，八猶背也。韓非曰：『背厶為公。』」

美，《說文》：「羕，甘也，从羊大。羊在六畜主給膳也。美與善同意。」

步，《說文》：「步，行也，从止屮相背。凡步之屬皆从步。」

涉，《說文》：「涉，篆文从水。」

隻，《說文》：「隻，鳥一枚也，从又持隹；持一隹曰隻，持二隹曰雙。」

雙，《說文》：「雙，隹二枚也，从雔又持之。」

雥，《說文》：「雥，群鳥也，从三隹。凡雥之屬皆从雥。」

集，《說文》：「集，群鳥在木上也，从雥木。集，集或省。」段注：「今字作此。」

羅，《說文》：「羅，以絲罟鳥也，从网從維。」段注：「會意。」

上述九字皆屬會意字，公字由八、厶兩個指事字組合而成，八本義為別，引申為相背、相反之義，與奸邪相背的，自然是公平之事；美字甲骨文作羙，金文與篆文同體，羊大則肥美而味甘，羊在六畜主給

膳，所以字從羊大相合；步字合兩個止字初文而起，涉字合兩個止字初文、一個水字初文而成；隻、雙、雥、集四個字放在一起，更可以看出字形的孳乳衍化；羅字應說从网从糸从隹，高空有网，拉下繩索（从糸）可以捕捉網下的小雞（从隹），正是張開「天羅」捕捉禽鳥的意思。若將會意字按義符（同偏旁者）歸類，往往能串出一系列的字群，達到很好的教學效果。此外，尚可從事歸類教學者，有重疊相同初文而會意之例：

林，《說文》：「林，平土有叢木曰林，从二木。凡木之屬皆从林。」

森，《說文》：「森，木多皃，从林从木。」

友，《說文》：「友，同志為友，从二又相交。」

炎，《說文》：「炎，火光上也，从重火。」

晶，《說文》：「晶，精光也，从三日。」段注：「凡言物之盛，皆三其文。」

磊，《說文》：「磊，眾石皃，从三石。」

轟，《說文》：「轟，轟轟，群車聲也，从三車。」

上述為中小學生較常用之字。從獨體到合體、三合體，可組合木、林、森；人、从、众；火、炎、焱；日、昍、晶；土、圭、垚；石、砳、磊等；純屬三合體的字，尚有蟲、淼、毳、鑫、猋……等，皆象徵其眾多盛大貌。此類會意字會合二體以上相同的「文」或「字」而見意，應合成二、三字一併教學。

（三）形聲字按聲符歸類

有聲音而後有語言，有語言而後有文字，當象形字不敷使用時，勢必有記錄語言符號的文字產生，此則漢字形聲字產生之緣由。許慎

〈說文解字敘〉云：「形聲者，以事為名，取譬相成，江、河是也。」段玉裁注：「事，兼指事之事、與象形之物，言物亦言事也。……以事為名，謂半義也；取譬相成，謂半聲也。江、河之字，譬其聲如工、可，因取工、可成其名。」事便是義符，聲便是聲符，取譬便是用聲符譬況語聲，相成便是義符、聲符合成一個字。這是講形聲字草創的情形，例如「雞」、「鴨」、「銅」、「鐵」等字，也都是以聲命名，不過這類的形聲字並不多。林尹《文字學概說》指出：「另外還有一部分形聲字，是由初文孳乳而生。例如：由羊孳乳而有從示羊聲的祥；從食羊聲的養等等。祥、養，非但聲本於羊，義亦由羊孳乳而得。初民打獵遇羊，這不是吉祥的表示嗎？食而有羊，這不是很養身的嗎？這一類形聲字在全部形聲字所占的比例最大。」[16]據此可知，後世借用某些初文當作聲符，於是聲符多兼義，[17]此類聲符（初文）即大陸學界所稱的「基本字」，為漢字的一大現象。是故，形聲字有兩類，一類字數較多，其聲符兼義，義由初文而來；另一類字數較少，其聲符不兼義。茲分論於後：

1 形聲字歸類——聲符兼義

早在宋代王聖美（名子韶）即據左形右聲之字，以為右旁聲符皆為有意義之文，故稱其說為「右文說」。沈括《夢溪筆談》卷十四載：「王聖美治字學，演其義以為右文。古之字書，皆從左文。凡字，其類在左，其義在右。如木類，其左皆從木。所謂右文者，如戔、小也。水之小者曰淺；金之小者曰錢；歹而小者曰殘；貝之小者曰賤；如此之類，皆以戔為義也。」充其說者以為凡聲符皆當供意，

---

16 林尹：〈形聲概說〉，《文字學概說》，第2篇第5章第1節，頁130-131。

17 可參考黃永武：《形聲多兼會意考》（臺北市：國立臺灣師範大學國文研究所，1965年），第9號，頁141-311。

近現代小學家如段玉裁、劉師培、沈兼士等皆宗王氏，大倡「因聲載意」、「聲與義同源」、「凡形聲多兼會意」之說。[18]高鴻縉《中國字例》據此舉出顯著之例如下：

（1）凡从青聲之字，青皆供「美」意。有：晴、清、凊、菁、精、蜻、鯖、猜、倩、婧、睛、情、綪、靖、靚、請、彰，凡十七字。[19]其中犬之美者曰猜，因「猜為犬德」之故。

（2）凡从戔聲之字，戔皆供「小」意。有：淺、棧、箋、俴、踐、帴、綫、餞、醆、衏、賤、錢、殘，凡十三字。[20]

林尹《文字學概說》亦舉例說明：

> 《說文》：「句，曲也，从口，丩聲。」可見「句」字有「曲」的意思。為什麼會有「曲」意？可以再從「丩聲」去推究。
> 《說文》：「丩，相糾繚也；一曰瓜瓠結丩起。」瓜藤糾纏，決非直上，一定是彎彎曲曲的，所以「句」有「曲」意是由「丩聲」而來。推演開來，从「句」得聲的字也多有「曲」意。如：筍、鉤、跔、朐、翎、痀、者、絇、軥、枸、刨、苟、雊、姁。[21]

高、林二氏舉例，皆引《說文》為證，所言信而有徵。於《說文解字》一書，尚有許多从「同」得聲之字，多有會合盛大義；从「幾」得聲之字，多有微小隱幽義；从「喬」得聲之字，多有高且彎曲義；

---

18 請參考高鴻縉：〈聲（音符）之分析〉，《中國字例》（臺北市：三民書局，1960年），第5篇第1章第40節，頁557-558。

19 同前註，頁558-560。

20 同前註，頁560-561。

21 林尹：〈形聲概說〉，《文字學概說》，第2篇第5章第1節，頁133-135。

從「非」得聲之字，多有違逆難受之義；文例比比皆是，惟須用心尋找。前已述及「侖」字本義，故凡從侖得聲之字都有條理次第的意義，「如議論的論，從言侖聲，表示議論必有條理；同等輩之倫，從人侖聲，表示人與人之間的道理關係；欲知的惀，從心侖聲，表示心想通達事理；小水波的淪，從水侖聲，表示水文有次第；選擇的掄，從手侖聲，表示有次序、有條理；青色絲帶的綸，從糸侖聲，表示青絲糾合成綬有秩序條理；有輻的輪，從車侖聲，表示車輻必合條理，車輪始能依次運行。這是從一個侖字孳乳成若干形聲字，若干以侖為聲的形聲字，其字義依然與侖的本義有關，因此一望字形，就可從知音讀，識字義，這就是中國文字的以簡馭繁之道。」[22]林尹前揭書亦舉「論」字為例，擴大從事於識字、識詞的生字教學，他說：

> 認得一個「論」字，知道它的意思是「言語有條理層次」，於是附帶地懂得構成「論」字的兩個初文：「言」和「侖」的音義。「言」代表「言語」，所以可以聯想到部首屬「言」的字，如：談、謂、誇、訥、訕、諷、誦、讀……等等，都與「言語」有關；「侖」代表「ㄌㄨㄣˊ」的聲音，也含有「條理層次」的意思，所以可以聯想到聲符作「侖」的字，如倫、掄、淪、槍、綸、輪……等等，讀音一定近於「ㄌㄨㄣˊ」，而且可能有「條理層次」的意思。再以「論」字為基礎，可以推想許多「複詞」。如：「論價」、「論解」、「論學」、「論據」、「論決」、「論爭」、「論次」、「論述」、「論證」……及「言論」、「高論」、「謬論」、「議論」、「理論」、「辯論」……的意思。[23]

22　王永誠：〈國民小學生字教學探討〉，頁69。

23　林尹：〈中國文字的特性〉，《文字學概說》，第1篇第1章第6節，頁25。

　　如上所述，識字教學可以幫助學生造詞、造句，幫助聯想，功效大矣哉！但教學基本要求仍在於勿寫錯別字，在這方面，聲符規律的歸納，顯得十分重要。例如：

　　今，《說文》：「今，是時也，从亼乀，乀古文及。」段注：「會意，乀，逮也，乀亦聲，居音切。」

　　令，《說文》：「令，發號也，从亼卪。」段注：「會意，力正切。」

　　這兩個字韻部不同，一發「ㄣ」音，一發「ㄥ」音，在《說文》中確實有「从某今聲」與「从某令聲」的系列字群，可見它們是「基本字」。學童若能將聲符歸類，則吟、岑、涔、芩、琴……都念「ㄣ」韻，玲、伶、拎、泠、冷、零、鈴、領……都念「ㄥ」韻，以音辨字，就不會混淆。又如：

　　易，《說文》，「易，開也，从日一勿。一曰飛揚，一曰長也，一曰疆者眾皃。」段注：「與章切。」

　　易，《說文》：「易，蜥易蝘蜓守宮也，象形。」段注：「羊益切。」

　　這兩個字韻部不同，一發「ㄤ」音，一發「一」音，在《說文》中確實有「从某易聲」與「从某易聲」的系列字群，可見它們是「基本字」。學童若能將聲符歸類，則楊、瘍、煬、湯、揚、場、陽……都念「ㄤ」韻，从湯得聲的盪、从募得聲的蕩……也念「ㄤ」韻，踢、褐、惕、錫……則都念「一」韻，以音辨字，就不會再寫錯字。

　　以上例字分析歸類，或可相對應於大多數的形聲字，以下續討論另一小類形聲字。

2 形聲字歸類──聲符不兼義

　　前已言及，形聲字草創之初，必有許多「以聲命名」的字，其聲符實無義可說。人們見水流經大江，發出「工工」的聲音，於是取

「工」為聲符，造成「江」字；人們見水流經小河，發出「可可」的聲音，於是取「可」為聲符，造出「河」字；其餘「鴉」從「牙」聲；「鵝」從「我」聲；「嚶」從「嬰」聲，狀鳥鳴嚶嚶之聲；「呦」從「幼」聲，狀呦呦鹿鳴之聲；「嗾」從「族」聲，狀嗾使畜犬之聲；「吐」從「土」聲，狀吐哺之聲；以及「雞」、「鴨」、「銅」、「鐵」等字亦復如此[24]，此為聲符不兼義的第一種情形。

及至後世，外來語漸多，如近代所譯化學名詞：「氧」、「氮」、「氫」、「氯」等字，聲符有義可說；「鋰」、「鉀」、「鈉」、「錳」等字，卻純為拉丁文Lithium、Kalium、Natrium、Manganum的音譯，聲符無義可說[25]，此為聲符不兼義的第二種情形。

據朱駿聲《說文通訓定聲》統計，《說文》九千三百五十三文，內指事一百二十五，象形三百六十四，會意一千一百六十七，形聲七千六百九十七，形聲所占比例高達百分之八十以上，可見形聲字聲符歸類，有其必要。然聲符有有義可說者，有無義可說者，此須慎思之、明辨之，不宜強作解釋。

四　結論

以上的討論，環繞在文字學知識的原理及其運用議題上，然而似有些瓶頸仍待克服，接下來，我們討論教學可能遭遇的困難，及其解決之道：

首先，從文字教材編寫方面講。初文多是象形、指事字，而後義

---

24 林尹：〈形聲概說〉，《文字學概說》，第2篇第5章第1節，頁133、135；及潘重規：〈六書分說〉，《中國文字學》，第2章第4節2，頁53-54。

25 林尹：〈形聲概說〉，《文字學概說》，頁135；及潘重規：〈六書分說〉，《中國文字學》，頁54。

符與義符結合，義符與聲符結合，會意、形聲字始大量產生。這與一般人從小到大，生字越學越多，筆畫越學越繁複的情形相合。故在低年級時，不妨讓幼童識些初文；到高年級時，則可進行義符、聲符的歸類教學。教科書的編纂者，亦應配合基本文字學知識，著手編定由淺入深的識字教材，最起碼對部首、義符、聲符的字根講解，應有所深入說明。只要學生程度可及，提早運用文字學知識以從事實際教學工作又何妨？換言之，前言所述海峽兩岸對「識字教學」學習年齡的不同認知，實可調合為一。

其次，教師基礎學養方面。面對開放教育的改革，中小學教師擬早作因應。過去臺灣地區中小學的課文內容，鮮有變化，而開放民間編寫教材後，課文生字不再千篇一律；將來不論教師調校、或學生轉學，都可能面臨習寫生字前後不一的情形。如何進行教學銜接工作，集中識字教學不失為一帖良方。教師自身也應認清，文字學知識由一點一滴的努力而來，「無望其速成，無誘於勢利」，更應揚棄現學現賣的心態，若有所不知，亦須謙抑自學，這是一條值得長久進修的路。若欲自我進修，須建立正確的觀念：先多讀書，勤查字典，高樹藩編纂的《正中形音義綜合大字典》就可以查閱許多古字形的演變，及其字義、詞義的典故出處；其次，須以《說文解字》為母本，參考段注，先從部首字的練習做起，逐一了解字形字義；此時遇有《說文》釋義滯礙難行處，應再檢閱前人研究成果，稍作修正。一般學者的看法是：許慎《說文解字》有時未及見到甲骨文、金文……等早期材料，有時又受限於東漢陰陽五行說的影響，故而釋形釋義難免有誤；這方面只要學者言之有據，是可以修正許慎之誤的。不過，筆者認為，有些學者求疵太過，或將《說文》六書說完全推翻，或陷入假借、轉注擾嚷不休的死胡同裡，這對國語文教學並無多大助益，國語課程標準也只是要求「認識象形、指事、會意、形聲等簡易的造字原

理」，不是嗎？

此外，從師範校院課程架構方面講，師資培育機構的課程安排實有待痛切檢討。過去臺灣地區中小學教師（尤其小學教師）之所以未能進行集中識字教學，主因在於學養不足，不敢從事於斯。已有學術論文籲請改善師範學院課程結構，包括增加語文教育系專門課程學分，增設文字學、聲韻學、訓詁學等課程。[26]揆諸上述討論，亦能發覺義符、聲符歸類教學時，確實須運用此知識。國語文科教材教法的課程內容，亦應加強文字學理的運用、集中識字教學的認知。我們期待將來語文專門課程學分能再增多，也預期將來各校中國文學系畢業生投入中小學教師行列後，能在集中識字教學方面有差強人意的表現。

總之，集中識字教學的理論可以成立，未來發展空間將十分寬廣，唯在充實學養方面，尚有賴師範學院重新安排課程，國中小學教師積極進修，始得實踐於教學。期盼有朝一日，能看到中小學教師不再視文字學理論為畏途，而能將之得心應手地揮灑於生命講臺。

---

26 陳金木：〈從宏觀的立場看師院「文字學」的教學與研究〉，《嘉義師院學報》第5期（1991年），頁255。

參考文獻

許慎著，段玉裁注　《說文解字》　臺北市　廣文書局

丁福保　《說文解字詁林正補合編》　臺北市　鼎文書局

向　夏　《說文解字部首講疏》　臺北縣　駱駝出版社　1979年

何　添　《說文解字形聲字探源疑義例釋》　香港　新亞研究所、學
　　　　津書店　1993年

吳啟振　《認識國字部首》　臺北市　國語日報社　1993年

李國英　《說文類釋》　臺北市　作者自印　1975年

周　何等　《中文字根孳乳表稿》　臺北市　編者自印　1983年

林　尹　《文字學概說》　臺北市　正中書局　1971年

林寶三　《優異教學技巧》　臺中縣　臺灣省政府教育廳　1992年

高樹藩　《正中形音義綜合大字典》　臺北市　正中書局　1971年

高鴻縉　《中國字例》　臺北市　三民書局　1960年

教育部　《國民小學課程標準》　臺北縣　臺捷國際文化公司　1993年

郭　林等　《集中識字教學的理論與實踐》　北京市　教育科學出版
　　　　　社　1991年

曾忠華　《常用字探源》　臺北市　五南圖書出版公司　1992年

黃永武　《形聲多兼會意考》　臺北市　國立臺灣師範大學國文研究
　　　　所集刊第九號　1965年

翟建邦等　《師專文字學》　臺北市　中華出版社　1974年

潘重規　《中國文字學》　臺北市　東大圖書公司　1977年

羅秋昭　《國小語文科教材教法》臺北市　五南圖書出版公司　1996年

王永誠　〈國民小學生字教學探討〉　《第一屆中國語文教學學術研

討會論文集》　高雄市　國立高雄師範大學　1992年　頁
65-74

陳金木　〈從宏觀的立場看師院「文字學」的教學與研究〉　嘉義市
嘉義師院學報5期　1993年　頁233-263。

馬文駒　〈大陸識字教學新進展〉　《海峽兩岸小學語文教學研討會
論文集》　臺北市　國立臺北師範學院　1994年　頁109-
125。

施仲謀　〈識字教學初探〉　《海峽兩岸小學語文教學研討會論文
集》　臺北市　國立臺北師範學院　1994年　頁127-132

──本文原刊《臺北師範學報》第9期
（1996年6月），頁111-128。

文言文教學與作文訓練

摘要

　　文言文的教學是否與現實生活脫節？文言文的閱讀理解是否與白話文寫作毫無關係？這問題似乎困擾著一些教學現場的教師與同學。本篇論文嘗試從文學創作的觀點提供思考，並以現行高中及國中文言文教材為實例進行分析，說明不論是在創作的發生階段、構思階段、傳達階段，文言文教材都能帶給我們寫作上的助益。因此，教師應重視文言文教學，加強培養學生的情意陶冶及閱讀理解能力，深化內容深究、形式深究，逐步達到提升學生寫作能力的教學目標。

關鍵詞：文言文、作文訓練、寫作教學、閱讀、理解、創作

一 前言

　　自《國民中小學九年一貫課程暫行綱要》出爐以來，中小學國語文課程普遍縮減，連帶影響到課文篇數減少，文言文比例降低，教學品質低落，乃至學生國語文能力素質的明顯下降。有識之士引以為憂，成立「搶救國文教育聯盟」，期盼增加國文上課時數，提高文言文比例。[1]然而，我們也聽到了另一種聲音，他們認為國文課本有太多的文言文教材，與現實生活脫節，對於現在的學生習寫作文毫無助益。言下之意，刪減國語文上課時數成為「必要之惡」了。

　　此外，近年來在九年一貫課程綱要的要求下，民間版編定的教科書另有一些現象值得省思。首先，為了讓國小和國中教材得以銜接，新課程綱要規定國小六年級國語課本得編入文言文教材，於是《戰國策》「鷸蚌相爭」、「狐假虎威」的故事，《韓非子》「自相矛盾」的故事，以及《說苑》「螳螂捕蟬」的故事，皆已編入國小五、六年級課本內，[2]且編排方式仿照國中課本列原文、題解、作者、注釋、語譯、賞析。而在國中和高中、高職國文課本方面，卻又因為課文篇數受到縮減限制等因素，所選的篇目幾乎大同小異，如《左傳‧燭之武退秦師》、諸葛亮〈出師表〉、韓愈〈師說〉、范仲淹〈岳陽樓記〉、歐

1　參見江昭青：〈搶救國文教育，余光中站到第一線〉，《中國時報》，2005年1月14日。邱瓊平：〈學生竟寫「劣祖劣宗」，搶救國文教育趕緊來〉，《東森新聞報》，2005年1月14日。

2　參見南一編輯部：〈鷸蚌相爭〉，《國語課本》（臺北市：南一書局，2004年），6上，第2課，頁12-17。康軒編輯部：〈狐假虎威〉，《國語課本》（臺北市：康軒文教公司，2004年），6上，第6課，頁36-39。翰林編輯部：〈狐假虎威〉，《國語課本》（臺北市：翰林出版事業公司，2005年），6下，第3課，頁18-23。仁林編輯部：〈螳螂捕蟬〉，《國語課本》（臺北市：仁林出版公司，2005年），6下，第5課，頁32-35。

陽脩〈縱囚論〉、蘇軾〈赤壁賦〉等名篇，幾乎各家版本皆選入。這固然可說是「英雄所見略同」，無可非議；但也提供給我們一個討論的基礎：這些篇目是否真的與現實脫節？例如在作文教學上有無效用可言？而在編排文言文教材時，行之有年的課文編排方式，以及老師不厭其煩的字義解說、翻譯，這樣的教學方式對於學生習寫作文有無幫助？

　　上述問題，站在推廣國語文教學的立場，可能毫無疑義，亦即上課時數需增加，文言文教材需增多，教材內容需豐富，教師講解需詳盡，這些都有助於學生國語文（包括作文）能力之提升；然而，終究沒有化解「質疑國文教學效果」的疑慮。過去也有些文言文與寫作關聯的研究論著，如張中行〈行文借鑒〉一文，討論到從文言文選用語詞須「避免誤用，吸取優點（如簡練、造境、委婉等），引為教訓（不能言之無物、須平實自然）」，[3]這篇文章論述精闢，然而重點限制在語詞方面。王昱昕《文言文教學研究》也在討論字詞的解釋使用，未涉及作文教學。[4]實則，寫作是字詞的運用、造句能力的訓練，進展到短文寫作，而後能寫好長篇的循序漸進的過程，[5]當學生讀到文言文之時，已有基本的字句使用能力。因此，本文試圖討論如何教導學生書寫的問題，重點放在創作過程方面。

　　討論創作過程的理論性書籍很多，說法有詳略的不同，但是近年來已經有趨向共通一致的看法，建立起一些論點。譬如德國籍學者瑪克斯·德索《美學與藝術理論》一書「將創作過程分為兩個階段，第一階段被稱為『創作情緒』，它是創作的準備階段；第二階段他稱為

3　張中行：〈行文借鑒〉，《文言津逮》（北京市：北京出版社，2002年），頁133-144。

4　王昱昕：《文言文教學研究》（貴陽市：貴州民族出版社，1994年），頁1-279。

5　曹綺雯、周碧紅：〈字詞的運用、造句能力的訓練、短文寫作指引〉，《寫作基本法》（臺北市：書林出版公司，1993年），頁1-82。

『概念的形成時刻』，藝術家的『創作情緒』獲得了外在的形式，也就是藝術的構成。」[6]胡有清《文藝學論綱》指出文學創作的過程有三：藝術積累，藝術構思，藝術傳達。[7]凌晨光、王汶成、狄其驄《文藝學新論》也指出創作過程的三個階段分別是：積累階段、構思階段、寫作階段。[8]日籍學者板坂元《思考與寫作技巧》則提出先有「腦的熱身運動」，接續有「觀點」、「讀書」、「整理」、「表達思想」、「說服」、「修飾」的過程。[9]蔡毅《創造之秘：文學創作發生論》則描述創作活動過程的五個部分：（1）生活積累與文學素材的聚集，（2）作家創意的觸發、受孕與萌生，（3）創意的構思孕育，（4）文學結構的生成與原則，（5）寫作：創造的生成與凝定。[10]晚近又以顧祖釗《文學原理新釋》的說法最為清楚，他指出文學創作流程有三：文學創作的發生階段、文學創作的構思階段、文學創作的藝術傳達階段。發生階段包括：（1）生活積累與情感積累，（2）藝術發現，（3）創作意圖；構思階段包括：（1）藝術構思的目的，（2）藝術真實，（3）藝術概括，（4）藝術靈感；藝術傳達階段包括：（1）藝術傳達過程的複雜性，（2）體裁對內容的征服，（3）語言對內容的征服，（4）即興與推敲。[11]

---

6 轉引自童慶炳：〈文學的創作〉，《文學理論要略》（北京市：人民文學出版社，1995年），頁128-129。

7 胡有清：〈文學創作論〉，《文藝學論綱》（南京市：南京大學出版社，1992年），頁149-160。

8 凌晨光、王汶成、狄其驄：〈文學創作的過程〉，《文藝學新論》（濟南市：山東教育出版社，1996年），頁525-540。

9 板坂元著，林慧玲譯：〈腦的熱身運動、觀點、讀書、整理、表達思想、說服、修飾〉，《思考與寫作技巧》（臺北市：書泉出版社，1993年），頁1-197。

10 蔡毅：〈創作活動過程描述〉，《創造之秘：文學創作發生論》（北京市：人民文學出版社，2002年），頁217-356。

11 顧祖釗：〈文學創作流程〉，《文學原理新釋》（北京市：人民文學出版社，2002年），頁260-288。

　　一部作品從萌芽到最終完成的過程，可能不只是上述積聚素材、構思、傳達三個階段，也有可能積聚醞釀在前，動機萌發階段在後；也有可能略過這幾個過程，只剩下隨興而來的得自靈感的寫作，分為初稿、定稿兩階段而已。不管怎麼說，寫作者都有自己的創作準備階段，這是「積累」工夫；其次，創作一定先有其創意需由構思孕育而來，落實為某一種外在的體裁形式，選定自己想要表達的語言風格，加上修飾，才能達到藝術的完成。整個創作的過程有其複雜性，也會造成創作效果的不同。

　　以下我們大致採納顧祖釗的意見，從創作過程的角度重新檢討這個問題，討論文言文與作文教學緊密結合起來的可能性教學策略。一來可以盡釋文言文與作文訓練無關的疑惑；二來可以從學生寫作的立場，了解困難癥結所在，嘗試建立起突破困難的作文訓練方式；三來提供研究心得報告供國文教師、國文教科書編纂者，以及所有關心國語文教育者參考。

二　創作的發生階段之問題討論

　　人在從事寫作之前，需要有一些「生活積累」與「情感積累」作基礎，而先具備「藝術發現」的能力，以及具有強烈的「創作意圖」，都是寫作之前發生階段不可或缺的要素。[12]但是我們的中小學作文教學目標，只是一項語文訓練過程，引導學生達到書面表達通順的能力即可，並未要求達到作家創作的程度；有時也為了配合課程進度，安排一些「命題作文」。在這種情況下，前述創作學理的說明是一種借鏡，並非所有觀念皆須強制執行在作文教學上，例如真正站在

---

12 顧祖釗：〈文學創作流程〉，《文學原理新釋》，頁260-268。

第一線從事教學時，「生活積累」與「情感積累」較「藝術發現」、「創作意圖」來得重要得多。

「生活積累」需靠家庭與學校共同安排，往往在開學後出現的「寒暑假生活記趣」之類的題目，以及與民俗節日、旅行經驗、學校運動會、園遊會之類相關的作文題目，都可以說生活經驗是影響文章寫好與否的重要因素。

更重要的是，大量閱讀有其必要。畢竟，我們的知識來源不全是由自己親手操作得來。許多時候，別人的生活經驗已經提供我們大量知識的來源。讀過諸葛亮〈出師表〉、李密〈陳情表〉、文天祥〈正氣歌〉的人，不必問讀者是否曾經哭泣，只要他能體會原作精神，就能對忠孝節義有更深刻的人生領悟。讀過《孟子》「天將降大任於斯人也」章的人，能知道堅毅不拔立定志向的重要；讀過《荀子·勸學》的人，能知道立志向學的重要；讀過司馬遷〈張釋之列傳〉的人，能建立守法的觀念；讀過韓愈〈師說〉的人，能重視師生關係；讀過鄭燮〈寄弟墨書〉的人，能善待農夫；讀過顧炎武〈廉恥〉的人，能重視道德修養；讀過白居易〈琵琶行〉、劉鶚〈明湖居聽書〉的人，能了解音韻聲情之美等。每篇文章都能益人神智，幫忙讀者建立正確觀念，從而討論相關問題、循此下筆為文時，當能以厚實學養作為立論的基礎。

此外，學生作文常常「用典」，讀過韓愈〈師說〉的人，常將「師者，所以傳道、授業、解惑也」轉化成自己的書面語言；讀過范仲淹〈岳陽樓記〉的人，更不知寫過幾次「先天下之憂而憂，後天下之樂而樂」在作文簿上；這都告訴我們：讀書越多越能左右逢源，寫起作文較不費力。學生又常舉愛迪生歷經多次失敗而後發明電燈的故事，舉　國父十次革命最後才成功的故事，雖屬極不可取的老套，但不也間接說明了他們知識的貧乏，以至於作文寫得淺陋可笑？站在

「題常則意新，意常則語新」[13]的立場，我們絕對支持寫文章要能在思想內容和語詞等各方面創新，不過這有其困難度，須先大量閱讀而後才能寫作，恐怕已經是古今不變的法則。

劉勰《文心雕龍》曾說：「夫鉛黛所以飾容，而盼倩生於淑姿；文采所以飾言，而辯麗本於情性。故情者，文之經，辭者，理之緯；經正而後緯成，理定而後辭暢，此立文之本源也。」[14]這段話說明了在創作發生階段「情感積累」的重要，古書中不乏可驗證之例。例如《世說新語・王藍田食雞子》表達了一種忿急的心緒，韓愈〈祭十二郎文〉、袁枚〈祭妹文〉表達了愛護家人手足之情，歐陽脩〈瀧岡阡表〉、歸有光〈項脊軒志〉表達了家族的期望，范仲淹〈岳陽樓記〉、歐陽脩〈醉翁亭記〉都寫出「民胞物與」、「與民同樂」的器度與關懷，蘇軾〈記承天寺夜游〉表達了一種閒適反思的心情，蘇軾〈赤壁賦〉則寫出了人生進退自得的思考，沈復〈兒時記趣〉則是一篇兼具觀察力與想像力很值得借鏡的文章。這類作品的性情陶冶在於平日積累，情感定位由深思而來。當前社會的人際關係疏離，學生缺乏傾訴心曲的管道，生活閱歷也還不夠豐富，要讓他們寫出深刻的情感，似乎不太容易。因此，平日培養學生的觀察力、想像力，引導他們關心周遭的人事物，學習付出與關愛他人，深入生活的情感層境，這是有必要的教學工作之一。

比較難以傳達的是：學生生活閱歷還不夠豐富，生命層境尚未提升到某種程度時，很難體會某些心情。例如辛棄疾「少年不識愁滋味」的說法，[15]本來就是他歷盡滄桑「識盡愁滋味」之後的作品，正

---

13 歸有光：〈論作文法〉，《文章指南》（臺北市：廣文書局，1972年），頁3。

14 劉勰：〈情采第三十一〉，收入范文瀾注：《文心雕龍注》（臺北市：學海出版社，1977年），卷7，頁538。

15 辛棄疾：〈醜奴兒〉，收入鄧廣銘箋注：《稼軒詞編年箋注》（臺北市：華正書局，1974年），卷2，〈帶湖之什〉，頁137。

處於狂飆歲月的少年郎，很難體會人生中年以後出現的「愁滋味」是什麼景況？而他們已認為生活在大考小考的煎熬中，怎會「不識愁滋味」呢？又如陶淵明〈五柳先生傳〉、劉禹錫〈陋室銘〉都出現在國中課本，那些隱逸、安貧、自適的想法，也離學生當下的現實生活太遠。柳宗元〈始得西山宴遊記〉寫出一位待罪之身的官員，如何從「恆惴慄」到「遊於是乎始」，跨出放鬆心情的第一步。即使這篇文章編入高中課本，也不是人人都能體會他的心境轉換的深刻感受。不過，這並不是說這些文章都不必教，因為情感積累是一輩子的心路歷程，眼前不太了解的景況，有可能先在腦海中留下印象，往後遇到相類似的生活情境，體會反而更深。李白〈靜夜思〉由月亮思念起故鄉、蘇軾〈水調歌頭〉由月亮思念起遠方的手足，都是很具有普遍性、永恆性的例子。至於司馬光〈訓儉示康〉、朱用純（柏廬，1627-1698）〈朱子治家格言〉、鄭燮〈寄弟墨書〉、曾國藩〈家書〉，也都表述了對家人的諄諄教誨，更不消說韓愈〈祭十二郎文〉、袁枚〈祭妹文〉的情意深摯，感人肺腑。

　　古書教材受到時移境遷的影響，未必所有的字句都合用於今日，故還原至古人的時空環境，進行同情的理解，是很有必要的工作。例如前一陣子有人質疑〈朱子治家格言〉「充斥父權思想」，這其實可由教師以現代觀點加以解釋。[16]《國語日報》社論說得好：

> 　　某國小指導學生閱讀經典，所選讀的〈朱子治家格言〉被家長指責「充斥父權思想」，並具體指出其中「三姑六婆，實淫盜之媒」、「聽婦言，乖骨肉，豈是丈夫」是不合時宜的封建思想。
> 　　〈朱子治家格言〉的作者是明末清初的朱用純，他的目的是用

---

16 國語日報記者聯合採訪：〈國小推讀經，教材充斥父權思想〉，《國語日報》，2005年3月16日，第1版。

來勉勵自己的子孫好好學習如何「治家」，本來也不能算是什麼「經典」，但他的話確實也可以作為世人心性修養的參考，所以在當時就已經膾炙人口，更被後人普遍引用。譬如「一粥一飯，當思來處不易；半絲半縷，恆念物力維艱」，就是教人要心存感恩、愛惜資源。

即使被認為是「不正確思想」的那兩句，如果弄清楚他所謂的「三姑六婆」，是指極少數為非作歹的人，如果知道因為妯娌不合而兄弟反目的事例，即使到現代還繼續存在，家長或許就不會有如此強烈的反應了。

不過，對小二學生而言，用〈朱子治家格言〉作補充教材，顯然並不適合。教育局或學校都該負起責任，依據學童的心智成長，慎選典籍篇章，教師更應細心講解，才能避免造成誤導、誤讀，真正達到閱讀的目的。[17]

這裡指出不是文本不能閱讀的問題，而是有無正確的解說，以及是否慎選篇章放在適合閱讀的年級。換個角度來說，讀書有如播下文學種子，讓文學作品表達的情感停駐心間，將來或有心智相感通的一天。讀經、背唐詩運動在國小學童身上扎根時，並不預期他們都能理解文本的含義，但是將來的反芻思考，仍有很大的效果可能出現。

綜上所述，學生（即創作主體）如何充實學養？如何培養情感的敏銳度與感受力？如何萌發寫作前的情感？這都是教好學生學習寫作前需要備妥的積累工夫。我們看到許多教師布置讀書環境，建立班級書庫，提倡圖書館教學，倡導戶外教學，在良好規劃設計的前置作業下，這種種努力都是值得鼓勵與肯定的。而引導學生理解親情的深摯

17 日日談：〈兒童讀經，避免誤讀〉，《國語日報》，2005年3月19日，第2版。

長遠，深化人內心的情感深度，這可能是國語文教育很值得重視的
課題。

三　創作的構思階段之問題討論

「生活積累」與「情感積累」都是積聚寫作素材的基本功，落實
到構思階段，也就是坐在紙張前，如何立定文章主旨，如何篩選材
料，如何分段布局，這常是令人感到很無奈，百思不得其解的惱人問
題。誠如劉勰《文心雕龍》所說：「凡思緒初發，辭采苦雜，心非權
衡，勢必輕重。是以草創鴻筆，先標三準：履端於始，則設情以位
體；舉正於中，則酌事以取類；歸餘於終，則撮辭以舉要。」[18]寫作
過程仍有步驟可循，當從立定大意，妥切安排情感於適當的位置，也
就是構思的問題談起。

對此，首先要建立起認真構思的生活態度，隨意交差了事，當然
寫不出好文章。其次，需集中精力，深思主題要點所在，構思作品的
主題、篩選寫作的題材，刪去所想到的許多無涉主題的枝節蔓蕪。好
文章須先有好內容，有學養深度和情感深度，純粹精一地表達出來，
其間取用材料十分重要。當想要表達的情意與思想都很清楚的時候，
就可以多作想像與聯想，尋覓相關事例充實文章內容，寫作靈感往往
由此而來。以下我們可舉二例說明文言文的安排材料的工夫。

《史記·廉頗藺相如列傳》先是著力寫「完璧歸趙」、「澠池之
會」中的藺相如，略過廉頗，直到「負荊請罪」才並寫兩人事蹟。這
是因為藺相如出身門下賓客，外交上的勝利似乎得來太容易，並未受
到肯定；在一般人心目中，與廉頗出生入死的彪炳戰功，難以類比。

18　劉勰：〈鎔裁第三十二〉，收入范文瀾注：《文心雕龍注》，卷7，頁543。

等到藺相如展現謙讓胸懷，一心相忍為國，才令人驚覺他除了智勇雙全外，那份公忠體國之心，又何嘗讓武將專美於前？全文詳寫藺相如而略寫廉頗，實為司馬遷費心考量的結果。

又如陶淵明〈桃花源記〉，旨在敘述「桃花源」內的安定富足，寄託作者心目中的理想社會。因此文章對「桃花源」的環境、生活情況、與外界隔絕這幾方面寫得比較詳細，從「緣溪行」至「便得一山」，敘述「桃花源」的神祕；由「土地平曠」至「並怡然自樂」，敘述「桃花源」的美麗、安逸、富足，著墨甚多。而漁人的個人資料、與「桃花源」居民接觸時的細節，便寫得很簡單。試看「見漁人，乃大驚，問所從來。具答之。」怎樣答？答了什麼？沒有說。又「此人一一為具言所聞」，漁人說了什麼？也沒有詳說。其中處理文章的詳與略，有非常高明的技巧。

接著是決定作品的大段落結構，學會設計安排段落。有些教師會教導學生書寫綱要，安排成段落形式。坊間已有作文題本，告訴學生三段論法的寫作方式，先破題，再舉例，最後總結；或是舉出正、反二例，最後作結論。有時遇到論說文，為了擴充文章篇幅，先破題，再舉出正、反二例，充實成兩段文字，最後作結論，構成四段論法的寫作方式。儻若遇到「○○與○○」的題目，一定要把二者之間的關聯說清楚。其他「鳳頭、豬肚、豹尾」的說法，[19]歸納法、演繹法、比較法的運用，多是老生常談，指導學生作文的參考書也一再介紹，坊間所在多有。

這裡我們想指出的是，文章寫法不是到了白話文才開始講求，古已有之。而且所有解析文章寫法的書，都是文本產生之後的後設分

---

19 陶宗儀：〈作今樂府法〉，《南村輟耕錄》（臺北市：木鐸出版社，1982年），卷8，頁103。

析，我們若能細心品味文言文，也能尋繹出其中真諦。最好的原創作品常是出乎自然而然，而不是照著文章寫法亦步亦趨地臨摹作文，摹擬出來的作品常常難入佳作之林。因此學習文章技巧固然可行，卻並不見得是每個人需要做的工作。如果教師能引導學生體會出好文章的趣味，建立起品賞文章的能力，絕對勝過死記作文指導參考書所講授的寫作技巧模式。

以「照應」這種技法來說。早在孟子見梁惠王時就出現了這種「寫法」：

> 孟子見梁惠王。王曰：「叟不遠千里而來，亦將有以利吾國乎？」孟子對曰：「王何必曰利？亦有仁義而已矣。王曰『何以利吾國』？大夫曰『何以利吾家』？士庶人曰『何以利吾身』？上下交征利而國危矣。萬乘之國，弒其君者，必千乘之家；千乘之國，弒其君者，必百乘之家。萬取千焉，千取百焉，不為不多矣。苟為後義而先利，不奪不饜。未有仁而遺其親者也，未有義而後其君者也，王亦曰仁義而已矣，何必曰利？」[20]

這段話出自初次見面的口語對答，不矯飾，不造作，何其自然！孟子見梁惠王時，劈口就摒棄「利」字，代之以「仁義」。經過一番說明後，孟子再次以「仁義」取代「利」字作結。我們發覺孟子首尾出現的話語，意思相同，而文字有小小差異，可以想見孟子當時在結束前的再次強調，是為了加強語氣，耳提面命一番的心意，是脫口而出的自然對話，源出自真性情的自然而然。沒料到這麼真實的口語紀

---

20 孟軻：〈梁惠王章句上〉，收入朱熹主編：《四書章句集註》（臺北市：鵝湖出版社，1984年），〈孟子集注〉，卷1，頁201-202。

錄，正符合後人所謂的「照應」技巧，劉勰《文心雕龍》提出「啟行之辭，逆萌中篇之意；絕筆之言，追媵前句之旨」，[21]宋代以後許多為了科舉考試而出現的文集選本，眉批「照應」二字者不勝枚舉。劉熙載《藝概》也說：「揭全文之指，或在篇首，或在篇中，或在篇末。在篇首，則後必顧之；在篇末，則前必注之；在篇中，則前注之，後顧之。顧、注，抑所謂『文眼』者也。」[22]可見文章技巧的道理是一貫相通的。

此外，敘述觀點也值得注意。通常以第一人稱觀點為多，有時作者有意跳脫世俗的框架，不願讀者透過文字直接認定作者其人其事，於是採用第三人稱敘述觀點，尋求自由廣闊的空間，表達個人的感受及見解。例如陶淵明〈五柳先生傳〉，不採用自傳的筆調，而是採用他人立傳的語氣來寫。這種寫法好像在寫別人，站在旁邊評論某人，寫法有其客觀性或隱密性，胡適〈差不多先生傳〉也是此種寫法。再如《水滸傳》寫武松酒後過岡一節，張九如分析說：「文中所用『抬頭看時』、『見』、『回頭看這日色時』、『只見』、『只聽得』……等文字，都是從武松一邊說的。」作者先把觀察點確立了，於是敘述所觀察到的事物，歷歷清楚，首尾一貫，絕無凌雜之弊。但是在長篇小說或是複雜的歷史事件，拘守一個觀察點可能滯礙難行，因此「《水滸傳》寫武松打虎的後半段，觀察點便有兩方面：一是武松，一是大蟲。這因為事實上兩者動作是交錯糾結的，故觀察點不能不變更。」[23]

又如時間空間的轉換設計，在古典詩文中也屢見不鮮。[24]在時間

---

21 劉勰：〈章句第三十四〉，范文瀾注：《文心雕龍注》，卷7，頁570-571。

22 劉熙載：〈文概〉，《藝概》（臺北市：廣文書局，1964年），卷1，頁22。

23 張九如：〈記事文的研究法・剪裁與記事文觀察點的關係〉，《記事文教學釋例》（臺北市：文史哲出版社，1987年），頁61-62、64-65。

24 仇小屏：《古典詩詞時空設計美學》（臺北市：文津出版社，2002年），頁1-360。

設計方面，順敘法、倒敘法、插敘法、補敘法……，都已經是基本常
識，文例甚多。如陶淵明的〈桃花源記〉，依捕漁人的行蹤和遭遇為
故事的線索，採時間順序敘述，先寫漁夫怎樣發現了世外桃源，後又
有山中人熱誠的款待，後再度前往，卻再也找不回桃花源了。全文先
有懸疑，最後又留下一些悵惘。全文的敘事次序是依事件的發展先後
寫成的。又如吳敬梓《儒林外史》第一回「王冕畫荷」，也是依時間
順序寫。[25]

　　而插敘多出現在文章的中幅，指暫時中斷文章原來的敘述，插入
一些與主題有關的內容，而後再接回原來敘述的線索。主要作用有
二：一是對有關的人和事做必要的回憶、補充、解釋、交代，由近及
遠地回溯，說明它的前因後果；二是針對某些內容抒發感懷、發表議
論，在情節或人物描寫上有更多刻劃，使文章不流於平鋪直述。以
《戰國策・齊策・鄒忌脩八尺有餘》為例：

> 　　鄒忌脩八尺有餘，身體昳麗。朝服衣冠窺鏡，謂其妻曰：「我
> 孰與城北徐公美？」其妻曰：「君美甚，徐公何能及公也！」
> 城北徐公，齊國之美麗者也。忌不自信，而復問其妾曰：「吾
> 孰與徐公美？」……[26]

此處「城北徐公，齊國之美麗者也」二句，敘明徐公的美麗，可解釋
上文為何鄒忌想與城北徐公比，也交代下文鄒忌沒有自信，又把同樣
問題再問妾、問客的原因。這句插敘有解釋上文、預示下文的作用。

25　本段有關順敘法的說明及〈桃花源記〉、《儒林外史》「王冕畫荷」的文例分析，可
　　參考本書〈記敘文的寫作教學指導〉一文，頁86-87。
26　劉向編：〈鄒忌脩八尺有餘〉，《戰國策》（臺北市：九思出版公司，1978年），卷8
　　〈齊策〉1，頁324。

《水滸傳》第二十八回「武松醉打蔣門神」中，敘述故事中途有許多作者加上去的解釋，這也是擔心讀者不明其義，或是為了加強語氣，而常用的敘述方式。

若能更進一步注意到結構設計之內在的核心價值——情感的表達，才是更會讀書，如白居易〈與元微之書〉、歸有光〈項脊軒志〉都採用了倒敘法，而情感由追敘時光中緩緩敘出，著實令人感動。與順敘相反，倒敘是將事件的結尾或高潮放在文章起首部分，然後再回過頭來敘述發生在先的情節；有些情況則是從眼前所見的事物，再回憶起往事。正由於倒敘較為懸疑，常能觸發讀者作思考探索，因此在小說中常見。例如羅貫中《三國演義》寫「楊修之死」，先記楊修解釋「雞肋」口號，猜破曹操心事，被處以惑亂軍心之罪。然後再追述楊修平日恃才放曠，數次引人猜忌，積怨日久，早已伏下殺機。[27]

補敘多出現在文章的末尾，是針對前文闕漏或語焉不詳處加以說明補充，所以常是補敘人名：如歐陽脩〈醉翁亭記〉、王安石〈遊褒禪山記〉，補敘時間：如柳宗元〈始得西山宴遊記〉，補敘事件發生的緣由：如范仲淹〈嚴先生祠堂記〉，追懷親友舊遊：如歸有光〈項脊軒志〉；也可能再出一意，以開拓文境：如柳宗元〈桐葉封弟辨〉。仇小屏《篇章結構類型論》指出：「為什麼要將一些事情延至最後才交代，通常是為了使前面的主體部分更簡明暢達，不會有太多枝節，但因為有補敘的存在，所以也不至於喪失敘述的完整性。這樣就同時兼顧了簡潔與完備的優點。而且前面漏失的，後面就補充，這也是一種呼應，所以有聯絡美。」[28]

---

27 本段有關倒敘法的說明及《三國演義》「楊修之死」的文例分析，可參考本書〈記敘文的寫作教學指導〉一文，頁87。

28 仇小屏：〈「補敘」結構〉，《篇章結構類型論》（臺北市：萬卷樓圖書公司，2000年），下冊，頁598-599。

再說到空間設計方面，柳宗元〈江雪〉詩從「千山」到「萬徑」
到「孤舟」到「蓑笠翁」到「獨釣寒江雪」的描寫，是很典型的空間
由大而小的運作。[29]而歐陽脩〈醉翁亭記〉的首段從「環滁皆山」寫
到「西南諸峰」，再寫到「瑯琊山」，寫到「兩峰之間的釀泉」，泉上
的「醉翁亭」才呼之欲出。這種空間鏡頭不斷由大而小的運轉方式，
正是逐步呈現主題的寫法之一。其實白話文也有，陳之藩〈寂寞的畫
廊〉的首段也是從「美國的南方」寫到「密西西比河的曼城」，再寫
到「大學校園」，寫到「校園的四圍是油綠的大樹，校園的中央是澄
明的小池，池旁有一聖母的白色石雕，池裡有個聖母的倒影。」這麼
優美的空間形式設計，[30]古典文學和現代文學作品幾乎毫無二致。

以「正反對比」的寫法為例，如范仲淹〈岳陽樓記〉有一段寫天
氣不好的景況：「若夫霪雨霏霏，連月不開，陰風怒號，濁浪排
空，……」，另有一段寫天候甚佳的景況：「至若春和景明，波瀾不
驚，上下天光，一碧萬頃……」，兩相對照，景色描寫十分出色。再
如歐陽脩〈五代史伶官傳序〉有一段寫後唐莊宗功業彪炳之「盛」，
另有一段寫他倉皇落難之「衰」，兩相對比，說明一切皆由「人事」
而非「天命」的定理。可見文章結構安排可以有同有異，要能言之成
理，發人深省，都是好文章。他如「先總後分」、「先分後總」、「抑
揚」、「開闔」、「虛實」、「賓主」等文章段落安排的作法分析，[31]都可
供學生取資學習，有助於開拓文境，豐富其寫作內容。近年來在臺灣

29 黃永武：〈作品的詩境·時空變化〉，《中國詩學——鑑賞篇》（臺北市：巨流圖書公
   司，1976年），頁66-67。類似的作法，可再參考黃永武：〈詩的時空設計〉，《中國詩
   學——設計篇》（臺北市：巨流圖書公司，1976年），頁43-76。

30 王基倫：〈寂寞的畫廊·賞析〉，收入曾永義、黃啟方、王基倫、洪淑苓主編：《古
   今文選》（臺北市：國語日報社，2000年），第13集，新第831期，頁4849-4854。

31 王凱符、張會恩：〈技法〉，《中國古代寫作學》（北京市：中國人民大學出版社，
   1992年），頁265-290。

師範大學國文學系陳滿銘教授的領導下，研究文章章法的著作蔚然興起，[32]這也是很值得參考的資料。

四　創作的傳達階段之問題討論

　　構思完成後，已經「胸有成竹」，[33]知道如何取材、構思，想要執筆為文表達自己的想法時，就面臨傳達階段所選用的文體、語言的問題。文體大致具有規範性，但不宜畫地自限。作家從事創作時，內容決定形式，文體屬於形式義，應該放在第二順位作考量。古代已有很多在敘述之外加入議論，使文章內容更為深刻的佳作，王安石〈遊褒禪山記〉、蘇軾〈日喻〉都是。[34]王若虛討論到文體觀念時也說：

　　　或問：「文章有體乎？」曰：「無。」又問：「無體乎？」曰：
　　　「有。」「然則果何如？」曰：「定體則無，大體則有。」[35]

32　可參考下列著作：陳滿銘：〈文章結構分析──以中學國文課文為例〉（臺北市：萬卷樓圖書公司，1999年）。陳滿銘：《章法學新裁》（臺北市：萬卷樓圖書公司，2001年）。陳滿銘：《章法學論粹》（臺北市：萬卷樓圖書公司，2002年）。仇小屏：《文章章法論》（臺北市：萬卷樓圖書公司，1998年）。仇小屏：《篇章結構類型論》（臺北市：萬卷樓圖書公司，2000年）。仇小屏：《深入課文的一把鑰匙》（臺北市：萬卷樓圖書公司，2001年）。仇小屏：《章法新視野》（臺北市：萬卷樓圖書公司，2001年）。陳佳君：《虛實章法析論》（臺北市：文津出版社，2002年）。夏薇薇：《賓主章法析論》（臺北市：文津出版社，2002年）。

33　蘇軾：〈篔簹谷偃竹記〉，《經進東坡文集事略》，收入《四部叢刊》（臺北市：臺灣商務印書館，1979年），正編52冊，卷49，頁1。

34　周振甫：〈夾敘夾議和夾喻夾議〉，收入周振甫主編：《古代名家寫作技巧漫談》（臺北市：木鐸出版社，1987年），頁171-179。

35　王若虛：〈文辨〉，《滹南遺老集》，收入《四部叢刊》（臺北市：臺灣商務印書館，1979年），正編65冊，卷37，頁11。

　　這是很中肯的意見。而今我們為了給初學寫作的學生有規範可循，教師可以先說明合乎文體規範的要求，要求學生配合。假設學生已有良好的寫作能力，是可以容許他們有突破的空間。

　　至於落實到字句的應用方面，修辭是可以考慮的方向。黃慶萱《修辭學》一書明示修辭學有二大領域：「表意方法的調整」與「優美形式的設計」，[36]二者都不僅停留在文學作品的欣賞層次，靈活運用起來，還可以是作文寫法的指導。該書已經羅列許多文言文的例證，於此不再贅述。

　　我們想另外補充一說：執筆前選定文句長短的表達方式，會造成節奏有快有慢的現象，這是可以先作思考斟酌的。例如歐陽脩〈醉翁亭記〉第二段寫到當地的景色，以及第三段寫到游人盡興遊玩的快樂：

> 若夫日出而林霏開，雲歸而巖穴暝，晦明變化者，山間之朝暮也。野芳發而幽香，佳木秀而繁陰，風霜高潔，水清而石出者，山間之四時也。朝而往，暮而歸，四時之景不同，而樂亦無窮也。
>
> 至於負者歌於途，行者休於樹，前者呼，後者應，傴僂提攜，往來而不絕者，滁人遊也。臨谿而漁，谿深而魚肥；釀泉為酒，泉香而酒洌。山肴野蔌，雜然而前陳者，太守宴也。宴酣之樂，非絲非竹，射者中，奕者勝，觥籌交錯，起坐而諠譁者，眾賓懽也。蒼顏白髮，頹然乎其間者，太守醉也。[37]

---

36 黃慶萱：〈本論上──表意方法的調整、本論下──優美形式的設計〉，《修辭學》（臺北市：三民書局，2002年增訂三版），頁35-836。

37 歐陽脩：〈醉翁亭記〉，《歐陽文忠公文集》，收入《四部叢刊》（臺北市：臺灣商務印書館，1979年），正編49-50冊，居士集，卷39，頁28-29。

這裡前段寫靜態的風景，時間從一日的早晚延伸到四季分明的變化。文句有六個字對仗的長句，並以「山間之朝暮」和「山間之四時」並提成為雙排句，句式讀起來的確實有比較長的感覺。後段寫動態的風景，時間點在一日遊之內，人影繽紛而熱鬧。文句出現三個字、四個字對仗的短句，句式較短。這兩段一是靜態的疏緩，一是動態的緊湊，時間長度也不同，造成文句長短不同，讀來節奏感當然也有一慢一快的差異。這樣的情形，與現今寫作教學所說的「擴寫」、「縮寫」的運用，有異曲同工之妙。白話文也有之，如朱自清寫〈荷塘月色〉時：「曲曲折折的荷塘上面，彌望的是田田的葉子。葉子出水很高，像亭亭舞女的裙。」「月光如流水一般，靜靜地瀉在這葉子和花上。薄薄的青霧浮起在荷塘裡，葉子和花彷彿在牛乳中洗過一樣，又像籠著輕紗的夢。」夜晚的寧靜，景色的昏暗，襯托出平和的心境。整篇文章在祥和寧靜的氛圍下，帶出著力描寫景致的長句，節奏也疏緩得多。而他的〈春〉就不同了：「盼望著，盼望著，東風來了，春天的腳步近了。一切都像剛睡醒的樣子，欣欣然張開了眼。山朗潤起來了，水長起來了，太陽的臉紅起來了。」「春天像剛落地的娃娃，從頭到腳都是新的，它生長著。春天像小姑娘，花枝招展的，笑著，走著。」這些句子富有動態感，句式短，節奏輕快，表達出年輕開朗的快樂心情。歐陽脩與朱自清的作品，雖然一古一今，卻都能掌握句式的變化，也都能利用語氣詞加強文章的整體和諧美，節奏感由此更為增強。

再者，在記敘文中為了讓所描寫的人物鮮明生動，「語言描寫」的技巧應該講求。基本原則是，透過語言，把握人物的身分、地位、年齡、性格，依著人物的性情來說話，如實地反映說話者的神態、語氣、說話時的心情等，也就是「語言描寫個性化」，才能表達得體。描寫說話者的身分要十分明顯，即使省略了主詞，也要能讓讀者明瞭

是誰在說話。例如《三國演義》中的〈武侯彈琴退仲達〉片段：

> 懿看畢，大疑，便到中軍，教後軍作前軍，前軍作後軍，望北
> 山路而退。次子司馬昭曰：「莫非諸葛亮無軍，故作此態？父
> 親何故便退兵？」懿曰：「亮平生謹慎，不曾弄險。今大開城
> 門，必有埋伏。我兵若進，中其計也，汝輩豈知？宜速退。」[38]

這裡寫諸葛亮擺下空城，司馬懿不敢貿然進兵。司馬懿先有「大疑」
之心，遂作了退兵的決定；而後司馬昭雖然提出合理的懷疑，只換來
一頓教訓而已。司馬昭的姿態很低，僅用推測語氣，希望父親多想一
想；而那位高權重的司馬懿，自恃經驗豐富，胸有成竹，又怎可能聽
進晚輩之言？「汝輩焉知」是反詰語氣，其實也不需要對方回答，這
裡面隱含鄙夷、不屑、不必多言的口吻，也帶出下句「宜速退」的決
斷語氣。

　　此外，尚可運用「行動描寫」，盡量作舉止行為的重點描寫，讓
人物透過行動來表現自己，增進對人物的性情及心理狀態的深刻了
解。可能的話，可以並用逐步推進的方式，一級高過一級，寫至更深
層的境界，例如《論語·公冶長》「顏淵季路侍」章，先寫子路搶先
發言，慷慨解囊；次寫顏淵謙沖自牧，進退有序的情狀；二人各有所
長，但一重物質、一重精神，似已有所區別。對話到此，子路忽然回
問老師，不算唐突，而是孔門師生之間原本即有和樂相處氣象；孔子
乃不疾不徐作出回應，志向所及不在個人，而在全天下，於是師生胸
懷高下立判。全文敘述自然，師生三人的個性、語氣、心志，完全彰

38　羅貫中：〈馬謖拒諫失街亭　武侯彈琴退仲達〉，收入吳小林校注：《三國演義校注》
　　（臺北市：里仁書局，1994年），第95回，頁1077-1078。

顯，「以賓（顏淵、季路）襯主（孔子）」的寫法也隱然成形。另有吳敬梓《儒林外史》載王冕畫荷的故事，也可以從行為意趣看出人物的個性。這都是很值得學習的寫法。

王夢鷗《中國文學理論與實踐》開宗明義指出：「文學是語言的藝術」；接著「把語言的藝術活動區分作兩度事實，一度是內在的構想，一度是外在的構辭。」[39]前者屬於寫作前的努力，教師很難發現學生的努力過程，只能透過平日的積累，加上教學的隨機誘導，讓他們知道立意謀篇、布局結構的方法，有時運用之妙是存乎一心的。後者屬於寫作時的表現，在文章寫出來之後，教師可以發現學生的遣詞造句能力，借助語詞訂正，潤飾文辭的技巧，漸漸提升學生的文章品質，磨練寫作技能。因之，作文批改也成為不可忽視的一環。

唐代韓愈夜遇賈島的「推敲」故事；范仲淹〈嚴先生祠堂記〉結尾用「先生之風，山高水長」取代「先生之德，山高水長」的故事；[40]歐陽脩〈相州畫錦堂記〉「仕宦而至將相，富貴而歸故鄉」，添加兩個「而」字使得語氣疏緩的故事；[41]《朱子語類》說：「得他（歐陽脩）〈醉翁亭記〉藁，初說滁州四面有山，凡數十字，末後改定，只曰『環滁皆山也』五字而已。」[42]以上都是文章重視修改的實證。這些修改包括了「構想」出來的文意，以及隨文意出來的「構辭」兩部分。教師莫忘了叮嚀學生寫完作文後，一定要自己進行檢查與修訂，

---

39 王夢鷗：〈寫在前面〉，《中國文學理論與實踐》（臺北市：時報文化公司，1995年），頁3。

40 洪邁：〈嚴先生祠堂記〉，《容齋隨筆》，收入《容齋五筆》（臺北市：大立出版社，1981年），卷5，頁859-860。

41 轉引自朱光潛：〈散文的聲音節奏〉，《談文學》（臺北市：漢京文化事業公司，1982年），頁75-82。

42 朱熹：〈論文上〉，收入黎靖德主編：《朱子語類》（臺北市：華世出版社，1987年），卷139，頁3308-3309。

小則有無錯別字？詞語是否恰當？標點符號是否準確？大則文意是否離題？組織材料是否條理清楚？有無結論？等等。這些工作都完成後，才能算是可以交件的定稿。許多學生草率交卷，錯別字改不勝改，只會帶給教師頭疼的壓力，甚至於無法進行深入的構思與傳達。

五　結論與建議

瞿蛻園《文言淺說》說：「學習文言，應當注意的事大約有三項，一是虛字的使用，二是整篇的結構，三是字眼、詞藻、典故等。」[43]這是針對學習閱讀理解文言文而說的。我們可以由此推想，文言文在許多方面有值得學習的地方，對白話文也有具體的影響。今天我們討論文言文教學與白話文作文訓練之間的關聯時，並不敢輕忽文言文文本的藝術成就，諸如情感的表達、取材、結構、時空設計、長短句節奏、語言描寫、行動描寫等。這些自古流傳下來的文學遺產，在同為漢語語境的條件下，可以提供大量寫作資源至今。

上述討論過程中，也從中發現一些問題，可提出具體建議供關心國語文教者參考：

一、平日的生活積累與情感積累，是創作發生前的重要條件。教育界人士應思考，如何真正落實「教育鬆綁」政策，讓學生身心得到健全的發展，讓他們能充實生活經驗，體會人與人之間的感情世界。也應該給學生們心靈成長的空間，讓他們有機會大量閱讀文言文、白話文，以及其他有益身心的課外讀物。

二、大量閱讀有其前提，那就是：慎選典籍篇章，並加以細心正

---

43 瞿蛻園：〈學習文言的要點〉，《文言淺說》（臺北市：五洲出版社，1973年），頁103。

確的講解。目前各版本的教科書，字義的解釋或許足夠，但是對於課文與作文教學的連結仍有許多不足。如何引領學生進入文學欣賞之美，進而活用至實際寫作的過程，這是編纂國語文教材者應當努力的方向。

三、教師也應該提升自己的文學素養，以及鑑賞文學作品的能力，上課時才不至於照本宣科，人云亦云。寫作技巧其實蘊藏在前人的作品中。課本所附的賞析、結構表，都是提供教師一種釣魚的方法。其實「好書不厭百回讀」，每篇文章可以透過不同情境下的解讀，而有不同的體會。因此每位教師應該深化情意教學，加強內容深究、形式深究的講解，讓學生無形中加強閱讀理解的能力，更可以提升其寫作素養。這可能是國語文教育很值得重視的課題。

四、寫作文章實以內容為最重要，出乎自然而然的作法尤其受到欣賞。將內容落實成文字，而又不刻意造作，是一段相當困難的歷程。唯有平日多體會文言文之美，從中學習到構思方式，以及選用語詞，多作修飾工夫，涵泳益深，自然能寫出簡練、平實的文章。目前高中或國中課本大多有「標點符號使用法」、「應用文書信作法」、「語法」、「修辭」的基礎介紹，學生仍須用心理解。

參考文獻

孟　軻著，朱　熹編　《四書章句集註》　臺北市　鵝湖出版社　1984年

劉　向編　《戰國策》　臺北市　九思出版公司　1978年

劉　勰著，范文瀾注　《文心雕龍注》　臺北市　學海出版社　1977年

李　白著，瞿蛻園校注　《李白集校注》　臺北市　洪氏出版社　1981年

歐陽脩　《歐陽文忠公文集》　臺北市　臺灣商務印書館　1979年

蘇　軾　《經進東坡文集事略》　臺北市　臺灣商務印書館　1979年

洪　邁　《容齋隨筆》　臺北市　大立出版社　1981年

朱　熹著，黎靖德主編　《朱子語類》　臺北市　華世出版社　1987年

辛棄疾著，鄧廣銘箋注　《稼軒詞編年箋注》　臺北市　華正書局　1974年

王若虛　《滹南遺老集》　臺北市　臺灣商務印書館　1979年

陶宗儀　《南村輟耕錄》　臺北市　木鐸出版社　1982年

羅貫中著，吳小林校注　《三國演義校注》　臺北市　里仁書局　1994年

歸有光　《文章指南》　臺北市　廣文書局　1972年

劉熙載　《藝概》　臺北市　廣文書局　1964年

仁林編輯部　《國語課本》　臺北市　仁林文化公司　2005年

仇小屏　《文章章法論》　臺北市　萬卷樓圖書公司　1998年

仇小屏　《篇章結構類型論》　臺北市　萬卷樓圖書公司　2000年

仇小屏　《深入課文的一把鑰匙》　臺北市　萬卷樓圖書公司　2001年

仇小屏　《章法新視野》　臺北市　萬卷樓圖書公司　2001年

仇小屛　《古典詩詞時空設計美學》　臺北市　文津出版社　2002年

王昱昕　《文言文教學研究》　貴陽市　貴州民族出版社　1994年

王凱符、張會恩　《中國古代寫作學》　北京市　中國人民大學出版
　　社　1992年

王基倫等　《國民中學國文教師手冊》第3冊　臺北市　育成書局
　　2003年

王夢鷗　《中國文學理論與實踐》　臺北市　時報文化公司　1995年

朱光潛　《談文學》　臺北市　漢京文化公司　1982年

周振甫主編　《古代名家寫作技巧漫談》　臺北市　木鐸出版社
　　1987年

坂板元著，林慧玲譯　《思考與寫作技巧》　臺北市　書泉出版社
　　1993年

胡有清　《文藝學論綱》　南京市　南京大學出版社　1992年

南一編輯部　《國語課本》　臺北市　南一書局　2004年

凌晨光、王汶成、狄其驄　《文藝學新論》　濟南市　山東教育出版
　　社　1996年

夏薇薇　《賓主章法析論》　臺北市　文津出版社　2002年

康軒編輯部　《國語課本》　臺北市　康軒文教公司　2004年

張九如　《記事文教學釋例》　臺北市　文史哲出版社　1987年

張中行　《文言津逮》　北京市　北京出版社　2002年

曹綺雯、周碧紅　《寫作基本法》　臺北市　書林出版公司　1993年

陳佳君　《虛實章法析論》　臺北市　文津出版社　2002年

陳滿銘　《文章結構分析——以中學國文課文為例》　臺北市　萬卷
　　樓圖書公司　1999年

陳滿銘　《章法學新裁》　臺北市　萬卷樓圖書公司　2001年

陳滿銘　《章法學論粹》　臺北市　萬卷樓圖書公司　2002年

曾永義、黃啟方、王基倫、洪淑苓主編　《古今文選》第13集　臺北市　國語日報社　2000年

童慶炳　《文學理論要略》　北京市　人民文學出版社　1995年

黃永武　《中國詩學——鑑賞篇》　臺北市　巨流圖書公司　1976年

黃永武　《中國詩學——設計篇》　臺北市　巨流圖書公司　1976年

黃慶萱　《修辭學》（增訂三版）　臺北市　三民書局　2002年

蔡　毅　《創造之秘：文學創作發生論》　北京市　人民文學出版社　2002年

翰林編輯部　《國語課本》　臺北市　翰林出版事業公司　2005年

瞿蛻園　《文言淺說》　臺北市　五洲出版社　1973年

顧祖釗　《文學原理新釋》　北京市　人民文學出版社　2002年

江昭青　〈搶救國文教育，余光中站到第一線〉　《中國時報》2005年1月14日

邱瓊平　〈學生竟寫「劣祖劣宗」，搶救國文教育趕緊來〉　《東森新聞報》　2005年1月14日

國語日報記者聯合採訪　〈國小推讀經，教材充斥父權思想〉　《國語日報》　2005年3月16日　第1版

日日談　〈兒童讀經，避免誤讀〉　《國語日報》　2005年3月19日　第2版

——本文初發表於國立臺灣師範大學實習輔導處主辦「中小學國文作文教學理論與實務研討會」，後收入王開府、陳麗桂主編：《國文作文教學的理論與實務》（臺北市：心理出版社，2005年4月），第4章，頁99-129。

文章的開頭：從葉聖陶的觀點談起

一　前言

　　文章寫作技巧，不外乎主題明確，情感真摯，結構完整，意象新穎等，這本屬老生常談，不容易再有新的發明。但是當年夏丏尊（1885-1946）、葉聖陶（紹鈞，1894-1988）兩位先生合力推動寫作教學，卻造成空前盛況，且影響深遠。他們提倡寫作，不遺餘力，先後完成《文章講話》、《文心》等書。其中，《文心》一書用故事體，以深入淺出、隨興漫談的方式，談論文章寫作知識，把國文抽象的知識和青年日常生活鎔成一片，頗能吸引讀者目光。《文章講話》一書則標示主題單元，引用古今例證，讓讀者更有寫作規則可循。作者既同，觀念也相通；後面這本書更能作為學術討論的依據。後來葉先生更積極參與編撰國文讀本的工作，[1]增進莘莘學子自修與進學國文的

1　一九一五年秋，經由郭紹虞介紹，葉聖陶到上海商務印書館附設的尚公學校（小學）任教，並為商務印書館編小學國文課本。一九三〇年底，應章錫琛邀請，轉任開明書店編輯，先後參與《中學生》、《新少年》、《中學生文藝》的編輯工作，並與夏丏尊、宋雲彬、陳望道合編：《開明國文講義》（上海市：開明書店，1934年），其後陸續出版有：夏丏尊、葉紹鈞合編：《初中國文教本》（上海市：開明書店，1937年），葉聖陶：《少年國語讀本》（上海市：開明書店，1947年），葉聖陶、周予同、郭紹虞、覃必陶合編：《開明新編國文讀本（甲種）》（上海市：開明書店，1947年），葉聖陶、徐調孚、郭紹虞、覃必陶合編：《開明新編國文讀本（乙種）》

能力。他筆下的散文與小說，也雋永有味，倍受讚譽。從寫作理論到教學實務、文學創作，葉老終其一生可說是集大成的一代宗師了。

　　一九八三年十月二十八日是葉老九十壽辰，在祝壽會上，葉老說：「大家都說我是這個家，那個家，我不是什麼家，我只是普普通通的語文工作者。」[2]這雖是謙虛之詞，卻也道出實情。今人李兵考察葉老生平之後說：「在主義紛爭的現代文學批評界，他也受時代的感召和同好的影響，有過文藝『為人生』的強烈呼籲，他也述說過文藝究為何物，但更多談論的是創作的得失。……從數量和寫作時間的跨度看，具體地闡述創作問題，是葉紹鈞研討得最多的。」[3]據此，葉老一生的成就還是應該深入創作理念方面進行討論。而據《文章講話・夏序》一文看來，該書出自葉先生之手的討論主題只有〈開頭和結尾〉一篇，[4]另有他書談論葉先生的文學觀念，[5]因此，不妨從此文出發，結合其他相通的創作觀念，進行文章結構論的討論。本文先談有關「文章的開頭」部分。

　　（上海市：開明書店，1947年），朱自清、呂叔湘、葉聖陶、李廣田合編：《開明新編高級國文讀本》（上海市：開明書店，1948年），朱自清、呂叔湘、葉聖陶合編：《開明文言讀本》（上海市：開明書店，1948年），葉聖陶：《兒童國語讀本》（上海市：開明書店，1948年），葉聖陶：《幼童國語課本》（上海市：開明書店，1949年）等。

2 引自倪渝根：〈葉聖陶語言觀論略〉，《南京高師學報》第12卷第3期（1996年9月），頁45。

3 李兵：〈葉紹鈞文藝批評觀新論〉，《上海大學學報》（社會科學版）1994年第5期，頁70-72。

4 夏丏尊、葉聖陶：《文章講話》（臺北市：臺灣開明書局，1985年），〈夏序〉，頁5。

5 葉聖陶的文學觀念，主要可參考蔣仲仁、杜草甬編：《葉聖陶語文教育論集》（北京市：教育科學出版社，1980年），歐陽文彬編：《葉聖陶論創作》（上海市：上海文藝出版社，1982年），劉增人、馮光廉編：《葉聖陶研究資料》（北京市：十月文藝出版社，1988年），〈葉聖陶創作自述和文學主張〉，頁233-354。

二 葉先生的「文章開頭」觀點

葉聖陶先生在〈開頭和結尾〉中提出，「用口演說也好，用筆寫文章也好，總得對準中心用工夫，總得說成功寫成功一件獨立的東西。……中心認定了，一件獨立的東西在意想中形成了，怎樣開頭、怎樣結尾原是很自然的事，不用費什麼矯揉造作的工夫，因為開頭和結尾也是和中心有關係的材料，也是那獨立的東西的一部分，並不是另外加添上去的。」[6]這裡指的「和中心有關係的材料」，就是寫作要能配合到文章主旨上，這是葉老常常強調的論點，他說：作文章要會組織，「要把材料組成一個圓球」，「圓球有一個中心，各部分都向中心環拱著。……一篇文字的各部分也應環拱於中心，……為著中心而存在。」「為要使各部分環拱於中心，就得致力於剪裁。為要使各部分密合妥適，就得致力於排次。把所有的材料逐步審查，而以是否與總旨一致為標準，這時候自然知所去取，於是檢定一致的、必要的，去不一致的，不切用的，或者還補充上遺漏的、不容少的，這就是剪裁的工夫。……然後把材料排次起來，而以是否合於論理上的順序為尺度，這時候自然有所知覺。於是讓某部居開端，某部居末稍，某部與某部銜接……。」[7]由此可見，確立中心思想之後，心中已能建立判準，於是材料的剪裁、各段落的安排，都是很自然而然水到渠成的事了。

正因為「怎樣開頭怎樣結尾原是很自然的事」，所以順敘、倒敘、插敘皆常見，葉先生說：「在近代小說裡，倒錯敘述的例子很

---

6 夏丏尊、葉聖陶：〈開頭和結尾〉，《文章講話》，頁11-12。
7 葉聖陶：〈作文論〉，轉引自劉可：〈葉聖陶的創作觀──紀念葉聖陶誕辰一百周年〉，《商洛師專學報》（哲學社會科學版）1994年第2期，頁45。

多，往往有開頭寫今天的事情，而接下去卻寫幾天前幾月前幾年前的經過的。這不是故意弄什麼花巧，大概由於今天這事情來得重要，占著主位，而從前的經過處於旁位，只供點明脈絡之用的緣故。」[8]凡事出乎自然，在他看來沒有什麼不好。

其次，葉先生也注意到文體的不同作用，例如「書信的開頭和結尾差不多是規定的。書信的構造通常分做三部分；除第二部分敘述事務，為書信的主要部分外，第一部分叫做『前文』，就是開頭，內容是尋常的招呼和寒暄，第三部分叫做『後文』，就是結尾，內容也是招呼和寒暄。這樣構造原本於人情，終於成為格式。」[9]至於記敘文也「必得先提出該事物，然後把各部分分項寫下去」，[10]說明文「開頭往往把所要說明的事物下一個詮釋，立一個定義。……接下去把詮釋和定義裡頭的語義和內容推闡明白，然後來一個結尾，這樣就是一篇有條有理的說明文。」[11]議論文「如果所論的題目是大家周知的，那麼開頭就把自己的主張提出來，這是一種方式。……如果所論的題目在一般人意想中還不很熟悉，那就先把它述說明白，讓大家有一個考量的範圍，不至於茫然無知，全不接頭，然後把自己的主張提出來，使大家心悅誠服地接受，這又是一種方式。」[12]其他感想文、描寫文、抒情文、記游文以及小說等所謂文學的文章，葉聖陶認為「大別有冒題法和破題法兩種」，[13]這大概就是前人所謂「畫龍點睛」和「開門見山」的兩種作法。

8　夏丏尊、葉聖陶：〈開頭和結尾〉，《文章講話》，頁15。
9　夏丏尊、葉聖陶：〈開頭和結尾〉，《文章講話》，頁13。另可參考葉聖陶：〈第七講 書信的體式〉，《文話七十二講》（香港：三聯書店，1999年），頁13-14。
10　夏丏尊、葉聖陶：〈開頭和結尾〉，《文章講話》，頁13。
11　夏丏尊、葉聖陶：〈開頭和結尾〉，《文章講話》，頁15。
12　夏丏尊、葉聖陶：〈開頭和結尾〉，《文章講話》，頁16。
13　夏丏尊、葉聖陶：〈開頭和結尾〉，《文章講話》，頁17。

　　上述文體，開頭常常是中規中矩，甚至略顯平凡的。葉聖陶告訴讀者，可以寫成「顯出力量」的方式，那就是先用簡短的文句，「不尋常的說法，拗強而特異，足以引起人家的注意，而以下文章的情調，差不多都和這一句一致。」這可以在一開頭就把全篇的空氣凝聚起來，「使人家立刻把紛亂的雜念放下，專心一志看那下文的發展。」[14]而「另有一種開頭，淡淡著筆，……只覺得輕鬆隨便，然而平淡而有韻味，……可以作為下文……的關鍵，仔細吟味，真有說不盡的妙趣。」[15]很值得注意的是，在這裡葉聖陶以自身閱讀的經驗，也顧及到後來讀者的立場，提出開頭要能吸引讀者閱讀下去，以及逐步引人入勝的重要性。原來開頭的成功與否，將會決定讀者是否願意繼續閱讀下去。

三　葉先生的「文章開頭」表現

　　閱讀葉聖陶的作品，我們會發覺他自己也在力行實踐開頭和結尾的工夫。有關文章開頭方面，茲以〈客語〉為例：

> 僥倖萬分的竟然是晴明的正午的離別。
> 「一切都安適了，上岸回去吧，快要到開駛的時候了。」似乎很勇敢地說了出來，其實呢，處這境地，就不得不說這樣的話。但也不是全不出於本心。香蕉與生梨已經買好給我了，話是沒有什麼可說了，夫役的擾攘，小艙的鬱蒸，又不是什麼足以賞心的，默默地擠在一起，徒然把無形的凄心的網織得更密罷了，何如早一點就別了呢。

14　夏丏尊、葉聖陶：〈開頭和結尾〉，《文章講話》，頁18。
15　夏丏尊、葉聖陶：〈開頭和結尾〉，《文章講話》，頁18-19。

不可自解的是卻要送到船欄；而且不止於此，還要走下扶梯，送到岸上。自己不是快要起程的旅客麼？然而竟充起主人來。主人送了客，回頭踱進自己的屋子，看見自己的人。但是現在——現在的回頭呢！

並不是懦怯，自然而然看看別的地方，答應「快寫信來」那些囑咐。於是被送的轉身舉步了。也不覺得什麼，只彷彿心裡突然一空的樣子（老實說，有點摹寫不出了）。隨後想起應該上船，便跨上扶梯；同時用十個指頭梳一頭散亂的頭髮。

倚著船欄，看岸上的人去得不遠，而且正回身向這裡招手。自己的右手不待命令，也就飛揚跋扈地舞動於頭頂之上了。忽地覺得這剎那間這個境界很美，頗堪體味。待再望岸上人，卻已沒有蹤跡，大概轉彎趕電車去了。[16]

這段話在文章開頭，占全文五分之一的篇幅。首句寫得斷斷續續，表達出一種忐忑不安不連貫的心情，為全篇定調。接著回想登船離別的那一幕，被送的客人提振出面對離別的勇氣，與送行者絮絮叨叨了老半天，「話是沒有什麼可說了」，但是身旁也無可以賞心悅目的景物，只好「把無形的淒心的網織得更密罷了。」這麼做，是客人的不得已，內心淒楚不能外露，只好化作無形，而又一再糾結纏繞，變成織網織得更密的動作。這裡將心情具象化，描述得很生動。接下去筆鋒一轉，被送的客人忽然角色轉換變成送走送行者的角色，這麼平常的舉動，卻被作者抓住了另一種心情。客人的視角轉向別的地方，心情低落可想而知，倚著船欄看岸上的人向這裡招手，自己立刻用誇大的手勢回招一番，但是「再望岸上人」時，對方已匆忙離去，兩番光景

---

16 葉聖陶：〈客語〉，《未厭居習作》（北京市：開明出版社，1992年），頁92-93。

大不相同。外在環境從喧鬧到淒清冷落，再發覺送行者的從有心送行到無意逗留，都寫出被送的客人內心複雜的感受。今人傅瑛指出：「作者以自我感受的狀態為始，又以對感受的觀賞告一段落，開篇就營造了一派耐人尋味的藝術氛圍。」讀到後來，「我們才發現，送客者與被送者不知何時皆已被作者織入畫面，而如影幻形的另一個『我』早已高高居於畫外，饒有興致地欣賞著這個『境界很美，頗堪體味』的送別場景。」[17]景致很美，心緒也表達得很含蓄委婉，寫得抒情又唯美，令人為之低徊不已。這段開頭獨立成篇，可以當一則小品文讀，因為下文就轉而寫船行江面上所見到的景物了。通篇景中寓情，寓藏作客他鄉的愁緒，而在開頭已立下全文的基調了。

四　葉先生「文章開頭論」的啟示意義

本文討論的重點，在於文章的形式規律。

首先，他主張確立文章主旨，以此為判斷標準，自然而然的運筆行文。因此順敘、倒敘、插敘都可以被接受的，他也如此實踐其理念。以葉老一生平實的文風看來，順敘作法還是最多，譬如「他的〈倪煥之〉等敘事作品，大都按自然時序作單線串連，形成以人物的命運為軸心的縱向序列，雖有倒敘或插敘，但轉接過渡，交代分明，時間空間的切割，保持相對完整的團塊。……葉聖陶小說的敘事方式，雖然缺乏因新鮮奇特而帶來的吸引力，但在接受上也避免了若干隔離與生疏而造成的逆反心理。」[18]事實上，小說如此，散文也有相

---

17 傅瑛：〈摯愛真誠凝重秀美──葉聖陶散文思想藝術談〉，《淮北煤師院學報》（社會科學版）1995年第4期，頁70-71。

18 劉增人、馮光廉：〈論葉聖陶的人格範型與創作風貌〉，《山東師大學報》（社會科學版）1994年第4期，頁74。

近的風格，譬如「〈看月〉、〈速寫〉、〈將離〉、〈騎馬〉等篇章，全文
緊緊環扣一個中心，不枝不蔓」，「〈幾種贈品〉、〈三種船〉，則將介紹
對象有條不紊地一一說明」，[19]〈登雁塔〉一文按照作者參觀的時間順
序，隨著時空位置的變化，對寺塔進行描述，這都是葉聖陶散文常見
的寫作方式。後來他寫了許多遊記，從真實生活經驗出發，〈游臨
潼〉、〈從西安到蘭州〉、〈記金華的兩個岩洞〉，「穿插的民間傳說和歷
史故事，就更令人回味了。」[20]

　　其次，文章的開頭佳，會吸引讀者閱讀下去。葉聖陶不愧為編輯
「伯樂」，看得出文章受歡迎的關鍵因素——讀者。他深知文體有定
式，寫法則可以有變化。他歸納出文章開頭可以「顯出力量」，或是
「淡淡著筆」這兩個大方向。這是很值得注意的地方。

——本文原刊《國文天地》第21卷第8期（總號第248期）

（2006年1月），頁78-83。

---

19 傅瑛：〈摯愛真誠　凝重秀美——葉聖陶散文思想藝術談〉，頁71。
20 商金林：〈《融合集》和《老境集》中的遊記散文〉，《葉聖陶傳論》（合肥：安徽教
　　育出版社，1995年），第8編第28章第1節，頁719。

文章的結尾：從葉聖陶的觀點談起

一　葉先生的「文章結尾」觀點

在結尾方面，葉聖陶討論得比開頭更多，也更加重視。他主張結尾須點明主旨，把前文所作的鋪墊，最後作扼要的說明，甚至於有些暗示意義，總以含蓄不露為最好。例如魏學洢（約1606-1625）〈核舟記〉的結尾不佳，因為說明太顯露，成為「畫蛇添足的句當」[1]了。而歸有光（1506-1571）〈項脊軒志〉、林嗣環（約1661前後）〈口技〉的結尾很好，因為「含蓄的意義很多，所謂『餘味』、『餘音』就指這樣的情形而言。」[2]葉聖陶還注意到「結尾有回顧開頭一式」，而「極端的例子是開頭用的是什麼話結尾也用同樣的話。如林嗣環的〈口技〉，……前後同用『一桌、一椅、一扇、一撫尺而已』，把設備的簡單冷落，反襯表演口技時的繁雜熱鬧，使人讀罷了還得凝神去想。」[3]這裡講的是古人常說的「前後照應」的寫法，早在《孟子·梁惠王上》記載孟子曰：「王何必曰利？亦有仁義而已矣。」末尾又說：「王

1　夏丏尊、葉聖陶：〈開頭和結尾〉，《文章講話》（臺北市：臺灣開明書局，1985年），頁14。

2　夏丏尊、葉聖陶：〈開頭和結尾〉，《文章講話》，頁20-21。其中談及歸有光〈項脊軒志〉的結尾，又可參考葉聖陶：〈第三十講　抒情的方式〉，《文話七十二講》（香港：三聯書店，1999年），頁59-60。

3　夏丏尊、葉聖陶：〈開頭和結尾〉，《文章講話》，頁20-21。

亦曰仁義而已矣。何必曰利？」就從口語對答中演示出前後照應的文例。[4]可見出乎自然而然，本是文章寫作的主要原則。而結尾要寫得好，自然之外，仍須追求「言有盡而意無窮」的感覺，這也是葉老長期追求的目標。

二　葉先生的「文章結尾」表現

　　閱讀葉聖陶的作品，我們會發覺他自己也在力行實踐開頭和結尾的工夫。有關文章結尾方面，他曾經自我表白：

> 我曾經作過一篇題名〈遺腹子〉的小說，敘述一對夫婦只生女孩不生男孩，在絕望而納妾之後，太太居然生了一個男孩；但不久那個男孩就病死了；於是丈夫傷心得很，一晚上喝醉了酒，跌在河裡淹死了；太太發了神經病，只說自己肚皮裡又懷了孕，然而遺腹子總是不見產生。到這裡，故事已經完畢，結句說：
>
> 這時候，頗有些人來為大小姐二小姐說親了。
>
> 　　這句話有點冷雋，見得後一代又將踏上前一代的道路，生男育女，盼男嫌女，重演那一套的把戲，這樣傳遞下去，正不知何年何代才休歇呢。我又有一篇小說叫做〈風潮〉，敘述中學學生因為對於一個教師的反感，做了點越規行動，就有一個學生被除了名；大家的義憤和好奇心就此不可遏制，搗毀校具，聯名退學，個個人都自視為英雄。到這裡，我的結尾是：

4　王基倫：〈前後照應〉，《孟子散文研究》（臺北市：師大國文研究所集刊，1985年），第29期，第7章第3節甲，頁96-98。

> 路上遇見相識的人，問他們做什麼時，他們用誇耀的聲氣回答
> 道：「我起風潮了！」
> 這樣結尾把全篇停止在最熱鬧的情態上，很有點兒力量，「我
> 起風潮了」這句話如聞其聲，這裡頭含蓄著一群學生在極度興
> 奮時種種的心情。以上是我所寫的比較滿意的兩個結尾，……
> 帶有「餘味」、「餘音」的例子。[5]

這裡舉出兩篇小說，前一篇〈遺腹子〉的結尾是在故事結束之後，帶
出另一個開頭的寫法，於是文章餘味無窮，有餘音裊裊之感。而後一
篇〈風潮〉的結尾響亮得多，的確在寫景中寄寓一份心情。這篇結尾
引起許多人討論。錢杏邨（德富，阿英，1900-1977）曾評說：「葉紹
鈞的小說，往往在收束的地方，使人有悠然不盡之感，〈風潮〉就是
如此，『路上遇見相識的人，問他們做什麼時，他們以誇耀的聲氣回
答道，『我們起風潮了』。」[6]後來朱自清（1898-1948）也說：「他（葉
聖陶）往往稱述結尾的適宜，他說對於結尾是有些把握的。」[7]又
說：「我們的短篇小說，『即興』而成的最多，注意結構的實在沒有幾
個人；魯迅先生（1881-1936）與聖陶便是其中最重要的。他們的作
品都很多，但大部分都有謹嚴而不單調的布局。聖陶的後期作品更勝
於初期的。……他最擅長的是結尾，他的作品的結尾，幾乎沒有一篇
不波俏的。他自己曾以此自詡；錢杏邨先生也說他的小說，『往往在

---

5 夏丏尊、葉聖陶：〈開頭和結尾〉，《文章講話》，頁20。又可參考葉聖陶：〈雜談我
的寫作〉，收入歐陽文彬編：《葉聖陶論創作》（上海市：上海文藝出版社，1982
年），頁157-158。

6 錢杏邨：〈葉紹鈞的創作的考察〉，收入劉增人、馮光廉編：《葉聖陶研究資料》（北
京市：十月文藝出版社，1988年），頁384。

7 朱自清：〈我所見的葉聖陶〉，收入《朱自清文集》，卷2；又收入劉增人、馮光廉
編：《葉聖陶研究資料》，頁135。

收束的地方，使人有悠然不盡之感』。」[8]

　　〈開頭和結尾〉這篇文章原載於一九三五年十月一日《中學生》月刊第五十八號，後收入《文章講話》中。在此之前的作品，葉聖陶只舉出〈遺腹子〉、〈風潮〉這兩篇的結尾最好，其實還有其他。劉增人、馮光廉說：「在小說布局上，他不安排大起大落、大開大闔的結局，不編織曲折離奇、出人意外的情節，而是從平凡的生活故事中精心擷取其中較為完整的一段，顯示生活的必然邏輯。又每每在結尾處安排波俏的一筆，乍看奇警，令人舉一反三，細想正是事態發展的必然，由此回味全篇的意義。〈校長〉中的某小學校長叔雅，……正在游移的關頭，佟先生一番狡詐的游說，使叔雅不知怎麼一來便信口答應了續聘，接著他只好順著這樣的路子書寫了繼任的聘書。『第二第三張寫的是陳先生和華先生的名字，他頹喪地歎一口氣，便把其餘的也寫下去。』先前的立志振興，和後來的游移妥協，形成了鮮明的對比。一番雄心大志，未經什麼認真較量便像口水一樣咽進肚裡，看起來突然，細想一下他得到位置之不易以及社會輿論之凶險，也就明白這正是題中應有之義了。」[9]原來小說的結尾，往往寓有深刻的含義，〈校長〉正是一例。

　　以上是小說結尾較佳之例，同時期也有許多散文的結尾甚好。例如〈沒有秋蟲的地方〉：

　　　　階前看不見一莖綠草，窗外望不見一隻蝴蝶，誰說是鵓鴿箱裡的生活，鵓鴿未必這樣枯燥無味呢。秋天來了，記憶就輕輕提

8　朱自清：〈葉聖陶的短篇小說〉，收入劉增人、馮光廉編：《葉聖陶研究資料》，頁414-415。

9　劉增人、馮光廉：〈論葉聖陶的人格範型與創作風貌〉，《山東師大學報》（社會科學版）1994年第4期，頁74。引文正是葉聖陶〈校長〉的末句，參見葉至善（聖陶之子，1918-）編：《葉聖陶》（香港：三聯書店香港分店，1983年），頁141。

示道：「淒淒切切的秋蟲又要響起來了。」可是一點影響也沒有，⋯⋯這裡根本沒有秋蟲。啊，不容留秋蟲的地方！秋蟲所不屑居留的地方！

這是文章的首段，寫出一個沒有秋蟲的生活環境。下面幾段陸續寫出「秋蟲合奏」的美聲，以及「這些聲蟲聲會引起勞人的感歎，秋士的傷懷，獨客的微喟，思婦的低泣；但這正是無上的美的境界，⋯⋯這種味道在另一方面是非常雋永的。」作者顯然很能欣賞秋蟲的美感經驗，然而這「足繫戀念的東西」，終究不存在此地，因此文章最後說道：

⋯⋯當這涼意微逗的時候，誰能不憶起那美妙的秋之音樂？可是沒有，絕對沒有！井底似的庭院，鉛色的水門汀地，秋蟲早已避去唯恐不速了。而我們沒有它們的翅膀與大腿，不能飛又不能跳，還是死守在這裡。想到「井底」與「鉛色」，覺得象徵的意味豐富極了。[10]

這是文章的結尾，回應首段，回應題旨，再次表明自己思念秋蟲的心情，完全達到首尾圓合的效果。這與前述葉聖陶說「結尾有回顧開頭一式的作法」相符合，而且帶有餘意作結。[11]

在「前後照應」方面作得很好的，還有〈看月〉一文，開頭說：

---

10 葉至善編：〈沒有秋蟲的地方〉，《葉聖陶》，頁3-4。

11 葉聖陶此文末段「可是沒有，絕對沒有」二句，亦可注意其節奏，辜也平、陳捷說：「這簡短的句式造成了緊密的節奏，表現了作者對於現實環境徹底失望、毫無留念的思想情感。」參見辜也平、陳捷：〈托物言志　簡約清新——讀《沒有秋蟲的地方》〉，《葉紹鈞作品欣賞》（南寧市：廣西教育出版社，1989年），頁174。

住在上海的「弄堂房子」裡的人對於月亮的圓缺隱現是不甚關心的。

生活在此地，很難得看見月亮，因此文章中段說：

我並非反對看月亮，只是說即使不看也沒有什麼關係罷了。

此下筆鋒一轉，「最好的月色我也曾看過。那時在福州山下……」，由此寫出一段月色美景後，文末結語寫道：

那樣的月色如果能得再看幾回，自然是愉悅的事情，雖然前面我說過「即使不看也沒有什麼關係」。[12]

這個結尾手法，很明顯的屬於「照應」寫法，寫得不落俗套，是因為文意從不看月色也沒有什麼關係，翻轉提升到美好的月色，最後以高一層次的語意作結，真正的心意因而得以在文章末尾彰顯。

此外，另一名篇〈藕與蓴菜〉，文章一開頭就點出：「同朋友喝酒，嚼著薄片的雪藕，忽然懷念起故鄉來了。」開門見山道破題旨，接著由此點化下去，寫故鄉新秋的早晨，「鄉人」賣藕的情景，以及這「珍品」的美好。中段以後，因為藕又聯想到蓴菜，這是在故鄉的春天，幾乎天天吃得到的東西。文末綰合這兩樣物品的聯想道：

向來不戀故鄉的我，想到這裡，覺得故鄉可愛極了。我自己也不明白，為什麼會起這麼深濃的情緒？再一思索，實在很淺

---

12 葉聖陶：〈看月〉，《未厭居習作》（北京市：開明出版社，1992年），頁6-7。

顯：因為在故鄉有所戀，而所戀又只在故鄉有，就縈縈著不能
割捨了。……像我現在，偶然被藕與蓴菜所牽繫，所以就懷念
起故鄉來了。
所戀在那裡，那裡就是我們的故鄉了。[13]

這段結尾很有特色，他由景入情，再由情入理，從感性轉為理性的思
考，雖然「淺顯」，但又顯得生活上很真實的一面。末行一句自成一
段，更是富有哲理的深層思考。今人傅瑛評論此文說：「作者在前文
將緣於藕與蓴菜的懷鄉之情緒渲染得漫灑心湖，層層漣漪，末一句
『所戀在那裡，那裡就是我們的故鄉了』，迎面撒開思緒之網，一網
收住了藕與蓴菜，乃至故鄉人、故鄉景，緊緊繫於一個『所戀』之
上，同時又盡含悵然，讓全文在一聲不曾發出的歎息中作罷，恰有如
『一首非常成功的、優美的、人生的詩』。」[14]
　　傅瑛更進一步指出：

葉聖陶散文結構藝術的另一個特點，是重視結語。文章收束得
雋永有味，自然會增加全文的凝重感。〈速寫〉通篇渲染等船
之焦急、上船之艱難，待到「我」戰勝一切困難終於走進統
艙，作者的心緒、眼前的光景皆以一筆束之：「我立刻給熱悶
污臭的空氣包圍住了。」讀來既有戛然而止之味，又有不盡聯
想的天地。再如〈與佩弦〉，結語處作者模糊一切景物，只在
讀者眼前心中留下一個身著「米通長衫的背影」，並且讓它漸

---

13 葉至善編：〈藕與蓴菜〉，《葉聖陶》，頁5-6。
14 傅瑛：〈摯愛真誠凝重秀美——葉聖陶散文思想藝術談〉，《淮北煤師院學報》（社會
　　科學版）1995年第4期，頁71。末句引文出自阿英：〈葉紹鈞小品序〉，原載《現代
　　十六家小品》，參見劉增人、馮光廉編：《葉聖陶研究資料》，頁408。

漸化入站臺的昏茫裡。於是，離別的惆悵、友人的情思一縷縷
自此瀰散，而一個由深入淺的「背影」又讓人不由自主地想起
朱自清的名作〈背影〉。釋卷良久，兩個背影尚疊映於讀者眼
前，久久不能揮散。[15]

這兩篇散文的結尾都很好。〈速寫〉結得有力量，〈與佩弦〉則以畫面
帶出情緒，雖然作法不同，但都達到了含蓄有餘味的藝術效果。至於
此後的作品，如朱自清所言，當然還有更好的結尾之例，例如〈爬山
虎〉也是結尾有力的作品。在這篇文章中，作者起先不知道爬山虎
「怎麼能爬」，經過仔細觀察，了解到它原來「有腳」，於是在篇末集
中筆力，用生動的語言描述「腳」和「爬」的精神：

爬山虎的腳要是沒觸著墻，不幾天就萎了，後來連痕跡也沒有
了。觸著墻的，細絲和小吸盤逐漸變成灰色。不要瞧不起那些
灰色的腳，那些扒在墻上相當牢固，要是你的手指不費一點兒
勁兒，休想拉下爬山虎的一根莖。

今人商金林評論道：「散文就這樣煞了尾，沒有一句多餘的話。從表面
上看，似乎只是普及某種植物的知識，其實就在這好像很平淡的描述
中，包孕著很深刻的生活哲理：只有深扎根在土壤中，腳踏實地，才
會有很旺盛的生命力。」[16]大家公認葉聖陶是尊重生活實踐，強調客
觀寫實，透過平凡的人、普通的事物，把日常生活形象化展現在作品
中，把思考與感受留給讀者的大手筆。於上述多篇文章都得到了印證。

---

15 傅瑛：〈摯愛真誠凝重秀美──葉聖陶散文思想藝術談〉，頁71。
16 商金林（1949-）：〈兒童詩歌和散文〉，《葉聖陶傳論》（合肥市：安徽教育出版社，
   1995年），第8編第28章第3節，頁746。

三　葉先生「文章結尾論」的啟示意義

一九三八年一月陳望道（1891-1977）在為夏丏尊、葉聖陶《文章講話》寫序時就說過：文章作法有內容和形式兩方面須作考量。讀一篇文章須「注意背景的讀法，不妨說是立體的讀法。……這立體的讀法，實際也可以應用在形式方面。形式也是歷史的。不過形式方面因襲性比較的重，可以用類推法的地方也比較的多。所以形式方面的教學，比較的重在使知類推，但又不能推出了界。……將形式上所含的規律一一指出，而說明其所以同所以異，纔能做到這個地步。」[17]實則，葉聖陶始終不偏廢內容或形式，他曾說過：「情思為聲音的泉源，而文字為聲音的符號。」[18]又說：「思想、語言、文字，三樣其實一樣。」[19]又說：「所謂想清楚就是形成語言的形式，所謂想不清楚就是形成不了語言的形式。」「想的過程也就是形成語言的過程。」[20]甚至於認為：「修改非語言文字之事，實為思想認識之事。」[21]由此觀之，文章是思想的語言定型，作為其載體的語言、文字也非常重要，內容與形式實無孰輕孰重之分。

本文討論的重點，在於文章的形式規律。在葉老看來，這是十分重要的一環；也因此，我們不能忽略他在語言形式方面的見解。他提

---

17 夏丏尊、葉聖陶：〈陳序〉，《文章講話》（臺北市：臺灣開明書局，1985年），頁2-3。

18 葉聖陶：〈小學國文教授的諸問題〉，引自倪渝根：〈葉聖陶語言觀論略〉，《南京高師學報》第12卷第3期（1996年9月），頁45。

19 葉聖陶：〈談修改文章〉，引自倪渝根：〈葉聖陶語言觀論略〉，頁45。

20 葉聖陶：〈文藝寫作必須依靠語言〉，原載《文藝學習》第4期，收入歐陽文彬編：《葉聖陶論創作》，頁208、209。

21 葉聖陶、劉國正：《葉聖陶教育文集》（北京市：人民教育出版社，1994年），卷3，頁513。

及文章結尾可以有力量,這不與含蓄衝突;又能照應文章前後,且帶有餘意作結。葉老孜孜矻矻於文字間,當我們看到他的理論那麼中肯,文字那麼細膩,景中寓情,刻畫入微,又有謹嚴而不單調的布局,不禁由衷佩服這位在白話文興起初期,前無依傍、獨自摸索出文章作法的長者。金針度人,筆耕不輟,他以平實而旺盛的生命力,完成理論與實踐於一身。

——本文原刊《國文天地》第21卷第9期(總號第249期)

(2006年2月),頁63-69。

大學國文課程之現狀與檢討
——以一所師範院校為例

　　教育部有意提升國民小學教師之水準，將師專改制為師院，再由省立改制為國立，促使師院納入大學聯招體系，招收更多優秀人才從事教育基礎工作。其努力方向應屬正確，然而或因籌備時間倉促，或有其他外在因素的影響，使得初衷美意大打折扣，當年師院畢業生的水準並未明顯提升，反而有國語文程度大幅下降的隱憂[1]。故本文擬以改制初期（1990年8月至1992年7月）的國立嘉義師範學院為例，探討國語文程度低落的原因，是否有改進革新之道？前事不忘，後事之師。冀能提出具體步驟，供教育界、學術界賢達人士參考。

一　學分安排方面

　　學院改制時，成立班級數如下：

大學部四年制	語文教育學系	一班	每班約三十人
	數理教育學系	一班	
	社會科教育學系	一班	
	初等教育學系	三班	
幼教科二年制	幼兒教育師資科	二班	每班約四十五人

1　除了社會大眾多有批評外，本學院語文教育學系教師亦常慨歎學生錯別字甚多、作文能力不佳、對文化漠不關心；而師院生在全國性各大報刊徵文比賽成績也不如一般大學，本學年度（1991年8月至1992年7月）國語文會考成績也大幅滑落，許多應屆結業生仍在準備補考。

　　另設進修部國小師資班，於暑假期間修讀教育學分，由於不在平時教學編制內，且與國語文課程相涉不深，茲不論列。

　　對應於上述班級數，本學院大學部四年制學分安排方式如下：

大學部

　　各學系普通課程科目表：（初等教育學系、數理教育學系、語文教育學系、社會科教育學系）

課程		學分	時數	必修或選修	第一學年		第二學年		第三學年		備　註
					上	下	上	下	上	下	
語文學科	國文	6-8	6-8	必	4	2-4					語文教育學系修習8學分，其他學系修習6學分（含2學分之應用文）
	兒童文學	2	2	必		2					語文教育學系免修
	英文	8	8	必	4	4					
	國語	1	2	必	1（2）						
	四書	0	2	必		（2）					
	書法	0	1	必	（1）						教材內容包括教育名著選讀及兒童文學
	文字學	2	2	必				2			
	各體文學	3	3	必			3				
	小計	22	26	9（11）	8（10）	3（3）	2（2）				

如上所述，外系學生修讀國語文課程，四年內僅須十四學分而已（英文課不計），極為不足。當初課程規劃時，認定每位學生需修讀語文十八、社會十八、數理二十學分，以擔負國小國語、社會、數學、自然科之教學內容。然而，語文科學分，挪出部分開設大一英文課程，實與當前小學教育無關，造成同屬國民小學重要科目的「職前訓練」，唯獨國語文學分嚴重不足。換言之，當初分配學分數之著眼點，以師院成立的科系為準，利益均霑色彩甚濃，實未考慮到國語、數理、社會科之實際職前訓練學分數是否相等。

再看看國民小學課程安排情形。國語文乃小學生一至六年級重要課程之一，需具備聽、說、讀、寫基本能力，始能認識書本內容，進而汲取新知。故自小學一年級起，國語科授課時間甚多。既然國語科為重頭戲，則師院有關國語文課程之比例亦應大幅提升，最起碼比照數理、社會科必修學分，每名師範院生不只低於十八學分，如或不然，應視國小各課程之比重多寡，重新分配師院生職前訓練學分之比重，亦即國小社會科總時數若不及國語科，則師院國語科之職前訓練學分應超過社會科。

二　師資水準方面

改制之時，語文教育學系陸續新聘講師、副教授數名，亦有數人提交升等著作送審。截至八十學年度止，國語文方面師資概況如下：

教授	一名
副教授	七名
講師	三名
助教（不授課）	一名

博士	四名
碩士	三名
學士	五名

如上所示，師資名額總數太少，如此一來，也影響到系內學術討論風氣等問題。歸結其原因，仍由於前述學分安排受到限制的緣故。此外，教授名額顯然太少，不具研究所學歷的人數也稍多，如此師資陣容，與一般大學仍有差距。

實則，過去師資來源多由師專（師院）畢業生內升，這些人未修讀研究所，缺乏撰寫學術論文能力，若再因家庭、地區等條件限制，而未尋求進修機會，則經年蹉跎歲月，學術能力退落殆無可疑。

況且，師院課程安排，以應付小學國語科教學為主，就目前現象而論，實未臻高深學問的境地。由於本學院語文科師資多任教一、二年級，國文、國語、各體文選……帶有通識課程的意味，為各系共同必修科目，而他們的教學能力，多半得自五專（或大學）時期所得的知識，以及自我閱讀一些參考書，甚或憑藉口齒清晰以勝任國語科的會話課程。上述現象，實應站在「同情的了解」的立場去理解，畢竟若能不憑藉學歷、而不斷地自我充實、寫出夠水準的學術著作以尋求升等，這毋寧是值得尊敬的[2]。然而，也有些人長年不再進修，升等論文又因水準不夠而一再不能通過，則又顯然有不適任的問題。故筆者以為應採三管齊下的作法：

2　以本學院語文教育學系退休教授董季棠先生為例，其所著《修辭析論》（益智書局出版）一書，頗具學術水準，書中例證新穎，析論精闢，實為難得之佳作。

（一）開拓在職進修管道

　　大學院校已成立中國文學（國文）研究所者，宜酌量增加在職進修名額，招收現任大專院校教師而其學歷程度不足者，以強化師資陣容。在錄取從寬、畢業從嚴的要求下，開設夜間（或假日）學分班，提供進修者更多的選擇。

（二）舉辦短期研習活動

　　現今教育制度日趨完善，已有寒假、春假、暑假等共同休假時間，可供舉辦活動。已往師院教師多不熱衷學術活動，罕見參與發表論文，卻常常爭取聯招閱卷、暑期進修部上課、專科學校兼課之機會，可見參與活動的時間不是問題，進修動機不強才是主因。若能仿效教育部、教育廳鼓勵國民小學教師進修的作法，採短期方式，每次積分計點[3]，可能較易引起學習動機。不妨先責成學術地位較高的研究機構主辦活動，聘請專家學者講課，並於活動結束後舉辦論文發表會，指定參與者提交論文，給予分數等第，似此，可提升他們做學問的能力，並於日後由此擴大努力撰成升等著作。即或不然，亦可將積分計點逐次累積，凡治學範圍相近者，可於送審升等著作時，列入加權計分之考量。

3　例如教育廳曾通過「五年長青專案計劃」，將所有非師院畢業生而任國小者，於寒假期間調回師院受訓，受訓一週計分一點，頗能引發教師進修意願。

（三）建立教師淘汰制度

不適任教師的問題，早已眾所詬病。例如辦理教師評鑑，除了公布結果之外，對成績甚差的教師亦毫無約束力。公立學校解聘一位教師甚難，因此教育部應研擬教師淘汰辦法，諸如各級教師應於五年內發表一篇學術期刊論文，十年內必須送審升等著作，升等著作連續五年未通過者應降級論處……之類，凡此皆可考慮進行。

三　教材課程方面

師範學院對於教師所使用的教材，並無硬性規定。一般說來，書法、國語、四書、文字學、兒童文學等科目範圍明確，教材大致相同。唯獨國文、各體文選二科，教學目標不明確，有流於大而無當之虞。

以大一國文為例，有人選用《大學國文選》（幼獅）、《師院國文選》（五南）、《古文觀止》（三民）為教材，有人自編講義，選《左傳》、《史記》的文章作教材，亦有人添加古典詩詞或現代文學作品教材。至於各體文選方面，包括散文、詩、詞、戲曲……各種文學體製，皆可選介講授，而國內實缺乏此類綜合性選本[4]，幾乎變成大一國文的補充選講而已。對某些教師及學生而言，大一國文等於高中國文的延長，大二各體文選又是大一國文的延長。

當初擬定師院國語文課程設計時，有兩項缺失造成極大的問題：一是關於「國文」方面。全國公私立大學國文課多設於一年級，必修，上下二學期，每學期四學分；唯獨師範學院體制例外（也與師大

4　目前國內僅有王力《古代漢語》（出版者不詳）、程千帆《中國古典文學精華》（漢聲）為綜合性選本較佳者，然流傳不廣。

不同），改成六至八學分，於是本學院及其他多所師院，國文上學期仍維持四學分，下學期縮減成二學分，擺明了師範學院較不重視國文的心態！

二是關於「各體文選」方面。極可能是原有歷代文選、詩選、詞曲選、小說選……之類的課程，於改制成師院後，被濃縮成「各體文選」之名。研究中國文學的人都知道，「體」有「體製」、「風格」定義之不同，「各體」一詞極不恰當。且短短一學期三學分之內，要涉獵所有中國文學各體類的代表作，實乃鼎嘗一臠而已！

回過頭來檢討本學院的教材缺失。最理想的狀況是，先確立大一國文的教學目標為何？師院生修讀此科有無特別意義？過去《國文天地》雜誌社舉辦「大一國文會診」座談會時，包括沈清松、王熙元教授都強調大一國文的教學目標有三：

（一）加強國語文表達能力的訓練，提升其國文程度。

（二）培養文學欣賞的能力。

（三）認識中國文化的實質內涵[5]。

今單就師院生來說，他們將來面對國小學生時，最重要的恐怕是基本語文能力的表達，如說故事、講課、朗讀、改作文、板書……之類，這涉及口語會話及辭彙運用的能力。

是故，若採用一般坊間《大學國文學》之類的書籍，殆非師院生所須。那些選自經史子集重要作品，如〈七月〉、〈學記〉、〈秦晉殽之戰〉、〈天論〉、〈定法〉、〈為徐敬業討武曌檄〉、〈西銘〉、〈聖哲畫像記〉……等篇，確實有助於學生對中國文化的理解，進而開擴知識分子的胸襟；不過，師院國語文教育所須尚不止於此。若能增加寓言、

5　參見沈清松：〈國文教育的新方向〉，《國文天地》第2卷第3期（1986年8月），頁12-14；王熙元等人：〈「革新大一國文教育」座談會〉，《國文天地》第4卷第7期（1988年12月），頁10-17。

小品文、筆記小說、民俗、戲曲、成語故事的閱讀能力（可與兒童文學課程相配合），以及古詩詞、現代詩、現代散文的鑒賞能力，將能充實日後上課內涵，提供小朋友優良課外讀物。

其他書法、國語、四書、兒童文學、文字學等原有課程，皆有益於語文訓練，與國民小學教育息息相關，只宜增設學分，不宜刪減[6]；而當務之急，須加強作文及應用文的訓練。由於國小學生正在練習寫作，書信、童詩、散文……皆在努力之列，故寫作教學極為重要。而目前大一國文課程已十分繁重，每學期只批改二至四篇作文，學生獲益不多。若能另闢一專門課程，將生活百事納入寫作題材內，細心批改，不僅有助於師院學生，更有助於日後小學生。目前國內已有清華大學開設「寫作指導」課程，專司作文教學課程，近年學者也一再反映，宜增開此門課。[7]

各體文選方面，重點應是陶冶學生文學素養。故與其濃縮為四不像的學科，且在一學期三學分內上完，倒不如還原其原貌，供同學選修，加強其學分數。例如國立臺灣大學中國文學系的上課科目方式（與各體文選相近者）如下：

課名	年級	修別	學分數	上下學期合計節數	備註
歷代文選	二	必	三	六	
詩　　選	二	必	二	四	
詞　曲　選	三	必	二	四	

6　例如「文字學」僅上一學期二學分，不足以了解文字原理及運用，應比照一般大學中文系四學分，且加開聲韻學四學分、訓詁學四學分，方屬合理。參見陳金木：〈從宏觀的立場看師院「文字學」的教學與研究〉，《嘉義師院學報》第5期（1991年11月），頁233-263。

7　參見汪淳：〈吐不完的苦水〉，《國文天地》第2卷第3期（1986年8月），頁16-19。

課名	年級	修別	學分數	上下學期合計節數	備註
古典小說選讀	三四	選	二	四	
戲劇選讀	三四	選	二	四	
現代散文	一	必選	三	三	現代文學課程必須三選一。
現代詩	一	必選	三	三	
現代小說	一	必選	三	六	

　　所謂「他山之石，可以攻玉」，上列雖為中文系課程，亦可由此得知各體文學範疇廣，不可能於短時間內授完。頂好的作法是，廣開各科，供學生選修；萬不得已，亦只能將相近科目合併，如詞曲合為一科，或詩詞曲合為一科。而現代文學部分，日趨受重視，可酌量開課。

　　再者，師院生分發任教後，常須兼辦行政業務，故已屢有加開「應用文」的呼聲。舉凡公文規格、簽呈函稿區分、名片使用、喜幛輓聯應用……，都與日後為人處世有關。社會大眾常質疑大學畢業生連一封書信都寫不好，這何嘗不是應用文的問題？故增設此科目，宜列入考慮。

四　結語

　　總結前文，學分數不足、師資不佳，實為師範院校國語文教育之重大問題。若能增開新課程，充實學生專門知識，適應學生未來需要，則師院生（即後來教育大學的學生）國語文程度可望提升。同時，新課程增加之後，勢必新聘學歷高、學術研究能力強的新教師，可帶動校內學術風氣，提振教學水準。故於此剴切地籲請教育部「必

修科目修訂委員會」等相關單位，釐定大一國文為上下學期各四學分，將各體文選改成歷代文選、詩選、詞曲選、現代文學四科，每科三至六學分，其他應用文、聲韻學、訓詁學……等科目的學分酌量增加。我們若已肯定師院生國語文訓練的重要性，上述科目學分的增加，實有其必須不得不然的考慮。

——本文原發表於「中華民國各大學院校國文教學研討會」，後收入
　　教育部顧問室主編：《中華民國各大學院校國文教學討論會
　　論文集》（臺北市：教育部，1992年5月），頁22-33。

開放與革新
——現階段臺灣地區小學國語語文教育政策之省思

一　前言

　　臺灣地區的小學國語文教育政策，近年發生重大變革。由於社會
政治環境的變遷，自由開放與本土化、國際化的多元教育呼聲日高，
因應此一現象，教育部於民國八十二年（1993）九月修訂公布《國民
小學課程標準》，其中有關小學國語文教育政策的最大變革是：原本
由國立編譯館編寫，供全國各校一體適用，俗稱為「統編本」的教科
用書，今後改成由民間出版社編寫、經審查機關審查核定後，供各校
使用，俗稱此為「審定本」。

　　此一開放民間編寫課本以供審定的政策，為四十餘年所未見，吾
人對此持肯定態度。然實施至今，已衍生不少問題，「開放」究竟帶
來多少「革新」？頗值得省思。本篇論文即針對教材開放所涉及的政
策背景、編審流程詳加討論，冀能釐清現象，提出評估與建言，供學
界及教育工作者參考。

二　政策開放之背景

　　教科書係根據課程理論、學習理論、教學需要，將各科教材排列
組織，提供教學使用的材料。它雖然不是唯一的教學資源，但對課程

目標的達成有舉足輕重的地位。無論就社會需求、學生發展或科學領域而言，教科書的內容和形式都必須建構於多樣而有系統編排的基礎上，才能符合時代和個人發展的需求。因此，教科書開放可以說是時勢所趨，而此次政策之所以開放，也多少與教科書無法迎合社會政治環境的快速變遷，遭致各界紛至沓來的批評有關。學者指出，過去以來較重要的批評有六方面：

> 其一為教科書是意識型態灌輸的工具，一方面教導學生崇拜政治人物，培養忠黨愛國思想，二方面實施兩性不平等的教育，塑造性別刻板印象，三方面傳授民族偏見，有礙民族融合，四方面教導單一文化，違背多元文化教育的理想。其二為教科書內容忽略本土教育和鄉土教育，使學生疏離本土的探討，欠缺鄉土事物的探究。其三為教科書內容不能反映新興社會需求，諸如環保教育、反毒教育、性教育、消費者教育、愛滋病教育等，都未能適切融入其中，以致學生所學不能符應社會需要。其四為教科書內容不能適應學生個別差異，其深度和廣度以所謂一般學生之需要而設計，事實上大多數均無法適應。其五為教科書的份量太多，師生在有限的時間內難以教學完畢，且時常流於趕課。其六為教科書之內容和編輯僵化，未能吸引學習者的興趣。[1]

上述六項問題，乃針對過去「統編本」現象而言，然而，若衡量編者的立場，則第二點忽略本土教育以下，與誰編此書無多大關係，而是

---

[1] 黃政傑：〈面對教科書開放之後的課題〉，《國民小學教科書發展理念和實務研討會手冊》，頁29。

新思潮、新政令，影響及於學科內容，甚至是教師教學理念偏差所致。當前教育部擬定的國語文政策，即試圖開放教科書的編審方式，仿效全世界先進國家多無統編本的作法，促成「百家爭鳴」的多元化審定本問世，如此較能跟上時代腳步，化解諸如意識型態方面的統編本問題。故而開放教科書實為政策改革的第一步，也是一大步，其具體理由有下列幾點：

（一）設計內容與架構越豐富，越增加學生學習興趣。

（二）藉由公平競爭而提升教科書的品質。

（三）帶動國內課程研究與評鑑，並培養出更多的課程研發人才。

（四）強化教師的專業自主能力。[2]

由此看來，教科書的開放，代表知識的開放，牽動層面甚廣，受益人數也甚多。首先，仍應有教科書的設計內容與架構，這方面目前續由教育部掌控，亦即教育部頒布《國民小學課程標準》，要求各出版業者依據「標準」編寫教科書，也委託審查單位及學者專家據此審定教科書；其次是出版業編書者討論編寫理念，決定編輯那些內容；再其次是教師角色的轉換，他們不僅是知識的傳遞者，更是教材的研究者、課程的實施者，如何提升課程研究與評鑑的水平，強化教師的教學能力，也是有待努力的方向；最後當然是受益最大的學生。在這連串過程中，教育政策實居於引導、建構……的啟動地位，其語文開放政策與教學實務之間的互動關係，值得深入持續觀察。

2　陳燕鶴：〈仰望教科書開放後的那一片藍天白雲〉，《國民小學教科書發展理念和實務研討會手冊》，頁27。

三 開放審定本之現象考察

（一）課程標準的問題

　　《國民小學課程標準》乃教育部依法律之授權所發布的行政命令，具有基準規範的「母法」性質，為學校課程編寫與實施之主要依據，更有導引教材發展及規範教材內容設計的功能，其影響學校教育極為深遠。可惜的是，新制定的國小課程標準，並未跳脫過去的思維模式，甚且是修正統編本的框架而已。目前〈國民小學國語課程標準〉一章，列有目標、時間分配、教材綱要、實施方法四節，其中對於「教材編選及組織」亦有詳細規範，淪至約束太多的地步。雖然符合課程標準是編寫、審定、評鑑教科書的重要指標，但民間已一再要求廢止課程標準，留一些「空白課程」給學校及教師，以利發展多元化的教材，否則只會形成「開放而未革新」，多出幾家「不同內容的統編本」而已。

　　有鑒及此，教育部已廣徵意見，研擬完成「教育基本法」草案，草案中明文取消現行的中小學課程標準，改由教育部設置課程委員會訂定「綱要」，賦予學校及教師課程設計與實施的彈性。[3]更進步的作法是，教育部已召開「國民小學九年一貫課程研討會」，初步決定兩年內訂定完成全部課程綱要，並在本世紀結束前實施。吳京部長表示：「這套新的課程綱要與過去的課程標準完全不同，除了不像過去訂定得那麼細，讓編寫教材的人有充分的發揮空間之外；九年一貫的課程綱要將把目前的課程加以合併、調整和減少，增加外國的歷史、

3　參見〈未來教育施政最高指導原則：教育基本法草案完成，為十二年國教預留空間、取消中小學課程標準〉，《國語日報》，1997年3月26日，第1版，「焦點新聞」。

文化及外語；但除了國際化之外，鄉土化和本土化也要加強，因為目前我們這方面的內容的確太少。」[4]上述說明，為外語教學、鄉土語言教學作了明確宣示，也預示了課程將會合併、調整或減少。果真如此做下去，現行國民小學課表填得太滿，教師永遠趕不完課的夢魘，以及國語課程過於龐雜，上課囫圇吞棗未能深究賞析等現象，皆可能一併解決。

（二）編寫方面的問題

國語教科書開放民間編選之後，編輯者的學養能力益形重要。各出版業者為求教科書之內容能適合兒童的能力與興趣，多已委請學者專家及富有經驗的國小教師參與編寫工作，只要發揮自我的專業能力，同時往活潑化、故事化的方向發展，即能讓學生日益喜歡課本。教育部曾公開指出：「民間送審的教科書，比原本的統編本多元活潑，版面、圖片或單元的設計，趣味性較強。」[5]這顯示開放教科書的政策正確，讓兒童可以選擇內容多樣、印刷精美的教科書，民間業者已經打響了第一炮。然而還有一些不足，譬如古國順指出了三項問題：

（一）國語課本的用字和取材問題

（二）課外閱讀的取材問題

（三）作文教材的問題[6]

---

4 參見〈三年內國中小課程將大幅更新，統整為九年一貫課程，朝國際化、鄉土和本土化發展〉，《國語日報》，1997年4月12日，第2版，「文教新聞」。

5 〈教育部肯定民間編輯教科書較活潑，送審不通過原因：未能掌握學科內涵邏輯和學生學習特質〉，《國語日報》，1996年2月7日，第2版，「文教新聞」。

6 古國順：〈國語科新課程標準之修訂重點及實施問題探討〉，《北市師院語文學刊》第2期，頁34-35。

李威熊也指出一些問題：

> 各科編輯除依照教育部頒的《國民小學課程標準》和《國民小
> 學教科用書審查相關規定彙編》外，還有一些必要的資料都付
> 諸闕如：如未訂定簡明具體的各科教材大綱；又今天大家強調
> 鄉土教育，也不見各科有如何結合鄉土教材的編輯要點；再以
> 國語科為例，小學六年要教哪些常用字？低、中、高三個年段
> 生字數如何分配？筆順、讀音的依據標準如何？這些資料事先
> 都未提供給書商；其他如各科審查的原則和標準，也沒有訂定
> 公布。於是從編輯到審訂都相當匆忙，因此使教科書的品質打
> 了折扣。

這裡面涉及魚與熊掌難以兼得的窘境。以「取材問題」來說，規定趨
向嚴格，則編選故事容易雷同，課外讀物也受到限制，既不符合多元
發展的課程理念，也抹煞孩童學習認知的無窮潛力，似不宜如此。至
於「作文教材」及「鄉土教材」，似可由出版業者彈性處理，其未編
擬教材者，責成教師課堂補充講義。筆者倒是認為，有關「簡易文法
的講法」、「小學六年要教哪些字」、「低中高三個年段字如何分配」、
「筆順、讀音的依據標準如何」，這些較屬於學理方面的問題，已困
擾教學多年，的確應由學者討論商定後，再交由出版業者及許多以
中、小學教師為主體的編輯群編寫教科書。目前各版本習寫生字不
同，小朋友轉學或校方更換課本時，教學無法銜接的問題已然浮現，
遭致許多小學教師的抗議。其實以中文字的研究來看，約有三千字最
常用，而統編本時代，六年級約學二千八百字（大陸約學二千五百
字），小學生能習寫這些字數即可。至於哪些字先學，哪些字後學，
每年段要學多少字，則涉及對習寫字的定義問題，以及各種語文學習

理論不同主張的問題，值得探討。孩童有其生長環境及學習興趣（如「恐龍」不常用，孩童想學），則習寫字的問題並不如此單純。讓不同的編寫理念提供不同的教科書給適合的孩童，應屬恰當，政府似不宜規定太多。將來各出版業者須加強各冊之間的連貫性，也須注意各科之間的統整性，亦須汲取各版本的優異學習技巧，若能著力於此，教科書自然會有日臻完美的表現。

（三）審定方面的問題

編寫完成後，面臨審定的問題。目前審查單位為「臺灣省國民學校教師研習會」，以省屬單位審查包括國立編譯館在內的中央單位的作業成果，理有未當，「所以仍應由出面委託的單位（當是教育部）掛名，以示負責。」國立編譯館畢竟是編輯多年的政府單位，剛起步的民間業者無此優勢，立足點不一，造成教材編審過程上的不公平競爭，已為眾人詬病。所謂的不公平競爭，一則指國立編譯館擁有較豐厚的人力及資源，已有編書經驗，改寫舊教材即可成為新教材，編書成本相對較低；另一則更大的矛盾是：國編本從討論到編寫到修訂，其耗費成本絕對高於民間，只是政府編列預算資助，政府可以不賺錢，故售價低，民間無此優勢。事實上，當初民間強烈催促政府開放教科書市場，早就評估過上述情況，只是當時不以為意，認為民間版一定能優於國編版，會占市場大宗，後來事實演變並非如此，銷售量低而導致成本提高，遂反過來否定教育部統一核價。

現今臺灣省國民學校教師研習會編成《國民小學教科用書審查相關規定彙編》小冊，其審查作業程序、送審規定、教科書印製規格等，皆鉅細靡遺，至為清楚。然施行以來，衍生之問題約有下列數端，馬寶蓮說：

（一）審查進度有遲滯現象，影響後期作業

（二）審查標準不夠具體

（三）現行全面試用乃非常態作法[7]

此處待商榷者有二：進度問題的根本原因，在於政府開放政策公布與實施的時間過短所致，因而造成編輯與審查都很匆促，若以此責難審查單位似不甚公平。試用的問題也可以看到政府政策的急轉彎，第一、二冊要有試用報告，但隨即修改為不用報告，審查通過即可上市發行。[8]這些現象教育部實難辭其咎。紀清珍也指出審查方面的一些缺失：

（一）舊有的統編本由編寫 —— 實驗 —— 試教 —— 修正 —— 試用 —— 出版，使用過程完整，但現在的開放版本迫於時間及其他因素，試教、試用幾乎有名無實。讓各校及每一個學生都是「試用」，值得檢討。

（二）審查教科書應先就不同版本的課程架構、編寫理念先審查通過，然後就一至十二冊，及各科教科書一併審查然後出版，否則單就一科一冊就現成素材審查，可能流於支離破碎。

（三）審查委員的遴選更客觀審慎，否則若過多舊（統編本）委員，在既定的思考及經驗模式下來審查新的開放版本，可能無法接受創新及突破，有礙教科書的發展。[9]

7　馬寶蓮：〈現階段國小語文教育政策之省思〉，《臺灣永續發展研討會論文》（臺中市：中興大學法商學院，1997年6月27-28日），頁5-6。

8　詳見臺灣省國民學校教師研習會：《國民小學教科用書審查辦法彙編》，頁1-15。

9　紀清珍：〈國民小學教科書發展理念和實務〉，《國民小學教科書發展理念和實務研討會手冊》，頁42。

此處須先澄清審查政策、標準的問題,與審查委員素質的問題,不能混為一談。有待討論者有二:一至十二冊一併審查,這是理想,但出版公司做得到嗎?一兩年間編十二冊,品質會好嗎?其次,審查標準是相對的客觀公正(如何可能絕對客觀公正)?課程標準未修訂前、審查委員只能依此標準審查、送審辦法也是經各單位討論製訂的,各種辦法都會有爭議,可逐步修改,但客觀公正永遠是爭論不完的話題,不能以此懷疑審查委員的素養。

前述馬、紀二人共同主張應該先有試教、試用過程,始能正式出版使用,以八十五學年度(1996學年度)新生為實驗品的作法,確實非常可議。

審查進度太慢,連帶造成教科書一冊一冊的審,無法讓審查委員注意到不同冊之間的連貫性,也造成各校選用教科書的困難。有些出版業者希望同時審查多冊;更多的出版業者希望行政手續盡量簡化,審查進度加快。馬寶蓮所述乃八十五學年度送審情形,今八十六學年度情形是:教科書上冊須於前一年七月底前送審,五個月後發還修訂,下冊又須於每年元月底前送審;往往上冊尚未依據審查意見修改完畢,下冊即須編寫完成。似此,未能顧及上下冊教學連貫性,且在審定本未通過前,必不敢投資製作輔助教具,許多後續工作只好延宕。

由此看來,審查機關在時間過程上要加把勁了。至於審查委員的遴聘,自應走向開明客觀之途;送審程序的瑣碎,亦應逐步簡化扼要。於此,實可提出審查制度究竟是「資格審」抑或「完美審」之問題?若屬前者,則審查時間應不致冗長,可將多餘時間要求出版業者從事實驗、試教之過程;然而,出版商常質疑審查委員極具使命感,往往一夫當關,大力修正編寫者之努力痕跡,為了避免血本無歸,只好唯命是聽,迎合審查委員的意見。如此循環下去,審查制度下只有不同版本的統編本模式而已。實則,審查機關應向審查委員說明是

「資格審」或「完美審」之要求，是否初審與複審各司其一責，初審
若是「資格審」，可由第一線教師審查，選出適合教學用的作品；複
審再作「完美審」之要求，由學科專家逐字逐句修訂，改成語言文字
十分正確、文學情韻較為和諧優美的教科用書，以促成審查制度更加
完善。此外，或可仿效香港作法，審查結果分成三等級，Ａ等級表示
該書配合課程綱要編寫，適合學校採用，且將被列入「適當書目表」
分送至各校。Ｂ等級算是次一等，不列入「適當書目表」，但不必禁
止學校採用。Ｃ等級表示該書對學校並不適合，應予禁止採用。

(四) 選用方面的問題

　　審定完成多本教科書後，學校便面臨如何選用的問題。教育部公
告教科書開放審定本時，曾建議由各縣市教育局組成採擇委員會決定
版本，因而吸引了部分擁有政治勢力的業者投入經營；後因要求教師
專業自主的聲浪高漲，教育廳局乃決定以校、區為單位，或者全縣統
一，提高政治勢力介入的難度。此舉引起坐擁政治勢力的業者不滿，
競爭亂象層出不窮，造成學校的決策趨於保守，紛紛沿用國編本，國
編本成為開放後最大的贏家，當然，國小教師的習慣性也起了難以估
量的巨大作用，這又是另一種「開放而不革新」現象，語文政策成為
最大的輸家。

　　實則，如何選出適合的教科書給教師和學生使用是最重要的問
題，八十六學年度各縣市教科書選用程序如下表：[10]

---

10 許立田：〈開放即多元？期待教科書採擇模式漸趨民主〉，《康軒教育雜誌》第29期，
　　頁35。

八十六學年度各縣市教科書採擇模式及流程

採擇模式	縣市	採擇流程
以校為單位	臺北市	由各校教師組成評選小組，選出各科版本；由市府與書商議價，提供學校作為採購依據。
	臺北縣、南投縣	由各校教師組成評選小組，選出各科版本；由各校自行與書商議價及購買。
	桃園縣、新竹縣、新竹市、苗栗縣、臺中市、嘉義市、花蓮縣	由各校教師組成評選小組，選出各科版本；由各校自行與書商洽購。
	臺中縣、彰化縣、嘉義縣、高雄縣、屏東縣、臺東縣、宜蘭縣、澎湖縣、連江縣	由各校教師組成評選小組，選出各科版本；由縣府統一議價，統一付款。
	高雄市	由各校教師選書，至因經費不足，故每科需排出三個順位，由各校自行與書商議價決定版本。
以區域為單位	基隆市	分七區，每校派四名代表選出該區要使用的版辭，再由市府出面議價，提供學校作為採購依據。
以鄉鎮為單位	臺南縣	由中心學校負責辦理，不論學校大小，每校一票，由中心學校負責議價、採購。
全市統一	臺南市	每校派二名代表組成委員會，每科委員二十六名，負責評選，再由市府議價。

採擇模式	縣市	採擇流程
全縣統一	雲林縣	依八十五學年度選用版本沿用之。（由縣府聘請委員進行採擇工作，再將決定採用的版本通知各校）

　　先就採擇模式來談。教科書選用的單位究應為個別教師、個別學校，或為學校的聯合、縣市政府教育局，可依實際情況而定。目前除了個別教師層級之外，其餘選用單位均被採用過，這裡面竟然隱含一個問題：許多人質疑站在第一線教學的教師，有無選用教科書的能力？由於國小教師長期處於被動教學的習慣，照本宣科，積習已久；加上師資培育機構（師專、師院）多是單一科系，培育科任教師卻要面對國小包班制的通才式教學，一位教師平均擔任五、六門科目；加上編制少，除了教學外，兼任行政工作、經營班級、輔導學生、配合行政瑣事……等，使得教師像小陀螺般打轉，永遠有趕不完的教學進度，遑論進行學科研究。因此自編教材一直是教師的「應然」而非「實然」。既已喪失編寫教材能力，則選用教材能力可能也已經喪失。曾有學者認為，師資培育機構應加強對教科書編寫、選用及評鑑的課程，教育部國教司司長單小琳對此不以為然：

> 因為在師範學院或師範大學，都有教科書編寫及評鑑的課程，問題只是這些課程偏重於從理論的觀點來談實務的操作，難免有隔靴搔癢之感。……透過實際從事教育工作五年，經由師生教學相長的互動、交流，教師才會更了解學生學習的特性，知道如何引發學生學習動機，維持上課秩序及情緒，也才能知道如何編寫及選擇教材。[11]

11　丁衣：〈教師專業該提升了：單小琳司長談教科書開放〉，《康軒教育雜誌》第29期，頁20。

可見選用能力的培養，須結合理論與多年實務經驗來達成。然而值得思考的是，新進教師或許力有未逮，那麼地方教育局或地區委員或各校教師所組成的甄選委員，是否皆具有教學實務經驗，以及長時間研究、評鑑教材的工夫呢？答案顯然是否定的。政策開放兩年來的選用經驗，都迫於審定時間太晚而急就章選書，只能就表面的物理屬性作選擇，如版面設計、圖文配置、印刷及裝訂品質等等，部分學校以價錢及教具贈品為主要考量，[12]選用一學期後，又草率、頻繁的更換版本，導致出版業者虧損累累，出版業者由原先十八家減少到十家，國語科審定由七家減至六家（聯教本退出二年級市場），據悉國編本、康軒本、南一本擁有百分之九十的占有率，其餘業者只有不到一成的占有率。

什麼是理想的採擇模式呢？採擇工作由縣府全權處理，可減輕各校人力、物力的負擔，同時學生在縣內轉學、教師在縣內調校時，可避免重新適應不同版本教科書的困擾。但是這種作法失去了開放教科書的精神和目的，根本剝奪了教師的專業自主權，也無法符合不同地方的特性和需求，從而無法滿足個別學校的風格與教學上的實際需要。

以校為單位進行採擇工作，通常是由學校成立各科教學研究會，針對不同版本作比較，或是在校務會議中討論，最後以少數服從多數的票選方式產生結果。經此程序選出的教科書，作法相當民主，使各校擁有充分的自主權，得以符合學校的整體需求，也能保持一定的教科書品質及特色。不過，部分教師仍認為教師的特質、素養、學生的特性、學習能力，各班皆不同，只有任課教師最清楚的情況下，為了使個別教師的專業自主權充分發揮，應由校務會議及各科教學研究會訂定選用原則，再由各班教師自行選用適合的版本，不必同學校同年

---

12 參見〈選書說明會成了教具贈送比賽〉，《國語日報》，1997年6月6日，第4版。

級同科目皆使用同一家版本。

　　教育部目前已擬妥《國民教育法》，其第八條規定：「國民學校教科圖書由學校校務會議制定辦法公開選用之。」此條文若經立法院順利三讀通過，對統一版本或分區決定的縣市將更具匡正的效力，亦即學校教師選用教科書的法源依據於焉確立。若據此辦法，各校可能作法有二：

　　（一）由各學年教師組成教科書評鑑小組，投票選定後，委託學校員生消費合作社採購。

　　（二）由任課教師提出初選書單，交由校方學年會議或校務會議討論決定，再由學校員生消費合作社採購。

　　不論採行何種方式，教育行政機關皆應提供良好的支援，勿因經費不足或議價不成等問題，更改學校與教師所作的決定；也應在政策上明白宣布，出版業者可以舉辦認識教材活動，使教材推廣更為周延。而各研習單位或各校舉辦的修進活動，可以讓學校間彼此交換選用經驗，進行各版本傳承選用及教學演示的研討會，以提升教科書的使用質能。再進一步，可以鼓勵實驗學校或教師們自編、研發教材，提出好教材，供他校參考使用。經過多管齊下的努力，方能大幅提升教師選用教科書的能力，進而落實完美的採擇模式及流程。

（五）使用方面的問題

　　教科書選用之後緊接著是使用的問題。目前誤用教科書的現象相當普遍，亟待改正。黃政傑說：

> 教科書的正用必須把握幾個重要的原則。第一，教科書只是教
> 材之一，而不是教材的全部，應善用其他教材或媒體，使教學

更加生動有效。第二,教科書只是教學的工具和輔助,更重要的是深入了解課程標準和教育標準的要求,以茲遵循。第三,教師應分析教科書的內容和順序,依教學之需要加以選擇、重組、補充、詮釋,進行教學設計,以切合學生之需要。第四,教科書的運用,應注意同科目不同年級教科書的連貫,以及不同科目教科書之統整。第五,教科書內容的學習,仍賴安排適切的教學活動,以利學習之進行。[13]

此處說明了一個觀念及一個作法。觀念是:教科書不是唯一的教材,不是課程的全部,它是教學歷程中的媒介,而非唯一的憑藉。作法是:教師從事教學工作,不僅教學生牢記書本,更須教導學生有能力追尋知識。教師可以善用教科書,讓教材和教法靈活配合,這才是教育。然而,談何容易?教師能否有此自覺,固是疑問;僅就前述第三點而言,分析教材而加以選擇、重組……,一般學校教育行政人員能否不干涉教學進度,讓教師享有自由調度的權力?此大有疑問。換言之,教師須培養專業能力,而後才能自主;行政人員也須尊重專業能力,允許教師有更多的自主空間,兩方面人馬皆須加油。

　　此外,教科書多元化後,最大的使用問題為習寫生字的問題。因此,王志成指出:

七家出版社的國語課本第一冊已審查通過,第二冊正在審查中,生字數目和字彙皆已固定,無法改變,而第三、四冊已著手編纂中,不妨參考新加坡的模式,略加改變,由教育最高當局在最短時間內,公布〈各級生字字表〉(暫定),一、二年級字

---

13 黃政傑:〈面對教科書開放之後的課題〉,頁30-31。

彙（即第一冊至第四冊）為基礎階段；三至六年級的各年級字彙為普通階段，責求各出版社務必在三年級之前，調整、補全和基礎階段的字彙一樣，或許這是目前補救唯一的好方法。

馬寶蓮也根據另一條資料分析道：

> 南投縣營盤國小張慶龍校長，亦比較國語科審定本一、二冊習寫字統計分析，以為轉學生適應學習參考資料。其比對之結果，第一冊只有十二個字為各本採用，除王文所述外，另加「他、花」二字。第二冊中連同第一冊出現者，共六十四字。以一年級生字量言：聯教版計二九二字，國編版三三五字，新學友版二三五字，康軒版三三三字，牛頓版三○五字，南一版三四六字，明倫版三三八字。是以張校長除臚列出各種版本供轉學生補救參考外，建議附在各版本國語教學指引上，亦建議課程標準修訂時，於讀書教材綱要下，增加各年級生字表。[14]

依民間各版本編寫方式，生字數量並未增多，教學難度亦未提高。以舊有統編本而言，第一冊習寫生字在一百五十字以下，合第二冊生字亦在三百五十字以下，過去已有魏金財、吳敏而、柯華葳、尹玫君對統編本字彙數量與編排方式進行深入分析。上述王志成所提之意見，以及類似張慶龍的作法，已有出版社開始著手，例如南一出版社將國編本與南一本進行比對，編出《生字補充教材》，列出二版本之間習寫字的差異，供轉學生及調校教師之補救參考。將來學界或出版業者可繼續作中文常用字的研究，提供編寫者參考檢核；在各版本國語教

---

14 馬寶蓮：〈現階段國小語文教育政策之省思〉，頁8。

學指引上，可加強補救教學法的說明，諸如指導如何使用工具書，認識國字的構字原則，如何進行「集中識字教學」，如何利用環境增進識字能力等，必能更有利於面對課程銜接方面的困難。

（六）評鑑方面的問題

最後是教科書評鑑的問題。教科書的多元化需要有效的評鑑制度加以配合，才能保障教科書品質。教科書評鑑的途徑，除國家對教科書審定時所作的評鑑外，教科書業者在教科書發展過程中的評鑑，以及教科書完成後之總結性評鑑是相當重要的。此外，學校教師在使用教科書時，應持續加以評鑑，供教科書編者修正之用，並作為進一步選用教科書之依據。再者，相關學術團體和人民團體，例如課程與教學學會、教育學會、教材發展學會、消費者文教基金會等，也可以負起評鑑教科書的責任；把結果公布給社會大眾周知。

近來提出評鑑的學理原則，有歐用生之文，他主張學校內組成選書小組，收集資料，進行討論及評鑑，評鑑有四大標準：一、物理特性，二、內容特性，三、使用特性，四、發行特性。一些民間機構據此發展了評鑑表，內容周延、項目清楚，足供參考。[15]有些縣市教育局也製作了評鑑表，內容大同小異，且於選用教科書前分發給各校，但部分學校卻因為不重視或作業疏忽，而未能物盡其用。前已言及，選書時間過於倉促，票選用書有時會造成外行領導內行的情形，這些都是評鑑表未能發生功效的原因。

理想的評鑑表須明示評鑑項目所代表的意義，並適合不同年級不同科別的需求。教師不妨參考坊間已發展出來的評鑑標準，再針對學

---

15 取自許立田：〈評鑑表是選用教科書的必要條件〉，《康軒教育雜誌》第28期，頁35。

校的背景：如教師專長、學生程度、學校設備、社區因素等，重新設計適合評校的評鑑表，如此使用的效果較佳。

教科書的評鑑，國外多有專業團體進行，國內應委由具有公信力的團體，邀請學者專家、教師家長共同參與評鑑；教育部亦應獎勵補助舉辦研討會，透過學術研討及教師的經驗交流，帶動教科書的評鑑工作。一旦建立公正客觀的評鑑機制，教科書的持續研發、進步，可望成為常態，社會對教科書的滿意度必能日益加分。

四　結語

教材開放並不代表教學成功，教育界上下一起革新，才能改善眼前的缺失。本綜理前文，提出各方面可努力的方向：

在教育部方面，已於本年三月八日成立「課程教材研究發展委員會」，進行九年一貫之國中小課程修訂與檢討，預期八十七年（1998年）九月公布「新課程綱要」，八十八年五月公布作業要點，受理民間教科書審查，八十九學年度正式採用。吾人期盼教育部莫再重蹈覆轍了！未來「新課程綱要」從公布作業要點到教科書正式採用，又是只有短短一年的時間，時間這麼匆促，出版業者怎麼來得及？這不又回到現在的問題上嗎？吾人至盼教育部能汲取此次開放教科書審定本之經驗，先將學理問題交由學者專家商定，而後融入課程綱要內，以使民間出版業者有所依循。既已推動「鬆綁」政策，將課程標準改為課程綱要，即勿約束出版業者與教師太多，預留「空白課程」的揮灑空間較妥。各界對「課程教材研究發展委員會」寄望甚殷，願由此單位多舉辦研討會、提出研究報告、發行定期刊物，以進行深入廣泛的研究，讓編寫、審定、選用、使用、評鑑教材在理論面、法規面有標準規模可供參照。

　　在審定教科書機構方面，已往由「臺灣省國民學校教師研習會」負責，審定時程務必加快。初、複審究竟是「資格審」或是「完美審」，若能分工明確，審查效率會更好。在可能的情況下，一次審閱某家出版社之多冊書籍，有助於明瞭其編寫理念、教材特色及互補性，如此從事審定工作，較為公正客觀。目前已有業者規劃近年設立第一座「教科書博物館」，筆者知悉臺北縣土城國小已成立「新課程資源中心」，教育部所屬之國立教育資料館如果也能盡心力於其間，對審定教科書、評鑑教科書將有莫大的助益。

　　在縣市教育局及學校行政人員方面，宜組織教學研究會、學年會議、校務會議，從旁協助教師選用、使用、評鑑教書所遭遇之種種困難。目前教師仍缺乏實質有效的學術進修活動，也受困於政府財力、議價購書等限制，期盼地方教育行政人員能在減輕人力物力負擔方面，盡量給予教師支援，以便專心從事教學與研究。

　　在民間出版業者方面，過去的成功演出，已奠定良好根基，業者宜多觀摩他家之長，多舉辦認識教材說明會，或是巡迴下鄉與小學教師座談，這些場合可收集教學上的疑難問題，妥善處理，讓審定本精益求精，編得比統編本更好。目前各出版業者編寫教材時，背後對語文教育的編寫理念仍不十分清楚，這點與審查、選用、使用、評鑑均有密切關係，願出版社都能提供這方面的資訊。相信會有越來越多的審查者、使用者能接受不同的語文編輯理念，教材開發的意義在此。在此也建議將課文一大單元列為彈性教材，部分教材略讀即可（牛頓版國語課本已將某些課文列入選讀），並希望能配合每冊各課課文，找出可供欣賞的短文，編印成冊，當做課外讀物教材[16]。上述意見，

---

16 黃秀霜、李坤崇、吳鐵雄：〈國立編譯館新編國語科第二冊教科書用書之評析——語文教育學者之意見調查〉，《兒童文學與教育學術研討會論文集》，頁39-53。

出版業者可尊重學者專家意見，盡量配合之。

在教師方面，持續進修，提升專業能力，能公正客觀地選用教科書；重視課程，加強統整能力，能翔實地編寫教學活動設計，這都是現代教師不可或缺的條件。過去教師長久使用統編本，難免只以其為參考指標，此點宜改進；今後教師面對新教材，有時更換版本，有時接收轉學生，都須以靈活的教學能力，克服罕見的困難。如前所述，教師希望略讀部分課文、編印課外閱讀教材，倘若教師仍以傳統方式教學、評量，則改進效果能有多大？這不僅是教材多少的問題，也是教師、學校、家長如何看待學生學習的問題。期待教師不再有依賴舊教材的心理，勇敢地接受新知，宏遠地觀看未來世界，常與學校、家長交流溝通，必然能在使用、評鑑、研發新教材的過程中，獲取教學的樂趣。

——本文原發表於「1997年國際語文教育研討會」，後收入香港大學課程系主編：《優質教育：中文教育新趨勢》（香港：香港大學課程系，1998年12月），頁67-84。

文言文教學基本功
——臺灣地區現行六、七年級國語文教材的檢驗及其改進之方

摘要

　　本篇論文旨在討論初學者所使用的文言文教材，在臺灣地區最近一年的發展情形，並提出可能改進的方向。討論範圍為最近一年（民國九十九學年度，2010年8月至2011年7月間）所使用的國小《國語》教材、國中《國文》教材。討論步驟為先檢視各家選文的編排方式，比對其編寫內容；進而分析其注釋、語譯部分，對於文意的理解與詞義的掌握，包括實詞、虛詞的解讀途徑，以及通假字的編寫內容等；最後再提出一些檢討。經由上述說明，指出各家選文的編排應該有自己的特色，實詞的教學須注意詞性與詞義的配合，虛詞的教學須注意語氣的分辨。「詞語教學」為文言文解讀的基本功，因此編書者、教學者都應該在文字學相關知識場域下工夫，能運用文字加偏旁的孳乳原則，以及認識通假字的使用方式，有助於歸納統整的學習。翻譯文言文時應該注意到標點符號和原文對譯的效果；課前預習的設計須能落實，並與問題討論相呼應；在《教師手冊》中，文法和修辭的內容應該大量刪減。提出上述改進教材編寫的方向後，希望經由眾人的齊心努力，將來能推升文言文教材達到更佳的水平。

關鍵詞：文言文、教材、實詞、虛詞、詞語教學

一　前言

　　教育部公布的《九十二年國民中小學九年一貫課程綱要》，其中「國語文領域」在「（三）分段能力指標」的E-2-1-1規定：「熟習活用生字語詞的形音義，並能分辨語體文及文言文中詞語的差別。」E-3-1規定：「能熟習並靈活應用語體文及文言文作品中詞語的意義。」各家書局據此編撰國民小學《國語》、國民中學《國文》教科用書，當然應該編入文言文教材，並提供對於語詞的形音義應有一定程度認識的教材。民國一百年起，各家書局所依據編撰的教育部公布的《九十七年國民中小學九年一貫課程綱要》，據悉其內容更動不大。[1]可以想見的是，各家書局仍然會編撰文言文教材。

　　其實，開始實施課程綱要的前幾年，各家書局對「文言文」的定義並不清楚，有時並未編入「文」，而是以「詩詞」代替。幾年之後，為了貫徹國小與國中教材能夠銜接的訴求，各家教科用書陸續編入文言文教材，在小學六年級課本呈現。但是，第一次接觸到文言文的小學生，應當如何理解文言文這種非口語使用的文體？在教科書幾乎同樣都用題解、作者、課文、注釋、語譯、賞析的模式下，教師應當如何引導學生更能進一步的了解文言文？如果我們檢視各家教科書版本，是否在《課本》或《教師手冊》的適當地方，教導過老師們如何進行文言文教學？或是教導學童如何認識文言文？教科書的編寫是否有可取之處，可以提供其他家版本借鏡？或有不妥之處，可以提出來供各家版本將來改善之用？這些都是尚待討論的問題。

1　參見教育部「國民教育司Department of Elementary Education」網站。《九十二年國民中小學九年一貫課程綱要》已公布多年，實施至九十九學年度止；《九十七年國民中小學九年一貫課程綱要》標示「修訂中」，自一百學年度起開始實施。

　　本篇論文擬以臺灣地區的《國語》、《國文》教材為研究範圍，選定目前國小六年級、國中一年級（又稱為七年級）的課本進行討論；因為這兩個年級開始有文言文教材的編寫，對學生來說，都是開始接觸文言文的階段。國小與國中的文言文教材編寫往往是不同書局、或不同編輯群的工作，在選文方面，國小很少，有點像是點綴性質；國中較多，像是逐步走入大量編寫的過程，但是國中一年級所讀的文言文教材仍然不多，編書者好像都是重新開始做選文編撰的工作。這種多頭馬車的現象，造成有些選文在國小《國語》和國中《國文》是重複的現象，[2]顯然教材之間的設計沒有考慮到學習者的需求，不能做到銜接的工作。過去學界似乎忽略了文言文教材及教學的研究，因此本文從教材的檢驗開始論起。

二　國語文教材的檢驗之一：選文的編排

　　早期各家出版社爭食教科書的市場大餅，目前臺灣地區僅存南一書局、康軒文教事業、翰林出版事業公司（依筆畫順序）還在國民小學《國語》科的市場競逐。筆者所見這三家選文在九十九學年度使用的情形如下表：

2　譬如康軒版國小《國語課本》第十二冊第一課編入孟浩然（689-740）〈過故人莊〉，該冊頁8-11；翰林版國中《國文課本》一下第二課編有〈律詩選〉，也選入此詩，該冊頁16-19、23-25；南一版國中《國文課本》一下第四課編有〈律詩選〉，也選入此詩，該冊頁40-43、46-51。各家版本的出版年度、使用年限，參見本論文下節表格及文末參考文獻，此處從略。

篇題、出處 （依選文時代 先後排列）	書局名稱	編者	冊數、課數、 頁數	課文編排情形	出版年月	審定執照有效 期限
鷸蚌相爭 （《戰國策》）	南一書局	張清榮等	第11冊第2課 第12-15頁	原文、注釋、題解、 作者、語譯、賞析	99年6月 修訂版	97年4月10日- 103年4月9日
狐假虎威 （《戰國策》）	康軒文教事業	賴慶雄等	第11冊第6課 第42-47頁	題解、出處、原文、 注釋、語譯、賞析	96年9月 第3版	94年7月12日- 100年7月11日
狐假虎威 （《戰國策》）	翰林出版事業 公司	連寬寬等	第12冊第2課 第10-15頁	題解、作者、原文、 注釋、語譯、賞析	100年2月 初版	99年12月16日- 105年12月15日
季札掛劍 （《史記》）	南一書局	張清榮等	第12冊第5課 第36-41頁	原文、注釋、語譯、 原文出處、內容重點 、讀後心得	100年元月 修訂版	97年9月25日- 103年9月24日
王戎辨苦李 （《世說新語》）	翰林出版事業 公司	連寬寬等	第11冊第8課 第56-59頁	原文、注釋、語譯、 賞析	99年8月 初版	99年5月5日- 105年5月4日
分辨文言文、語 體文[3]	南一書局	張清榮等	第11冊語文天 地一第22-23頁		99年6月 修訂版	97年4月10日- 103年4月9日
認識文言文[4]	康軒文教事業	賴慶雄等	第12冊統整活 動四第98-99頁		100年2月 初版	99年12月31日- 105年12月30日

　　從上表可知，選文不多，南一書局、翰林出版事業公司各有二篇，康軒文教事業只有一篇，合計五篇。選文主要是寓言故事，其次是歷史人物故事，應該能符合學童的學習興趣。選文的編排方式也大同小異，與國中的《國文》教材也差不多，多出來的就是「語譯」一項。大家都預設國小學童較難理解文言文，因此增加這一欄也很合理。一般說來，歷經編撰者的努力、過去國立編譯館（自民國100年4月起改隸國家教育研究院）組織審查委員會的用心審查，教科用書出

3　南一書局在《國語課本》第十一冊「語文天地一」之一，編入〈分辨文言文、語體文〉，文長約七百字。因為與本篇論文相關，故在此處並列。

4　康軒文教事業公司在《國語課本》第十一冊編入一篇文言文，但是到了《國語》第十二冊卻沒有持續下去。在該冊之末「統整活動四」之一，又放入一篇說明文章〈認識文言文〉，文長大約七百五十字。因為與本篇論文相關，故在此處並列。

錯的機率應該是很低的。因此，各家國小《國語》教材幾乎沒有可以糾謬的地方。

國民中學《國文》科的市場版圖，目前也是由南一書局、康軒文教事業、翰林出版事業公司三家書局瓜分（另有一家育成書局市場占有率極低）。筆者所見這三家選文在九十九學年度使用的情形如下表：

篇題、出處（依選文時代先後排列）	書局名稱	編 者	冊數、課數、頁數	課 文 編 排 情 形	出版年月	審定執照有效期限
《論語》選（學而時習之、譬如為山、三人行必有我師焉）	南一書局	莊萬壽等	第1冊第7課第82-89頁	學習重點、導讀、作者、課文、注釋、漫畫、賞析、問題討論、語錄體、應用練習（形音義、典故運用）、閱讀光廊	99年8月修訂版	97年2月14日-103年2月13日
《論語》選（學而時習之、三人行必有我師焉、有一言而可以終身行之者乎）	康軒文教事業	董金裕等	1上第6課第64-71頁	學習重點、預習、語錄體淺說、題解、作者、課文、注釋、賞析、問題討論、應用練習（成語練習、《論語》常識）、延伸閱讀	99年9月再版	97年3月6日-103年3月5日
《論語》選（學而時習之、三人行必有我師焉、譬如為山、日知其所亡）	翰林出版事業公司	宋隆發、蕭水順等	1上第7課第78-85頁	學習重點、預習、孔子簡介、題解、作者、課文、注釋、賞析、問題討論、應用練習（字義辨析、名言佳句配對、名句引用）、課外學習指引	99年8月修訂2版	97年3月3日-103年3月2日
晏子使楚	翰林出版事業公司	宋隆發、蕭水順等	1上選讀第148-121頁	學習重點、預習、晏子簡介、題解、作	99年8月修訂2版	97年3月3日-103年3月2日

篇題、出處（依選文時代先後排列）	書局名稱	編者	冊數、課數、頁數	課文編排情形	出版年月	審定執照有效期限
				者、課文、注釋、語譯、賞析、問題討論、應用練習（誇飾演練、成語填空、閱讀題組：《世說新語・枕流漱石》，有注釋）、淺談寓言、課外學習指引		
神話選（夸父逐日、精衛填海）	翰林出版事業公司	宋隆發、蕭水順等	1下選讀第156-166頁	學習重點、預習、神話簡介、題解、作者、課文、注釋、語譯、賞析、問題討論、應用練習（閱讀題組：《山海經・大荒北經》，有原文、有注釋）、課外學習指引	100年2月修訂1版	97年9月24日-103年9月23日
五柳先生傳	南一書局	莊萬壽等	第2冊第8課第98-107頁	學習重點、導讀、作者、課文、注釋、賞析、問題討論、傳記的寫作、應用練習（形音義、偏義複詞、認識自傳作法）、閱讀光廊	100年2月修訂版	97年8月27日-103年8月26日
五柳先生傳	康軒文教事業	董金裕等	1下第10課第128-135頁	學習重點、預習、題解、作者、課文、注釋、賞析、偏義複詞、問題討論、應用練習、延伸閱讀	100年2月初版3刷	97年10月9日-103年10月8日
五柳先生傳	翰林出版事業公司	宋隆發、蕭水順等	1下第9課第114-121頁	學習重點、預習、題解、作者、課文、注	100年2月修訂1版	97年9月24日-103年9月23日

篇題、出處（依選文時代先後排列）	書 局 名 稱	編　　者	冊數、課數、頁數	課 文 編 排 情 形	出版年月	審定執照有效期限
				釋、賞析、問題討論、偏義複詞、應用練習（偏義複詞練習、閱讀題組：陶淵明〈歸園田居〉、義近成語）、課外學習指引		
王藍田食雞子	南一書局	莊萬壽等	第2冊第7課第88-97頁	學習重點、導讀、作者、課文、注釋、漫畫、賞析、問題討論、《世說新語》介紹、應用練習（形音義辨識、圖說）、閱讀光廊	100年2月修訂版	97年8月27日-103年8月26日
賣油翁	南一書局	莊萬壽等	第1冊第10課第122-129頁	學習重點、導讀、作者、課文、注釋、賞析、問題討論、應用練習（形音義辨識等）、閱讀光廊	99年8月修訂版	97年2月14日-103年2月13日
賣油翁	康軒文教事業	董金裕等	1下第8課第98-105頁	學習重點、預習、人稱代詞、題解、作者、課文、注釋、賞析、問題討論、應用練習、延伸閱讀	100年2月初版3刷	97年10月9日-103年10月8日
賣油翁	翰林出版事業公司	宋隆發、蕭水順等	1下第3課第28-35頁	學習重點、預習、唐宋八大家簡介、題解、作者、課文、注釋、賞析、問題討論、應用練習（代詞辨識等）、課外學習指引	100年2月修訂1版	97年9月24日-103年9月23日

篇題、出處（依選文時代先後排列）	書局名稱	編者	冊數、課數、頁數	課文編排情形	出版年月	審定執照有效期限
愛蓮說	翰林出版事業公司	宋隆發、蕭水順等	1下第7課第84-91頁	學習重點、預習、說體簡介、題解、作者、課文、注釋、賞析、問題討論、應用練習（成語填空、看圖填空、連連看）、課外學習指引	100年2月修訂1版	97年9月24日-103年9月23日
記承天夜遊	康軒文教事業	董金裕等	1下第6課第76-83頁	學習重點、預習、唐宋八大家、題解、作者、課文、注釋、賞析、語文小詞典（設問修辭）、問題討論、應用練習、延伸閱讀	100年2月初版3刷	97年10月9日-103年10月8日
兒時記趣	南一書局	莊萬壽等	第2冊第10課第130-137頁	學習重點、導讀、作者、課文、注釋、賞析、問題討論、應用練習（形音義、誇飾）、閱讀光廊	100年2月修訂版	97年8月27日-103年8月26日
兒時記趣	康軒文教事業	董金裕等	1下第11課第130-139頁	學習重點、預習、題解、作者、課文、注釋、賞析、誇飾修辭、問題討論、應用練習（誇飾修辭練習、想像練習）、延伸閱讀	100年2月初版3刷	97年10月9日-103年10月8日
兒時記趣	翰林出版事業公司	宋隆發、蕭水順等	1上第9課第108-115頁	學習重點、預習、題解、作者、課文、注釋、賞析、問題討論、誇飾修辭、應用練習（誇飾修辭辨	99年8月修訂2版	97年3月3日-103年3月2日

篇題、出處（依選文時代先後排列）	書 局 名 稱	編　　者	冊數、課數、頁數	課 文 編 排 情 形	出版年月	審定執照有效期限
				析、詞語填空）、課外學習指引		

　　從上表可知，選文的同質性太高，〈《論語》選〉三家皆有，內容大同小異；陶淵明（365-427）〈五柳先生傳〉、歐陽脩（1007-1072）〈賣油翁〉、沈復（1763-1808以後）〈兒時記趣〉三家皆入選；這還不包括有些篇目可能這家入選在七年級，他家入選在八、九年級。

　　假設因為文言文占全冊教材的比率越來越低，或是政府單位規定了所謂文言文精讀三十篇或四十篇的問題，而造成篇目雷同的情形，這尚有可說；但是今天我們所看到的情形是，各家版本之間是互相觀摩、學習，甚或嚴重到互相抄襲的程度了吧？這可能因為看到別家版本市占率大，於是東施效顰；或是為了學校教師教來教去總是這幾篇，在每學年新選用教科書版本時，轉換版本越容易，越有機會受到青睞？這些細部原因筆者並不清楚，不過，好像都不是從學生受教育的權益出發。試想，如果學生轉學，或不同年級使用了不同版本的教材，是不是就重複了學習的經驗，這樣合適嗎？目前看不出為何一定要選這幾篇，譬如歐陽脩〈賣油翁〉一文是作者的代表作嗎？能代表他的文章風格嗎？如果只是考量文章篇幅短、學童生活經驗等因素，也還有許多文章可以考慮，如《戰國策》、《韓非子》的寓言故事、《史記》、《禮記・檀弓》和劉向（前77-前6）《說苑》的人物故事、柳宗元（773-819）〈黔之驢〉、晚明小品文、彭端淑（1699-1779）〈為學一首示子姪〉、劉蓉（1816-1873）〈習慣說〉等。

　　有時選文的內容大同小異，譬如三家〈《論語》選〉都是以勸學為主題，所選篇章雷同（見前頁表格內所示），尚無可厚非。如果說

選了相同的篇章，其題解、注釋、語譯非常相似，譬如《論語・學而》：「子曰：『學而時習之，不亦說乎？有朋自遠方來，不亦樂乎？人不知而不慍，不亦君子乎？』」南一版的「課文導讀」寫道：「說明為學的方法、樂趣與態度。」[5]康軒版的「題解」寫道：「談到為學的方法、樂趣、態度。」[6]翰林版的「題解」寫道：「是孔子自述為學的方法、樂趣與態度。」[7]這也是不得不然的狀況，情有可原。但是筆者覺得不妥的是，有些地方不同，編輯者竟然會編出相似度很高的文字，譬如下面這幾則「問題討論」的設計：

> 本文一說五柳先生讀書「不求甚解」，又說他讀書「每有會意，便欣然忘食」，請問：這兩句話前後文意有什麼關聯？（南一版《國文課本》第2冊第8課〈五柳先生傳〉，「問題與討論」第1題，頁102）
>
> 本文先說五柳先生讀書「不求甚解」，接著又說他讀書「每有會意，便欣然忘食」。請問兩者之間有沒有矛盾的地方？（翰林版《國文課本》1下第9課〈五柳先生傳〉，「問題討論」第2題，頁119）
>
> 文章開頭的「先生不知何許人也」，與文末的「無懷氏之民歟！葛天氏之民歟！」有什麼關係？（南一版《國文課本》第2冊第8課〈五柳先生傳〉，「問題與討論」第2題，頁103）
>
> 文章開頭的「先生不知何許人也」，與文末的「無懷氏之民歟！葛天氏之民歟！」有什麼關聯？請加以說明。（翰林版《國文課本》1下第9課〈五柳先生傳〉，「問題討論」第3題，頁119）

5　參見南一版《國文課本》第一冊第七課〈《論語》選〉，頁83。
6　參見康軒版《國文課本》一上第六課〈《論語》選〉，頁65。
7　參見翰林版《國文課本》一上第七課〈《論語》選〉，頁79。

事實上癩蝦蟆不能算是「龐然大物」，也不可能「拔山倒樹」，
而作者為什麼要這樣寫？（南一版《國文課本》第2冊第10課〈兒
時記趣〉，「問題討論」第3題，頁137）

事實上癩蝦蟆不能算是「龐然大物」，也不可能「拔山倒樹」，
作者為什麼要這樣寫？（康軒版《國文課本》1上第11課〈兒時記
趣〉，「問題討論」第3題，頁137）

癩蝦蟆不能算是「龐然大物」，也不可能「拔山倒樹」，而作者
為什麼要這樣寫？（翰林版《國文課本》1上第9課〈兒時記趣〉，
「問題討論」第2題，頁113）

兩相對照之下，是否過於巧合了呢？原本各家書局在課文之前都有
「學習重點」、「課前預習」的設計，其教學內容應該會有些不同。以
〈兒時記趣〉這篇為例，康軒版的「學習重點」有「認識沈復的生平
及作品風格」，[8]這是南一版、翰林版所沒有的；翰林版的「學習重
點」有「了解誇飾、譬喻和排比的修辭技巧」，[9]後一種修辭技巧是南
一版所沒有的，後二種修辭技巧是康軒版所沒有的。假設各自配合原
「學習重點」的方向去擬定討論的題目，應該會有不同的風貌。然而
我們現在所見到的只是轉相抄襲、缺乏自家特色的教材，這不是很可
惜嗎？

三　國語文教材的檢驗之二：詞語的解讀

在教學過程中如何安排教材次序、如何在《國語教學指引》中引
導教師進行優質的教學，讓學習者更容易理解，這是十分重要。對初

8　參見康軒版《國文課本》一上第十一課〈兒時記趣〉，學習重點，頁130。
9　參見翰林版《國文課本》一上第九課〈兒時記趣〉，學習重點，頁108。

學者來說，閱讀文言文的困難首先出現在字義不理解、文意弄不明白，如果因為看不懂而讀不下去，怎麼可能去理解課文呢？因此，詞語教學是很基礎而且重要的工作。

基本上古代文言文的基本釋義單位是「詞」不是「字」，有時候單字不能構成意義，須視上下文來決定其意義。這可分從文言文的實詞、虛詞兩方面來說：

文言文的實詞，是指有特定語義的詞語，如名詞、動詞、形容詞、副詞、數量詞、指稱詞等，大多可以透過語體文的對譯，找出每個詞語的正確解讀意義。比較困擾的是，文言文的詞彙較少，有時一個字兼有多種詞性或多種意義，因為詞性、意義的不同，造成學習時不同的認讀轉換。因此在教材裡，適切的提醒讀者這個字的詞性為何、意思為何，對解讀文本是有必要的。譬如三家國中《國文課本》在陶淵明〈五柳先生傳〉一課，都介紹了「偏義複詞」，這對理解文言文很有幫助。

不過，為了精益求精，有些細節我們可以再作些講求。譬如翰林版《國語課本》第十二冊〈狐假虎威〉這一篇課文，連續出現了好幾個「之」字，我們把課本中有「之」字的注釋標舉出來如下：

> 虎求百獸而食之②，得狐，狐曰：「子無敢食我也，天帝使我長百獸，今子食我，是逆天帝命也。子以我為不信，吾為子先行，子隨我後，觀百獸之⑭見我而敢不走乎？」虎以為然，故遂與之⑰行，獸見之⑱皆走。虎不知獸畏己而走也，以為畏狐也。

這裡《國語課本》依序提出注釋說道：「②之：代名詞，指「百獸」。⑭之：助詞，無意義，可以讓句子的語氣順暢。⑰之：代名詞，在此

指狐狸。⑱之：代名詞，在此指老虎。」[10]這裡將每個詞語的詞性說明清楚，是正確的作法；不過，這麼短的文章，有這麼多的字同而義不同的現象，會不會構成學習者的困擾？是否適合當作初學文言文的教材呢？其中注釋②、⑰、⑱都當作代名詞用，或許學童可以從上下文的文意作判斷，但是注釋⑭的「之」當助詞用，恐怕學生不容易領會。

我們再以南一版《國語課本》第十二冊〈讀書筆記〉這一篇選自《史記》的〈季札掛劍〉課文為例：

> 季札之①初使，北過徐君。徐君好季札劍，口弗敢言。季札心知之⑥，為使上國，未獻。還至徐，徐君已死，於是乃解其寶劍，繫之徐君冢樹而去⑪。從者曰：「徐君已死，尚誰予乎？」季子曰：「不然。始吾心已許之⑮，豈以死倍吾心哉！」

全課共有注釋十六個，但是涉及四個「之」字，注釋⑥、⑪、⑮都當作代詞用，分別指「徐君好季札劍」這件事、指劍、指徐君，另有注釋①的「之」當助詞用，無義，[11]這恐怕也有點學習上的困難。當我們對照南一版《國語課本》第十一冊〈鷸蚌相爭〉這一篇課文：「蚌方出曝，而鷸啄其肉②，蚌合而拑其喙③。鷸曰：『今日不雨，明日不雨，即有死蚌。』蚌亦謂鷸曰：『今日不出，明日不出，即有死鷸。』兩者不肯相舍，漁者得而并禽之⑩。」這一課只有注釋②說：「其，代詞，此指河蚌。」注釋③說：「其，代詞，此指鷸鳥。」注

---

10 參見翰林版《國語課本》第12冊第2課〈狐假虎威〉，頁12-13。
11 參見南一版《國語課本》第12冊第5課〈讀書筆記〉，頁36-37。

釋⑩說：「之，代詞，此指鷸鳥和河蚌。」[12]較少用到「字詞相同而意義不同」的現象，對學習者來說可能相對簡單一些。

文言文的虛詞，是指沒有特定語義的詞語，通常是歎詞、語氣詞之類。由於古人的語氣詞和今人使用的語氣詞不同，因此，講清楚每個詞的對譯關係，是基本的工作。一般詩詞作品中，很少出現虛詞，解讀作品比較容易，因此我們看到南一版《國語課本》第十冊〈絕句選〉這一課選了李白（701-762）〈早發白帝城〉和朱熹（1130-1200）〈觀書有感〉、南一版《國語課本》第十一冊選了張志和（730？-810？）〈漁歌子〉這一課，都只有課文、語譯、賞析，不需要有注釋這個欄位，[13]學習者只要對照語譯就可以讀懂文意了。篇幅短又沒有虛詞，這是詩詞比古文更容易入門的原因。康軒版《國語課本》第十二冊〈認識文言文〉說：「閱讀文言文的困難，當然遠比讀白話文多，比如讀一篇文言文，首先遇到的難題就是有些虛詞沒有實在意義，有些詞語，不好理解；有些則不認得，不知道應該怎麼讀。」[14]正因如此，有關古文的虛詞教學尤其應該受到重視。

譬如前引翰林版《國語課本》第十二冊〈狐假虎威〉這一篇課文，文中有「子無敢食我也」、「觀百獸之見我而敢不走乎？」這裡出現的「也」字，《國語課本》注釋說：「語尾助詞，無意義。」而出現的「乎」字，注釋說：「疑問助詞，同『嗎』。」[15]解釋雖然不錯，但是有點不對味。因為《國語課本》下一頁的「語譯」將「觀百獸之見我而敢不走乎」這一句譯成：「看看各種野獸見到我，有誰敢不逃走

---

12 參見南一版《國語課本》第11冊第2課〈鷸蚌相爭〉，頁12-13。

13 參見南一版《國語課本》第10冊第1課〈絕句選〉，頁8-11、南一版《國語》第11冊第1課〈漁歌子〉，頁8-11。

14 參見康軒版《國語課本》第12冊「統整活動四」之一〈認識文言文〉，頁98。

15 參見翰林版《國語課本》第12冊第2課〈狐假虎威〉，注釋⑥、⑮，頁13。

的？」[16]這裡並沒有「嗎」字。如果將「乎」字解釋成同「呢」字就沒有問題了。

前引南一版《國語課本》第十二冊的〈季札掛劍〉這一篇課文，文中有一句話：「尚誰予乎」，這裡出現的「乎」字，注釋說：

語助詞，相當於白話文的「呢」。[17]

另有一句話：「豈以死倍吾心哉！」這裡出現的「哉」字，注釋說：

語助詞，相當於白話文的「呢」。[18]

雖然解釋都說得通，但是乎、哉的注釋完全相同，這教學生如何分辨呢？其實，課本下一頁的「語譯」將「尚誰予乎」這一句譯成：「你還把劍掛在樹上給誰呢？」將「豈以死倍吾心哉」這一句譯成：「怎麼可以因為他已經死了，便違背我心裡對他的承諾呢！」[19]這裡「呢」字下面的標點符號不同，透露了一些訊息。

再比如前引陶淵明〈五柳先生傳〉的原文，南一版、康軒版、翰林版都作「無懷氏之民歟！葛天氏之民歟！」但是三家版本的注釋都說到這裡的「歟」字是「句末助詞」，表示「推測」或「感歎」的語氣。[20]筆者認為可以再作思考的是，陶淵明寫此文的心境是想要表達

---

16 翰林版《國語課本》第12冊第2課〈狐假虎威〉，語譯，頁14。

17 參見南一版《國語課本》第12冊第5課〈讀書筆記〉，注釋⑬，頁37。

18 南一版《國語課本》第12冊第5課〈讀書筆記〉，注釋⑯，頁37。

19 南一版《國語課本》第12冊第5課〈讀書筆記〉，語譯，頁38。

20 參見南一版《國文課本》第2冊第8課〈五柳先生傳〉，注釋㉔，頁103、康軒版《國文課本》1下第10課〈五柳先生傳〉，注釋㉒，頁132、翰林版《國文課本》1下第9課〈五柳先生傳〉，注釋㉑，頁117。

一種強烈肯定的語氣嗎？一般情況下，「推測」或「感歎」的語氣是強烈的或是委婉的呢？改作「無懷氏之民歟？葛天氏之民歟？」是否更為恰當？

　　以上教科書的編輯者似乎都忽略了古人有所謂「疑辭」、「決辭」二分的觀念。晉朝杜預（222-285）《左傳注》、唐朝孔穎達（574-648）《禮記正義》、賈公彥（生卒年不詳，約6-7世紀之間）《周禮正義》、張守節（生卒年不詳，約684-704前後）《史記正義》曾經提出「抑」、「乎」、「與」、「蓋」四字為疑辭，「哉」為疑而量助之辭的觀念，雖然他們所舉之例不多。[21]到了中唐柳宗元〈復杜溫夫書〉就明確地指出：

> 所謂「乎」、「歟」、「邪」、「哉」、「夫」者，疑辭也；「矣」、「耳」、「焉」、「也」者，決辭也。今生則一之。宜考前聞人所使用，與吾言類且異，慎思之則一益也。[22]

用我們現在的話來說，「疑辭」就是疑問語氣詞，「決辭」就是肯定語氣詞。古人下筆行文之際，並未使用標點符號，為了表達不同的語氣，而有這般的區隔作法。明瞭這個道理，「乎」字譯成「嗎」字、「呢」字都可以，只要是表達疑問語氣都行。「哉」字可以表達疑問語氣用，也可以稍稍帶有肯定的意味，因此在文言文中有時當作感歎詞。「也」字為肯定語氣詞，「乎」字、「歟」字為疑問語氣詞，此種

---

21 杜預、孔穎達、賈公彥、張守節的看法，引自鄭奠、麥梅翹編：《古漢語語法學資料彙編》（香港：中華書局香港分局，1972年），第一部分甲詞論第一章第二節，〈語助的用法（4）疑辭〉，頁55-59。

22 柳宗元著，吳文治（1925-2009）點校：《柳宗元集》（臺北市：漢京文化事業公司，1982年），卷34，〈復杜溫夫書〉，頁890。

相對二分的觀念，雖然並非絕對如此，作家使用時仍然可以有個別特殊的用法，但是詳加品味，仍然可以建立通則。

　　虛詞既然是在傳達語氣，我們就不能誤解原本說話者的語氣、神情。柳宗元注意到文章助詞的表現，他的見解也受到後代文評家欣賞，如南宋洪邁（1123-1202）曾引此段文字，用來說明虛詞在文章中的用法。[23]當然，如果我們能再參考劉勰（465-522？）《文心雕龍·章句》講究虛詞句首、句中、句末的位置用法，以及清朝袁仁林（約1732前後）的《虛字說》、[24]近人的文法相關書籍，將能歸納出虛詞的條理脈絡，解讀起來會得心應手。瞿蛻園（1894-1973）的《文言淺說》說：「學習文言，應當注意的事大約有三項，一是虛字的使用，二是整篇的結構，三是字眼、詞藻、典故等。」[25]可見虛字是掌握文意的初步關鍵，不容輕忽。

四　國語文教材的檢驗之三：語譯的釐清

　　從教育部公布的《課程綱要》看來，文言文教學的基礎工作在於「詞語教學」，因此本文前述討論的重點在於字義、詞義、詞性等方面的檢討與運用。由此延伸下去，會涉及語譯方面的問題，再說明如下。

　　國小的《國語課本》在每課課文中置入「語譯」，而國中《國文課本》的選讀課文也置入「語譯」，教學時也需要譯解成白話文。目

---

23 洪邁：《容齋隨筆》（臺北市：大立出版社，1981年），卷7，〈孟子書百里奚〉，頁85。

24 袁仁林著，解惠全註：《虛字說》（北京市：中華書局，1989年），頁1-146。

25 瞿蛻園：《文言淺說》（臺北市：五洲出版社，1973年），〈學習文言的要點〉，頁103。

前看到各家版本的語譯大致無誤，南一版第十一冊〈鷸蚌相爭〉有一處語譯可能會引起爭議，那是寫到「即有死蚌」、「即有死鷸」時，譯成「沙灘上就會有一個死蚌了。」「沙灘上就會有一隻死鷸。」[26]文言文並未出現在「沙灘上」的字眼，通常鷸鳥攫獲食物後也會飛離現場，何況一日後，鷸鳥身在何方也不確定。因此語譯不宜增添不必要的解釋。

此外，更常見的語譯問題是：課文的標點與譯文的標點不能貼合。譬如康軒版第十一冊〈狐假虎威〉課文的這一句：「子無敢食我也」，語譯是：「你才不敢吃我呢！」[27]原文句尾作逗號，語譯變成驚歎號！試想狐狸一見到老虎要吃牠時，恐怕是先有驚懼害怕的語氣，而不會如此斬釘截鐵的說話；又同篇的另一句話：「獸見之皆走」，原文句尾也作逗號，但是語譯作：「野獸們看到老虎，都嚇得落荒而逃。」[28]既然語譯出來是完整的表述句，那麼原文句尾應該作句號較好。

又譬如南一版第十二冊〈季札掛劍〉課文前兩句：「季札之初使，北過徐君。」語譯是：「春秋時代，有一次吳國的公子季札要出使晉國。他一路往北走，路經徐國的時候去見了徐君，」[29]這裡可以一直連用逗號，直到「去見了徐君」下面，才用個句號收結。前文討論到此課的虛詞用法，也指出標點會影響到文意的解釋。這種課文和語譯的標點符號搭配不符的情形各家版本皆有，就不再舉例了。課文可幫助語譯更為準確，也可以讓學習者更容易找出對應的文句意思在哪裡，這是編撰者可以稍加留心的地方。

---

26 參見南一版《國語課本》第11冊第2課〈鷸蚌相爭〉，語譯，頁15。
27 參見康軒版《國語課本》第11冊第6課〈狐假虎威〉，頁46。
28 康軒版《國語課本》第11冊第6課〈狐假虎威〉，頁46。
29 參見南一版《國語課本》第12冊第5課〈讀書筆記〉，頁36-38。

五 國語文教材的檢驗之四：文法與文字學理的運用

　　南一版《國語課本》第十一冊〈分辨文言文、語體文〉說：「文言文和語體文最大的不同就是在『語詞』的使用上。首先，是代名詞的不同。……其次，是用字精簡度的不同。在古代，因為字詞和現代相比較少，再加上表達時傾向用精簡的字詞述，所以感覺上文言文的長度都比語體文短，可是講的意思卻差不多。像是第二課〈鷸蚌相爭〉的第一句，『蚌方出曝』只用四字就說明完蚌的動作，若是語體文則會寫成『河蚌才從水中出來，正要曬太陽。』才能將蚌的動作說完，一個『曝』字，就可以表達『曬太陽』的意思，可見古人用字之精簡。學會以上兩點，……你也能輕鬆閱讀文言文哦。」[30]以上這段話，太過簡化了學習文言文的要點。

　　首先，文言文和語體文最大的不同是在「語詞」的使用上，然而不是只有代名詞的不同而已，前節提到實詞、虛詞的用法也很重要。此外，我們還看到注釋中出現多次各種詞性的介紹，詞性不同往往造成詞義的解讀不同，兩者一併介紹，有其必要。譬如：

　　　　〈鷸蚌相爭〉「今日不雨，明日不雨」的「雨」字：「音ㄩˋ，
　　　　動詞，下雨。」[31]
　　　　〈狐假虎威〉「天帝使我長百獸」的「長」字：「音ㄓㄤˇ，動

---

30 參見南一版《國語課本》第11冊「語文天地一」之一，〈分辨文言文、語體文〉，頁22-23。

31 參見南一版《國語課本》第11冊第2課〈鷸蚌相爭〉，注釋⑤，頁13。

詞，管理、統治。」³²

〈季札掛劍〉「季札之初使」的「使」字：「音ㄕˇ，動詞，奉命到外國執行任務。」³³

〈晏子使楚〉「使子為使」的「使」字：「指派你為使節。前一個『使』是動詞，第二個『使』是名詞。」同篇「其賢者使使賢主」的「使」字：「第一個『使』，派遣；第二個『使』，出使。下句句式相同。（兩個『使』字皆當動詞用）」³⁴

以上詞性與詞義搭配作解釋，都是很好的例證。

又譬如《論語·子罕》子曰：「譬如為山，未成一簣，止，吾止也。譬如平地，雖覆一簣，進，吾往也。」句中「為山」和「平地」是相對的語詞，翰林版《國文課本》強調了「平」字是動詞，填平的意思。但是沒有注明「為」字是動詞，而是放在《國文備課用書》中供任課教師補充說明。³⁵南一版《國文課本》則都是字義解釋，沒有詞性的說明。³⁶筆者懷疑，「平地」二字較淺易，如果不強調它的詞性，很容易囫圇吞棗的讀過去，還是有必要寫清楚。「為山」二字的詞性也應該寫入《國文課本》內，沒必要只是留給教師參考。

同理，康軒版《國文課本》一上〈兒時記趣〉的「物外之趣」、「心之所向」、「項為之強」，以及「盡為所吞」等處的注釋，³⁷如果在

---

32 參見康軒版《國語課本》第11冊第6課〈狐假威虎〉，注釋⑧，頁45。

33 參見南一版《國語課本》第12冊第5課〈讀書筆記〉，注釋②，頁36。

34 參見翰林版《國文課本》1上選讀〈晏子使楚〉，注釋⑥，頁150、《國文備課用書》1上選讀〈晏子使楚〉，注釋⑬，頁151。

35 參見翰林版《國文課本》1上第7課〈《論語》選〉，注釋⑫，頁81、翰林版《國文備課用書》1上第7課〈《論語》選〉，注釋⑩，頁81。

36 參見南一版《國文課本》第1冊第7課〈《論語》選〉，注釋⑧、⑩，頁84。

37 參見康軒版《國文課本》1上第11課〈兒時記趣〉，注釋③、⑥、⑨、⑳，頁132-134。

解釋「之」字、「為」字時，能同時說明該字的詞性，會更有助於學習者的理解。翰林版《國文課本》一上〈兒時記趣〉「物外之趣」、「心之所向」、「項為之強」、「以草叢為林」，以及「盡為所吞」等處的注釋，[38]如果在解釋「之」字、「為」字時，能同時說明該字的詞性，也有助於學習。南一版這一課的課文注釋與另兩家版本差距不遠，也出現了「心之所向」、「項為之強」、「以草叢為林」，以及「盡為所吞」等處的注釋，但是在本課「應用練習」的單元，增加了「為之怡然稱快」、「以土礫凸者為丘」等例子，供學生區別「為」字的用法，[39]這是很好的練習安排。而本課的「之」字、「以」字也可以作應用練習。

　　回到前文的「曝」字，這個字不是用字精簡的文學手法，而是「曝」字的字義本來就是如此。古代的文字比現代少，隨著時空的轉變，人類生活越趨複雜，舊有的文字已不敷使用，自然會利用原有的字形當作字根，加上偏旁（通常是部首偏旁），產生另外一個新字義的效用。清朝王筠（1784-1854）《說文釋例》說：「字不須偏旁而義已足者，則其偏旁為後人遞加也。其加偏旁而義遂異者，是為分別文，其種有二：一則正義為借義所奪，因加偏旁以別之者也。一則本字義多，既加偏旁，則祇分其一義也。」[40]可見在某個字根加上偏旁，古書中常見。譬如：

　　　　《孟子‧告子上》說：「無或乎王之不智也！雖有天下易生之

---

38 參見翰林版《國文課本》1上第9課〈兒時記趣〉，注釋②、⑤、⑦、⑱，頁110-111。

39 參見南一版《國文課本》第1冊第10課〈兒時記趣〉，注釋⑦、⑨、⑪、⑲，以及「應用練習」1-1，頁132-133、136。

40 王筠：《說文釋例》（臺北市：臺灣商務印書館，1968年），卷8，〈分別文〉〈累增字〉，頁697。

物也，一日暴之，十日寒之，未有能生者也。」句中「或」字同「惑」，「暴」字是「曝」的本字。

《孟子・告子上》：「……所以動心忍性，曾益其所不能。」句中「曾」通「增」。

〈鷸蚌相爭〉：「兩者不肯相舍，漁者得而并禽之。」句中「舍，同『捨』，動詞，放開。」「禽，同『擒』字，捕捉。」[41]

《史記・張釋之執法》：「於是使騎捕，屬之廷尉。」句中「屬」通「囑」。

〈木蘭詩〉：「出門看火伴，火伴皆驚惶。」句中「火伴」等於「伙伴」。

《山海經・大荒北經》寫夸父「欲追日景」，其中「景，音 一ㄥˇ，同『影』。」[42]

《世說新語・忿狷》記載王藍田「復於地取內口中」，其中「內，音ㄋㄚˋ，通『納』，放進。」[43]

杜甫（712-770）〈聞官軍收河南河北〉：「卻看妻子愁何在？漫卷詩書喜欲狂。」其中「卷，音ㄐㄩㄢˇ，通『捲』。」[44]

這些例子不勝枚舉，《教師手冊》應當將文字學原理的解說編入，教學者也應當靈活運用之；以目前各家版本看來，全都付之闕如。

清朝俞樾（曲園，1821-1907）〈上曾滌生爵相〉一文說：「嘗試以為讀古人書，不外乎正句讀、審字義、通古文假借；而三者之中，

---

41 參見南一版《國語課本》第11冊第2課〈鷸蚌相爭〉，注釋⑨、⑩，頁13、康軒版《國文課本》1下第8課〈賣油翁〉，應用練習選文3，注釋⑤、⑥，頁105。

42 參見翰林版《國文課本》1下選讀〈夸父逐日〉，應用練習，頁163。

43 參見南一版《國文課本》第2冊第7課〈王藍田食雞子〉，注釋⑨，頁90。

44 參見康軒版《國文課本》1下第2課〈律詩選〉，注釋⑤，頁19、翰林版《國文課本》1下第2課〈律詩選〉，注釋⑥，頁21。

通假借尤要。」[45]這也是古書中常見的現象，現代各家版本常常得見。譬如：

《論語·學而》子曰：「學而時習之，不亦說乎？」其中「說」字，三家版本都注明通「悅」字，喜悅、愉快的意思。[46]

《論語·子張》子夏曰：「日知其所亡，月無忘其所能，可謂好學也已矣！」其中「亡」字，通「無」。[47]

《史記·張釋之執法》：「一傾而天下用法皆為輕重，民安所錯其手足？」句中「錯」與「措」同，安放的意思。

〈木蘭詩〉：「朝辭爺孃去，暮宿黃河邊。」句中「孃」通「娘」。

《世說新語·忿狷》記載王藍田「以筯刺之」，注釋：「筯，同『箸』，筷子。」同篇「猶當無一豪可論」，注釋：「豪，在這裡通『毫』。」[48]

陶淵明〈五柳先生傳〉：「閑靜少言，不慕榮利。」注釋：「閑，通『閒』。」[49]

歐陽脩〈賣油翁〉：「無他，但手熟爾。」注釋：「爾，同『耳』。」[50]同篇「徐以杓酌油瀝之」，注釋：「杓，同

---

45 俞樾：《俞曲園書札》（臺北市：天人出版社，1968年5月），〈上曾滌生爵相〉，頁84。

46 參見南一版《國文課本》第1冊第7課〈《論語》選〉，注釋④，頁84、康軒版《國文》1上第6課〈《論語》選〉，注釋④，頁66、翰林版《國文課本》1上第7課〈《論語》選〉，注釋②，頁80。

47 參見翰林版《國文課本》1上第7課〈《論語》選〉，注釋⑯，頁81。

48 參見南一版《國文課本》第2冊第7課〈王藍田食雞子〉，注釋③、⑬，頁90。

49 參見南一版《國文課本》第2冊第8課〈五柳先生傳〉，注釋③，頁100、翰林版《國文》1下第9課〈五柳先生傳〉，注釋③，頁116。

50 參見康軒版《國文課本》1下第8課〈賣油翁〉，注釋⑬，頁101、翰林版《國文課本》1下第3課〈賣油翁〉，注釋⑫，頁31。

『勺』。」[51]

周敦頤（1017-1073）〈愛蓮說〉：「水陸草木之花，可愛者甚
蕃。」注釋：「蕃」字，通「繁」，眾多的意思。[52]同篇「予獨
愛蓮之出淤泥而不染，濯清漣而不妖。」句中「予」通
「余」，古書中常見。

蘇軾（1037-1101）〈記承天夜遊〉：「但少閑人如吾兩人耳！」
注釋：「閑，通『閒』。」[53]

羅貫中（1315-1385）〈空城計〉：「時孔明身邊並無大將，止有
一班文官。」句中「止」通「只」。

沈復〈兒時記趣〉：「見藐小微物，必細察其紋理。」句中
「藐」通「渺」。

以上這些通假字，有些是音近而通假，有些是形近而通假，有些是古
今字不同的寫法。這些通假字的解讀，未必是每位教師能具備的知
識，教科書編者應該在《教師手冊》加強這方面的說明；而教學者也
應該在文字學、聲韻學、訓詁學方面多下些工夫，運用學理教導學生
識字、認讀字義的一些基本觀念，有助於他們靈活統整的學習。[54]

六　國語文教材的檢驗之五：教學設計的問題

本篇論文第二節已經檢討過「問題討論」的編排同質性太高，缺
乏自家特色的問題。除此之外，國中《國文課本》常有「課前預習」

51　參見康軒版《國文課本》1下第8課〈賣油翁〉，注釋⑰，頁101。
52　參見翰林版《國文課本》1下第7課〈愛蓮說〉，注釋①，頁86。
53　參見康軒版《國文課本》1下第6課〈記承天夜遊〉，注釋⑥，頁78。
54　參見本書〈「集中識字教學」的理論應用〉，頁99-118。

的安排，原是立意良好的設計；可惜的是「課前預習」應該是在學生毫無所悉的情況下，讓學生有能力自行查找資料之後，所進行的工作。如果太難而超出學生能力所及，就達不到預習的效果。譬如康軒版一上〈《論語》選〉的「課前預習」出了三道題目：

> 一、孔子認為「有朋自遠方來」能帶給人什麼樣的感覺？
> 二、孔子認為三人同行，其中必然有什麼人？
> 三、針對子貢的疑問，孔子認為可以終身奉行的「一言」是哪一個字？[55]

實則，這幾題都是針對本課所選的內容，經由閱讀理解之後，才能找到答案的題目。學生尚未聽過老師講解課文，根本還沒讀懂文意的時候，就提出這樣的問題，實在難以回答。教師恐怕也是在教完課文內容之後，再回過頭來與學生討論這些問題的答案。康軒版本課的「學習重點」寫著：「認識孔子與《論語》對後世的影響。」[56]對應於此，如果「課前預習」改為查找孔子的生平故事、搜尋《論語》成書的相關資料，可能更有預習的功效。

再有一項，文法、修辭方面是近年來社會大眾持續關心，批評聲浪日趨高漲的嚴重問題。國語文的教學，應該視不同的教學內容、教學情境，而有不同的教學設計。但是，近幾年來測驗題型取代書寫題型，以及其他因素的影響，修辭和文法成為必考的題型，許多教師也以處處教文法和修辭為務，好像除此之外，沒有別的東西可教了。個人以為，文法、修辭不是不可教，譬如陶淵明〈五柳先生傳〉一文，

---

55 參見康軒版《國文課本》1上第6課〈《論語》選〉，課前預習，頁64。
56 同前註。

三家版本都介紹了文中出現過的「偏義複詞」；〈兒時記趣〉一文，三家版本都看到了文中的「誇飾」技巧，因此不得不教；此時教文法或修辭，可以增進學生的閱讀文本能力。但是不容諱言，講臺上許多教師已經是人手一冊《備課用書》，而且照本宣科式的講課，其中有關文法、修辭的補充已經遍地充斥、泛濫成災，越是沒有判斷力的教師，越是重度依賴《教師手冊》，於是文法、修辭在課堂中隨時隨地嚇起人來。

我們先以國小教材南一版《國語備課指引》第十一冊〈鷸蚌相爭〉為例，其中「語譯」寫道：「要是今天不下雨，明天也不下雨，沙灘上就會有一個死蚌了。」「要是我今天不放你走，明天也不放你走，沙灘上就會有一隻死鷸。」這兩句旁邊寫了兩行綠色小字是寫給教師看的：「假設複句（要是……就……）」。下一頁「賞析」寫道：「雖然趙國國勢強大，不過一旦開啟戰端侵略燕國，燕國必定頑強對抗。」旁邊也寫了兩行綠色小字給教師看：「說明：①轉折複句（雖然……不過……）②假設複句（一旦……）」。[57]令人感到疑惑的是，小學生需要學會這些句型嗎？語文學習的重點應該是在熟讀文章，而後在生活中自然而然的表達出來，絕不是記誦語法、句型知識，像外國人學我國的語文一樣。這一課的重點是讀懂文言文，不是分析這篇文言文的文法，更無必要分析編書者寫出來的白話文句型。這樣的學習反而可能讓學生知道大象像是什麼東西的那些比喻，而忘了大象本身的真貌。

其次，我們以國中教材翰林版《國文備課用書》一上〈《論語》選〉為例，其中課文「子曰：『學而時習之，不亦說乎？有朋自遠方

---

57 以上各例，出自南一版《國語備課指引》第11冊第2課〈鷸蚌相爭〉，語譯，頁39、賞析，頁40。

來，不亦樂乎？人不知而不慍，不亦君子乎？」」這幾句話旁邊寫了
紅色小字是寫給教師看的：「排比兼設問」；然後在課文「子曰：『譬
如為山，未成一簣，止，吾止也；譬如平地，雖覆一簣，進，吾往
也。』」旁邊也寫了一行紅色小字給教師看：「譬喻兼映襯」。[58]真令人
啼笑皆非！這一課的學習重點是什麼？為什麼把頗富哲理思想的《論
語》，當成美文去分析了呢？學生會不會因為轉移了學習焦點，而顧
此失彼，得言反而忘了意、得筌反而忘了魚呢？上述內容既然編入教
材內，就表示編書者希望教師也能教導這些內容，筆者期期以為不
可。目前審定教科書的過程中，《教師手冊》（或稱《教學指引》、《備
課用書》、《備課指引》）並不列入審查範圍，相對地也更容易出錯，
教學者更需要有專業素養，才不會「誤入歧途」。

補充說明一點：現行國小國語科、國中國文科的《教師手冊》，
都放入許多教學參考資料。這些資料常常來自網路資訊，或來自大陸
地區簡體字版的書籍，並不完全正確。舉例來說，翰林版一下歐陽脩
〈賣油翁〉一文列舉的學習書目中，有宋心昌選注：《歐陽脩詩文選
注》（臺北市：建宏出版社，1976年）一書。[59]這本書在由簡轉繁的過
程中，雖經改成正體字排版，仍然出現不少錯別字，不利於國文教
學。筆者建議刪除之。

七　結論

有時出版商給了太多東西，教師的教學能力會因此持續下降；有
時沒設計好教學內容，也會造成學習的延宕、傳遞知識的錯誤。這些

58　以上二例，出自翰林版《國文備課用書》1上第7課〈《論語》選〉，課文，頁80、
　　81。
59　參見翰林版《國文課本》1下第3課〈賣油翁〉，課外學習指引，頁35。

都是教學過程中與每個環節有關的人應該注意的事情。筆者深知大家都是求好心切，為國民中小學的國語文教材付出心力，之所以仍然提出一些批評，是站在「好，希望能更好」的立場，期盼教材越編越好。教學應當回歸到學生身上，從學習者的角度作思考，教材編選才會有更美好的結果。是故在此誠懇呼籲：

一、教材編排上的同質性不宜太高，更不能轉相因襲。教材變動不大的一個原因，是教學者覺得他可以不要再花太多時間備課，而用舊有的現成資料；這其實是沒有站在學習者的立場設想，這裡面還牽涉到國小與國中教材如何銜接的問題。三家出版商既然同時編纂國小和國中的教材，也都一直在觀察別家出版社的成果，就應該先整合自家的教材，思考如何從國小開始循序漸進的安排文言文教材進度，哪些教材適合放在國小階段學習？哪些教材適合放在國中階段學習？哪些教材是非常好的範文值得一選再選？反過來說，是不是也有某些教材並不需要與別家出版社同時入選？究竟要讀哪些應該可以幫助我們掌握文言文精髓的好作品，到底應該如何編纂教材？此外，同一篇課文，也應該避免抄用別家已經出現過的題型設計及文字表述吧？

二、詞語（包括實詞和虛詞）的學習是文言文學習的基礎工作，國小階段可能先要有點概念，國中階段可能要細心指導。但是要怎麼教？如何培養教學者的能力？這可能是一大問題。目前國中的《國文課本》都是把文言文詞語羅列出來，再用白話詞語來翻譯它，用詞來記詞，記下它到底有幾個意思，流於零碎、記憶性的學習，無法引起學生的學習興趣。可以先做的工作是，掌握虛詞的語氣，在翻譯文言文時注意標點符號的運用；講解詞語時，補充詞性的說明，必要時加入重要的文法與修辭觀念。在編纂《教師手冊》時，應該傳達給教學者一些通則、統整性的觀念，加強文字、聲韻、訓詁學理的說明。文言文教學到底要學多少詞語？多少種修辭格？多少種句型？這可能需

要教育部邀集學者專家們密集而明確地討論出一些結果來，教科書編纂者才能有所依循。

綜上所述，我們期待各家教科書發展出自家的編輯特色，重視詞語教學，幫助教學者建構文字學理方面的統整能力，並能大量刪減文法和修辭的內容。提出上述改進教材編寫的方向後，希望經由眾人的齊心努力，將來能推升文言文教材達到更佳的水平。

參考文獻

〔南梁〕劉勰著、范文瀾注　《文心雕龍注》　臺北市　學海出版社
　　1977年

〔唐〕柳宗元著、吳文治點校　《柳宗元集》　臺北市　漢京文化公
　　司　1982年

〔宋〕洪邁　《容齋隨筆》　臺北市　大立出版社　1981年

〔清〕袁仁林著，解惠全註　《虛字說》　北京市　中華書局　1989年

〔清〕王筠　《說文釋例》　臺北市　臺灣商務印書館　1968年

〔清〕俞樾　《俞曲園書札》　臺北市　天人出版社　1968年

鄭奠、麥梅翹編　《古漢語語法學資料彙編》　香港　中華書局香港
　　分局　1972年

瞿蛻園　《文言淺說》　臺北市　五洲出版社　1973年

張清榮等　《國語》第11冊　臺南市　南一書局　2010年6月修訂版

張清榮等　《國語》第12冊　臺南市　南一書局　2011年1月修訂版

連寬寬等　《國語》　第11冊　臺南市　翰林出版事業公司　2010年
　　8月初版

連寬寬等　《國語》　第12冊　臺南市　翰林出版事業公司　2011年
　　2月初版

賴慶雄等　《國語》　第11冊　臺北市　康軒文教事業　2007年9月
　　第3版

賴慶雄等　《國語》　第12冊　臺北市　康軒文教事業　2011年2月
　　初版

宋隆發、蕭水順等　《國文》1上　臺南市　翰林出版事業公司
　　2010年8月修訂2版

宋隆發、蕭水順等　《國文》1下　臺南市　翰林出版事業公司
　　　2011年2月修訂1版
莊萬壽等　《國文》　第1冊　臺南市　南一書局　2010年8月修訂版
莊萬壽等　《國文》　第2冊　臺南市　南一書局　2011年2月修訂版
董金裕等　《國文》　1上　臺北市　康軒文教事業　2010年9月再版
董金裕等　《國文》　1下　臺北市　康軒文教事業　2011年2月初版
　　　3刷
王基倫　〈「集中識字教學」的理論應用〉，本書頁99-118。

──本文初發表於國立臺灣師範大學國文學系主辦「第三屆臺灣、香
　　港、大陸兩岸三地國語文教學國際學術研討會」，後收入王基
　　倫、王榮生、白雲開、孫紹振等著：《國語文教學理論與實務的
　　多元探索》（臺北市：五南圖書出版公司，2012年2月），頁129-
　　146。

九年一貫課程中的語文教育芻議

一　前言

　　教育改革推動了這麼多年，從教育經費公平分配的爭取，到學校自主經營的各項行動：教師會的成立、教師聘任制度的改變，社會大眾能從報章雜誌的重點報導中發現教育議題，教育新聞增多了！這股轉變力量反映出臺灣經濟向外擴展，急需從教育著手，培養高品質的人力以因應國際局勢；而推動的強力催化劑則是民間教育團體的集結，讓政府及民意代表感受到壓力及民意的支援，進一步著手規劃相關法令的推動與執行。

　　然而這樣的推動模式卻隱含著另一種危機，民間教育團體多是由有心教育人士及專家學者卯全力推動，造成社會風潮要求立法部門及行政部門營造良好的教育環境。然而，這並不表示這些準備就可讓所有的教師起而效尤，支持教師會、改變教學方式，反之，多數教師則仍因循過去的教學方式、習慣過去學校的管理架構，無法真正欣然了解教改真意。如何面對這個危機，讓教師們能感受到教改大業的重要使命就維繫在他們身上，進而加入教改推動團隊？

　　教育部的管理學校心態幾十年來仍沒有大改變，推動教改的方式依然和過去一樣，覺得自己最偉大，關起門來自己定政策、定方向，公布後「強制」實施，層層教育主管單位的態度也造成基層教師聽命

行事「上有政策，下有對策」的因應方式，往往造成有些看似不錯的政策，無法推行後被批評為「過於理想」，其實最大的問題在於教育部推行過程的策略與方式。

以九年一貫課程推動為例，九十學年以前的籌備期間，包括相關規劃、大綱、內容都應訂定時程，除了遊走各校，和基層教師進行教學上的溝通之外，也應優先將整體規劃攤諸社會大眾面前、教育部不要怕被罵，這種革命性的課程改革一定會有多方意見及爭議，先達成共識將增加落實度。但是至今，教育部僅公布三大目標、十大基本能力、七大學習領域，以及各領域的分配上課時數，我想所有老師看了一定傻眼，心裡一定會問「這些是什麼？」除此之外，教育部僅編列一千萬元預算給予七大學習領域的課程規劃小組編寫大綱內容。從教育部的公布內容及經費來看，行政部門壓根就沒想過「溝通」的大事。而良好的溝通以讓教師了解及參與未來課程改革的方向，更是每一個教師的權益，面對這個機會，畢竟教師才是教改危機最重要的化解者。

目前正在研擬的九年一貫課程，已於八十七年（1998年）十月一日公布「國民教育階段課程總綱綱要（草案）」。既然稱之為「草案」，就表示預留了彈性處理空間，暫定於明年（1999年）三月底前再完成各學習領域的課程綱要草案，九月正式對外公布，九十學年度起實施，九十三學年首次進行新課程的學力測驗。

教育部之所以宣布實施九年一貫課程，實在是因為教育改革的迫切需求。以目前臺北市的情形來說，全國第一所社區學院於九月在文山區木柵國中開辦，政大附中也預定於兩年後招生，這是第一所國立大學與地方政府合作的實驗中學；萬芳國中也將改制為完全中學；北政國中將開辦自主學習教育實驗課程，採學程制，強調家長參與和學生自主學習。另有新生國小將實施雙語教學，其他地區森林小學、全

人中學的陸續開辦與實驗，顯見大家對現行的教育體系感到失望，痛恨不能讓學生快樂學習，而有廢除聯招的舉措，也造成地方政府強力介入教育工作的現象。整體看來，教育改革已是一條非改不可的不歸路！

二　課程總綱介紹

現在公布的「草案」，已經進展到了什麼程度呢？以下我們依序說明：

首先，擬出「九年一貫課程改革之基本理念」，提出健全國民之基本內涵有五：（一）人本情懷，（二）統整能力，（三）民主素養，（四）鄉土與國際意識，（五）終身學習。

其次，擬出「國民教育階段課程目標」，須指導學生在（一）人與自己，（二）人與社會狀態，（三）人與自然環境三方面，達成個體身心的均衡發展。

循此而擬出「國民教育階段應培養之基本能力」共有十點：（一）了解自我與發展潛能，（二）欣賞、表現與創新，（三）生涯規劃與終身學習，（四）表達、溝通與分享，（五）尊重、關懷與團隊合作，（六）文化學習與國際了解，（七）規劃、組織與實踐，（八）運用科技與資訊，（九）主動探索與研究，（十）獨立思考與解決問題。

以上為「國民教育階段課程總綱綱要（草案）」前三節的主要內容。這些內容及其敘述方式，一如教育部已往公布過的課程綱要、課程標準之類，飽含「教育」理念。其中明顯看得出來，教育部實施九年一貫課程的用心，是希望國民中小學的教育方向能由升學主義的牢籠跳脫出來，不再以「智育」為評斷優劣的唯一標準，而以「能力」

來取代「學科知識」。[1]如果我們要找出其中涉及語文教育的一些觀念，大致是：強調「鄉土與國際意識」，可能有增加鄉土語文教學和英（外）語教學的企圖心；還有重視「欣賞、表現與創新」，不再希望照本宣科，不願見到教師單向式的賞析文章，而是希望學生能在語文表達方面力求表現與創新。在課程設計上，強調以「學生為主體」、以「生活經驗為中心」，也就是以活潑生動的經驗活動，取代呆滯刻板的強迫灌輸，並藉由六項分段能力指標——「注音符號應用能力」、「聆聽能力」、「說話能力」、「識字與寫字能力」、「閱讀能力」、「寫作能力」等，來培養學生的「十大基本能力」。至於「人本情懷」及「文化學習與國際了解」，可說語文教學延伸至深度思考層面的學習。其他「統整能力」、「終身學習」、「主動探索與研究」、「獨立思考與解決問題」等等，皆涉及各科的學習，寫得面面俱到，不一而足。

三　語文學習領域實施概況

在九年一貫的課程架構中，已訂出個體發展、社會文化、自然環境三大面向，提供語文、健康與體育、社會、藝術與人文、數學、自然與科技及綜合活動等七大學習領域。

其中語文領域的主要內涵包括本國語文、英語、外國語文等，注重對語文的聽說讀寫、基本溝通能力、文化與習俗等方面的學習。在一到九年級皆設本國語文課程，五至九年級設有英語課程，七至九年級英語課程亦可涵括外語課程。

在時間分配方面，語文學習領域占各年級上課時數的百分之二十

1　李世文：〈國民教育九年一貫統整課程的省思〉，《邁向課程新紀元（十）反省與前瞻——課程改革向前跑》（臺北縣：中華民國教材研究發展學會，2002年），頁67。

至三十，其他六種學習領域占百分之十至十五，換言之，語文學習領域為其他學習領域時間之一倍。全年上課兩百天，每學期上課二十週，每週授課五天為原則，每節課四十或四十五分鐘。

目前暫定如此，大致可行；然而尚有一些細節問題：

第一，「本國語文」課名過於籠統。我們都知道現今小學稱為「國語」課，中學稱為「國文」課，在教學目標、教材編選、教學評量各方面，各有其不同之重點。新制國民小學國語科課程標準規定，國小六年級下學期課本應編入「簡易文言文」，編寫方式一如國中課本，有題解、作者、注解、賞析、討論問題等，不過，至今未見編寫出來的樣貌如何，且這只是銜接工作而已，談不上整體中小學語文教學的規劃。將來如何從「國語」教到「國文」仍有待深入研發課程。

第二，鄉土語文教學何去何從？若將其列入本國語文課程內，勢必壓縮原屬主科的教學空間。而在社會學習領域主要內涵中明示，鄉土教育的學習屬於此科。循此方針，則目前中小學已有的鄉土社會文化、鄉土動植物生態、鄉土語言等教學活動，應明確列入社會學領域的課程綱要之中。

第三、學科統整途徑未能細說分明。以「人文」而言，語文科包含文化與習俗的學習，社會科包含歷史文化的學習，而今另列藝術與人文為一大學習領域。實則，「人文」不宜只與藝術結合而已，三者之間如何進行學科之間的協同教學，宜再作規劃。

四 實施原則及其困限

此次「草案」另立實施要點一節，言及實施基本原則是：授權學校得打破學習領域界限，彈性調整學科及教學節數。再者，注重教材編輯、審查與選用、評鑑方面的問題。

　　這些美意，尚有待落實。以教材的編選與審查來說，國小課本已全面開放民間編選，將來是否再重新從一年級教材開始審查？抑或九個年級一起開放，同時進行審查？後者所耗費的人力物力不菲，恐將滯礙難行。若是前者，則已編好通行至今不過三年的新課本，當如何調整處理？且逐年審查，真正落實到全面實施九年一貫課程，豈非在九年之後？屆時時空環境變遷，美意也要大打折扣了。對此，國民教育九年一貫課程發展小組召集人、萬芳中學校長周麗玉表示，教材可以使用現有的舊課本，但是用新的教法，達到國民教育的學力指標題（《國語日報》，1998年10月23日）。事實上，教師是否有意願、有能力實施「新的教法」呢？

　　小學課本開放以來，語文教材更具文學味，也很生活化，少了教條式篇章，比起過去國立編譯館課本更能引發學童興趣。在習作方面，介紹文體特色，有助於文章寫作能力的提升。這些文學奠基的努力，大體上滿足了教學實務的需求，也符合批改作業的效率，減輕了師生負擔。但不容諱言的是，當初開放腳步太過匆促，有些課文錯誤在拿到課本時才發現；有些教具及教學指引無法配合教學所需。審查標準尚欠嚴謹，書商營利心態太重，都會造成學生必須在錯誤中學習的現象。即使因其錯誤百出，稱第一年教科書為「試用本」，到了第二年再修改或淘汰，其負面影響已然出現。試問：教育經得起多少次如此實驗？

　　在國中國文教材方面，以一年級為例，目前使用的課本和上次使用的舊課本對照後發現：範本已由二十篇減為十五篇，語文常識由三篇減為二篇，教材分量逐步減少。在題解部分，加上寫作方法的引導，提示其選材，以及如何安排寫作。過去的「問題與討論」，也改成「討論與練習」，多了許多練習資料與機會，可供共同研討，深入思考，增進賞析文章及發表、分析的能力。教師手冊的編寫也有長足

的進步，教學資源更形充裕。類似這些優秀經驗如何傳承下去的問題，也值得正視。

五　面對新課程的因應之道

陳述許多問題之後，我們應該嘗試思索突破困境的解決方法。可分兩方面來說：

一、師資方面：過去由師範院校培育出來的師資，其養成教育的課程訓練有三：（一）通識課程，（二）專門課程，（三）教育專業課程。這種師資培訓方式，可稱之為「計畫經濟」，課程訓練加上實習即等於合格教師。未來將是「市場經濟」，師資來源多元化，也將加速市場競爭，各校教評會享有自主權，可以自聘師資，於是合乎這所學校需求者才是新任教師。舉例來說，臺北市自八十七學年度起推動國小三年級學生上英語課，有三分之二的師資來自外聘，為了解決師資不足現象，將委託民間公信單位，擴大辦理英語教師認證。教育局也規劃：吸納社區資源，將未具教師資格而有意願從事兒童英語教學者聘用之。可想預見，將來有才者將捷足先登，先登上教師寶座。但是，登上座位後仍須進修，「終身學習」的理念將於教師身上率先實踐。將來是有熱誠、有愛心、有創意的教師最受歡迎，如何走向博學多聞而又生動活潑的教學內容，讓孩子們快樂學習，將是每位教師的基本責任。

二、教材方面：我們期盼教育主管機關多預留時間給編書者、審查者，讓他們能在從容不迫的情境下提供好的教科書。編輯者須有課程理念，整體規劃一至九年的課程架構與綱要，可刪去　國父、蔣公、蔣經國總統等人的白話文，代之以意境濃厚的美學作品。若依時、或依文體、或採其他方式編纂課文，總比過去國立編譯館雜亂無

章的教本來得更佳。不同的版本，應會重複某些內容，但也會另選其他篇章。因此將來的語文學力鑑定益形重要。教材須靈活講解，貫通式的理解不可或缺。教師也應具備融會貫通的能力，才能引導學生舉一反三，收到事半功倍的學習效果。

　　三、教學法方面：現在的學生時常以「無聊」、「無趣」、「無所謂」來形容國文課，對於這群被稱為「無動力世代——學習動機不強烈、身體坐在教室、靈魂卻不在」[2]的國中生而言，要如何使他們在學校學習國文時能更有動機及成效，一直是困擾教學者的嚴重問題。黃錦鋐《國文教學法》書中曾經提及：「教學方法是日新月異的，所以教師應該不斷的研究準備，才能推陳出新，適應當前教學的需要。」[3]方炳林《普通教學法》書中也說：「教學法是一種有目的有系統的步驟，教師用以刺激、指導、鼓勵學生自動學習，以達成教學目標。」[4]並提及「教學方法，因教學目標不同，而有各種不同的方法；亦可以因學習的分類，而有各種教學方法的分類。通常，教學上採用的方法，不外思考教學法、練習教學法、欣賞教學法與發表教學法等四種。」[5]因此，教師須善用適當的教學方法，配合適當的教材、教室學習的情境，來達成完美的課程教學目標。

六　結語

　　教育改革的主要策略，就是「鬆綁」。讓地方政府、各級學校、教師、學生，都有越來越多的彈性自主空間。我們必須強調的是，先

2　何琦瑜、賓靜蓀、張靜文：〈搶救無動力世代〉，《親子天下》第33期（2012年），頁136。

3　黃錦鋐：《國文教學法》（臺北市：三民書局，1997年），頁307。

4　方炳林：《普通教學法》（臺北市：三民書局，1997年），頁2。

5　同上註，頁135。

「專業」而後才能「自主」。未來師資的養成、聘用、終身進修，都是不斷強化教師專業能力的歷程。

　　記得以前我在師大就學時，走入第一棟行政大樓的川堂，就懸掛著「止於至善」四個大字的匾額。其實，人世間是沒有至善的。當你認定這是至善的一刻，於是你就不再繼續努力，那麼所有惡形惡狀的事物就由此產生。教育改革，也是如此。教改不是改一次就好，九年一貫課程也不是實施後就天下太平，應該在教改後的每一天都持續改革下去，社會全體包括學校師生、家長都動員起來，不斷地檢視教育現況，隨時調整改進，這些努力過程，都將留下美麗的足跡。

　　——本文原刊《臺北市教師會會訊：新好教師》（1991年1月），
頁18-22。

「中華傳統文化與語文教育」的臺灣經驗

一　前言

　　教育工作是「十年樹木，百年樹人」的工作，並非一蹴可幾。相對來說，教育改革也是一條漫長的路途，既傳承舊有的經驗，也有新開發出來的思考。東亞地區中國大陸、香港、臺灣、日本、南韓，都在近二十年來進行了如火如荼的教育改革過程，結果表現各不相同。其中臺灣地區的教育部在民國八十三年（1994）十月修正後公布「國民中小學國文課程標準」，提出國文教育目標如下：一、體認中華文化、厚植民族精神，培養倫理、民主、科學觀念，激發愛鄉愛國思想。二、培養積極創造之思考能力及民胞物與之開闊胸襟。三、繼續學習標準國語，加強聽、說及討論之能力，養成負責之觀念及良好風度。四、明瞭我國語文之特質，增進閱讀、寫作之能力，及欣賞文學作品之興趣。五、明瞭國字之結構，正確使用毛筆及硬筆書寫楷書或行書，並培養欣賞碑帖之能力，陶冶高尚之情操。這五項標竿，延續歷年來課程綱要的準則，代表了繼承中華傳統文化的精神。

　　從民國九十學年度（2001年8月）起，教育部逐年實施「九年一貫課程」，將國民小學和國民中學（即初級中學）的課程連貫起來，希望國民中、小學的教育能從升學主義的牢籠跳脫出來，不再以「智育」為評斷優劣的唯一標準，而以「能力」來取代「學科知識」。這

些「能力」共有十項，（詳下表）而在語文學習的教育目標方面，又有分段能力的六項指標：「注音符號應用能力」、「聆聽能力」、「說話能力」、「識字與寫字能力」、「閱讀能力」、「寫作能力」等。[1]於是在課程設計上，強調以「學生為主體」、以「生活經驗為中心」，也就是以活潑生動的教學方式，取代呆滯刻板的強迫灌輸。

上述內容中已經看不見「中華文化」的字樣，代之而起的是「文化學習與國際了解」較為中性而且模糊的字眼，這可能與民國八十九年（2000）民主進步黨陳水扁總統執政後「去中國化」的聲浪有關。此外，順應時代潮流與教育改革的呼聲，教育部在民國九十二年（2003）公布「九年一貫課程目標」，民國九十五年（2006）進行課綱微調，民國九十七年（2008）公布微調後之課程綱要，並自民國一〇〇學年度（2011年8月1日）起生效。這時候啟用的九七（2008）課綱訂定國語文領域的課程目標如下：[2]

基本能力＼課程目標	國語文
1 了解自我與發展潛能	應用語言文字，激發個人潛能，擴展學習空間。
2 欣賞、表現與創新	培養語文創作之興趣，並提升欣賞評析文學作品之能力。
3 生涯規劃與終身學習	具備語文學習的自學能力，奠定生涯規劃與終身學習之基礎。
4 表達、溝通與分享	運用語言文字表情達意，分享經驗，溝通見解。

---

1 李世文：〈國民教育九年一貫統整課程的省思〉，《邁向課程新紀元（十）反省與前瞻──課程改革向前跑》（臺北縣：中華民國教材研究發展學會，2002年），頁67。

2 教育部國民教育司網站：http://www.edu.tw/eje/index.aspx

課程目標／基本能力	國語文
5 尊重、關懷與團隊合作	透過語文互動，因應環境，適當應對進退。
6 文化學習與國際了解	透過語文學習體認本國及外國之文化習俗。
7 規劃、組織與實踐	運用語言文字研擬計畫，並有效執行。
8 運用科技與資訊	結合語文、科技與資訊，提升學習效果，擴充學習領域。
9 主動探索與研究	培養探索語文的興趣，並養成主動學習語文的態度。
10 獨立思考與解決問題	運用語文獨立思考，解決問題。

　　由上可知，九十二年（2003）公布的「九年一貫課程目標」，比起八十三年（1994）公布的「國民中小學國文課程標準」，更重視以生活經驗為重心，啟發學生多元的智慧，培養終身帶得走的能力，因此期待透過更多元化的教學策略及評量方式，引發學生主動的學習，充實學生的學習經驗，來達到國語文教學的目標。

　　目前，教育部委託「國家教育研究院」來主導，邀集國內學者專家再次進行教育工程的大翻修，正在研擬提出新的「課程綱要」，預定於民國一〇五年（2016）二月起陸續公布新的各學科領域課程綱要。其間較大的改變是，過去十多年來以「能力」來取代「學科知識」的作法，改為以「核心素養」來取代「能力」。[3]具體內容是：先

3　「核心素養」的觀念來自國外，國家教育研究院・課程與教學研究中心蔡曉楓助理研究員〈十二年國民教育國語文領域綱要研修工作計畫說明〉一文，曾經提出三個國際組織對核心素養的建議，可供參考，表列如下：

提出「總綱核心素養」的三大面向：一、自主行動，二、溝通互動，三、社會參與，再由此三大面向統攝以下九個項目：（一）身心素質與自我精進，（二）系統思考與解決問題，（三）規劃執行與創新應變，（四）符號運用與溝通表達，（五）科技資訊與媒體素養，（六）藝術涵養與美感素養，（七）道德實踐與公民意識，（八）人際關係與團隊合作，（九）多元文化與國際理解等。「總綱」講「核心素養」，是希望國民教育在傳統的學科知能之外，也能強調跨學科素養的養成。在這樣的變革，透露一些訊息：首先，政府將逐步隱身在幕後，交由學者專家討論未來的教育發展方向。其次，因應臺灣地區民間多元文化的聲音，往後不會再強調「中華文化」，而改以「多元文化」（包括中華傳統文化、原住民文化、新住民文化等）代之。其三，持續強調以學生為主體的學習理念，彰顯學習者的主體性，不再只以學科知識作為學習的唯一範疇，顧及學生應該學習的面向更為完整。

面對此一新局，我們可以有不同於已往的思考，那就是：國語文教學自然會傳承舊有的經驗，尤其我們使用的語言文字原本就來自中

| 1 聯合國教育科學文化組織 (UNESCO) 於 2003 年從核心素養的觀點，提出了終身學習的五大支柱：

Learning to know
Learning to do
Learning to live together
Learning to be
Learning to change | 2 經濟合作與發展組織 (OECD) 於 2005 年提出的核心素養包含三個主要層面：
(1)互動工具 (using tools interactively)
(2)異質性團體互動 (interacting in heterogeneous groups)
(3)自主行動 (acting autonomously) | 3 歐盟 (European Commission) 於2005年提出促進終身學習的八項核心素養：
(1)母語溝通
(2)外語溝通
(3)數學能力
(4)基本科技能力
(5)數位能力
(6)人際、跨文化與社會能力以及公民能力
(7)創業家精神
(8)文化表達 |

華傳統文化，是故「中華文化」不但不應該也不會在臺灣地區斷絕，而且提倡它，有助於國語文教學的深度與廣度。不過，隨著新住民人口的增加，國際交流日益頻繁，「多元文化」的聲音勢必日益高漲。再加上政府退居幕後，來自民間的力道持續增強，我們如何保留（或者說是汲取）過去推廣中華傳統文化的成功經驗，並且發揚光大？如何貫徹「以人為本」的「終身學習」？這是臺灣地區國語文教學面臨的一大課題，值得海內外學界共同參考。故不揣淺陋，撰寫此文。

二　從國語文教材編纂方式談起

（一）國民小學五、六年級安排文言文教材

教育部於民國八十三年（1994）公布「國民中小學國文課程標準」之後，明訂其實施細則，這是編寫教材的重要依據，其中建議國小高年級教材可編選文言文教材。當年，已經開放各家書局編纂教科書供各地國小使用，而各家的編纂方式不同，有的編選唐詩，有的編選先秦寓言故事，也有編選《世說新語》者。選文之後，大多有註解、翻譯、賞析，《教師手冊》（或稱《教師備課用書》）有更多的補充資料可供教師利用。不論何種方式編選，基本上達到學生學習古代詩文的基本目的。

不過，臺灣地區的各家教材都是從「教學者」的觀點來編纂教材，他們處處設想教學者需要什麼內容，把一首詩或一篇古文的內容全講盡了，沒有讓教學者自我發揮想像的空間。他們似乎都相信知識來源是由學校老師、安親班老師、或者是父母給予的教導，完全低估了學生的學習能力，也沒有提供學習者自學的空間。其實編纂古詩文老早就有，也不是近年才實施。以編纂唐詩為例，國民政府在大陸執

政時期、一直沿用到臺灣光復初期的《國語》課本，已經選入古代詩文教材，數量不少，大都只有原文，或是少許註解，編成一課，讓教學者自己去說，學習者也可能要下工夫自學。現在的《國語》課本常常只選一兩首詩，除了原文外，加上一大堆白話文的說明文字，習寫字也是從白話文說明而來。這些說明，有時說得不到味；即使說盡了，可能餘味也沒了；更糟的是教學者只能照本宣科，沒有發揮的餘地，久而久之，教學能力也下降了。學習者呢？讀到一大堆白話文解說，連習寫字也從白話說明文字中出現，這已經本末倒置，不是在學唐詩，而是在學今人的解讀而不自知。也因此，花了許多時間上完一課，古代的經典詩文卻學得很少。如何在課文中加入有效的閱讀方法，提供學習者自行閱讀的環境，這是今後編纂教科書者應當思考的事情。

（二）民間推廣讀經運動

臺灣地區保有中華傳統文化，包括家庭教育、民間宗教，都提供了一股力量。國立臺中教育大學王財貴教授（1949-）三、四十年前開始推動了讀經運動，頗具成效。他個人深深信服新儒家哲學代表人物牟宗三先生的學說，主張復興中華傳統文化，於是纂集註解《三字經》、《百家姓》、《弟子規》、朱用純〈朱子治家格言〉、《四書》、《五經》等，隨著小學生們日益成長，再誦讀《老子》、《六祖壇經》等教材。教學法主要以背誦記憶為主，儘管年幼心靈或許不能深知其義，但是日後自能心領神會。由於他的積極熱誠投入，培訓出許多種子教師，又得到一些宗教團體的支持，推廣不遺餘力，故而產生了很大的迴響。近幾年他已自學校退休，出任全球讀經教育基金會董事長，他發覺臺灣地區的讀經人口已趨向飽和，遂轉而前往中國大陸發展，主

要活動於長江流域和華南地區，也見到很好的成績。

　　大約前後時期，另有國立中山大學簡錦松教授（1954-）推動了讀唐詩運動。他也從小學生做起，讓他們讀詩詞，吟誦唐詩，甚至舉辦「小狀元」的背誦會考比賽，以及其他仿照古禮進行的活動。他也很熱心投入，編纂教材，培訓種子教師，成立中國古典詩詞基金會，幫忙推動業務，達到很好的成效。儘管有些人對他們的作法有意見，譬如讀經不知其義就要背誦，或是唐詩活動太多等，但是我個人以為，以學者之身，走出象牙塔，做些有益社會人心之事，就已經很值得鼓勵肯定了。在他們的努力之下，的確培養出許多古代經典、唐詩宋詞的愛好者，小朋友學習過程中，家長與教師一起成長者，時有所聞。這些功勞，不該被埋沒。

（三）《論語》、《孟子》的編入教材

　　自古以來，儒家思想就是中華傳統文化的核心價值。孔子說：「志於道，據於德，依於仁，游於藝。」（《論語·述而》）又說：「士志於道，而恥惡衣惡食者，未足與議也。」、「朝聞道，夕死可矣。」（《論語·里仁》）可見追求人生立身處世的準則，是儒者終身的目標。然而人生有順境，也有逆境，在不同的時機，尋求安身立命之道，也是儒者應當考量的事。孔子說：「隱居以求其志，行義以達其道。」（《論語·季氏》）孟子也說：「士窮不失義，達不離道。窮不失義，故士得己焉。達不離道，故民不失望焉。古之人，得志，澤加於民；不得志，修身見於世。窮則獨善其身，達則兼善天下。」（《孟子·盡心上》）這就開展出後世讀書人在得志（出仕）和不得志（隱居）的不同情況下，同樣具有關心全天下人民福祉的胸懷。宋儒范仲淹〈岳陽樓記〉說：「不以物喜，不以己悲。居廟堂之高，則憂其

民；處江湖之遠，則憂其君。是進亦憂，退亦憂，然則何時而樂耶？
其必曰『先天下之憂而憂，後天下之樂而樂』歟？」這段話正是孟子
「樂以天下，憂以天下」（《孟子·梁惠王下》）的延續與開展，也是
歷代讀書人的自我期許。也因此，有許多田園詩、山水詩、隱逸詩，
寄託了詩心，蔣夢麟《西潮》也提出「中國人在得意的時候是儒家，
失意的時候是道家」的說法。其實儒家也有安時處順的心態，孔、孟
二人在周遊列國、不得施展政治抱負之後，設帳授徒，過著安貧樂道
的日子，本來也就是一種隱居狀態的修為。因此，教導學童習得儒家
思想，大體上已經能接受到中華傳統文化的精華滋潤了。

在臺灣，國民小學設立「生活與倫理」（現更名為「生活」）課
程，除了教導生活禮儀，也會將儒家思想以深入淺出的方式帶入，同
樣強調從日常作息養成好習慣。其中特別重視孝順、友愛，因為「弟
子入則孝，出則弟」（《論語·述而》），這是為人求學問的基礎！到了
國民中學設有「公民與道德」課程（現併入「社會」領域），則逐步
引入社會應遵循的規範，此時，「國文」課程也編入《論語》、《孟
子》選讀的課文，傳授儒家觀念，鼓勵學習者身體力行。到了高級中
學階段，更將《四書》精選成六冊課本，列入「中國文化基本教材」
為必修課程，每學期教完一冊。近幾年「國文」上課時數減少，有些
學校依不同年級改為選修課程。此外，同時列入高中生選修課程的還
有「國學概要」、「中國文化史」教材，讓學生們更能深入了解中華傳
統文化的各個層面。到了大學階段，不論任何科系，一年級都有「國
文」必修課，每週二至四小時，半年至一年的課程，授課方式由各校
自訂。通常是由各大學中文系的師資，依專長開設「歷代詩文選
讀」、《莊子》、《紅樓夢》、「現代文學作品選讀」，乃至「思想與人
生」、「佛學概論」等課程，不一而足。大學生較具自主性，因此以多
元開課的方式較能滿足他們的需求；在他們修習不同學科專業的同

時，有一年半載對中華傳統文化的深入接觸機會，有其必要。

由上可知，小學、中學教育都在傳揚中華傳統文化，且以儒家思想為核心，教材有其連續性。學生們如果有興趣大量學習，還可以參與前述民間讀經班、讀唐詩的運動，學習場域始終不缺。官方雖不再明白提倡中華文化教育，且大篇幅減少文言文教材，但是各級學校並不會忘記傳統文化的重要性，民間力量也可以補官方的不足。而關於教材的困難是，到了國中生階段以後，學科數目增加，升學壓力加大，學生不太願意花費太多時間在傳統文化上，轉而加強學習英語、數學、理化的知識，而電子媒體資訊的大量增加，也讓學生沉迷於遊戲軟體，不樂意靜下心來省思傳統文化的價值。這也造成了文言文學習能力下降，間接影響到學生學習傳統文化的速度。當學生學習成效不佳時，轉而到補習班求救，補習班是功利導向，求其速成，往往針對能增加考分的作文進行補救教學，對於傳統文化的吸收則功效有限。

三　國語文教學方法及實施成效

（一）學生方面

筆者曾經走訪許多學校，初步觀察的結論是：小學生、國中生對於國語文課程內容不失其興趣。由於學童的純真善良，教師的認真教學，在教師們多方引導之下，學生們對於傳統文化仍然保持高度的熱忱。一般說來，目前小學生、中學生在國內教材採用熟讀經典文本的範文教學方式引導下，每篇課文都能熟讀，記憶、背誦所下的工夫深，故而累積到高中生、大學生階段，對中華傳統文化的認知頗佳。有些程度好的學生，在中學階段就能背誦許多古代詩、詞、文，寫出現代文學佳作，或是一筆好字，也能對傳統經典文化作深入的思考。

　　然而，我曾經看到國中一年級的學生，在老師要求朗讀《論語》課文內容時，高聲朗誦，興致高昂，並沒有剛開始接觸文言文的生澀感。但是類似的情形，我也曾經看過高中三年級的學生，在老師要求朗讀課本教材內容時，暮氣沉沉，完全提不起勁來。雖然可能是高三學生已經不再想被「教學觀摩」了，但是老師的教學方式——考試領導教學、學生面臨的升學壓力，都讓他們不再喜歡「中國文化基本教材」的《論語》、《孟子》教材內容。到了大學，他們基本上覺得上大一國文課是多餘的負擔，於是大學老師不得不使出渾身解數，引導他們重新對歷代詩文作品產生興趣。我曾經在課堂上問過非中文系本科的大學一年級同學，對中國古代人物的正負面看法。結果讓我有點驚訝的是，他們最討厭的人物第一名是孟子，因為他好辯；第二名是韓愈，因為他領導古文運動，是保守型人物；第三名是孔子，理由也是保守。姑且不談中學教師怎會教出學生這般的認知，單就教越多、背越多、考越多這點而言，學生從國中一年級到高中三年級這六年下來，基本上已經失去了學習國文的興趣。這不啻是個很大的警訊！假設高中生只須學習「中國文化基本教材」而不列入考試出題範圍，可能學生不會再這麼討厭孔子、孟子。我想表明清楚的是，千萬別再斲傷學習者求學的興趣了。如果教師們在課堂上講得頭頭是道、聲嘶力竭，臺下的學生聽者邈邈、興趣缺缺，縱然他的考試分數再好，也會在考完之後拋棄本科知識如敝屣，這絕對不是成功的教學。

　　教學的目的是要把每一位學生帶上來，因此「得天下英才而教育之」，那是一種幸運；而學生真正一輩子所需要的不是分數的高低，而是從課堂所學來的知識啟發及其興趣。我們能體諒中學教師的辛苦，在上課時數不斷減少的情況下，以那麼短的時間內教出學生好成績是多麼不容易的事情，但是我們也應當正視全國學生在學習完中學六年國文課之後，討厭國文、討厭儒家、討厭孔、孟的事實。尋求解

決之道，尚須請大家集思廣益，拿出辦法來。

(二) 中、小學教師方面

如前所述，上課時數減少，與學生語文程度負相關；文言文閱讀量減少，也與學生語文程度負相關，在第一線教學現場的教師真的很難為！絕大多數的中、小學教師們都很用心的教學，開發出不少新的教學法，他們深知學生學習的盲點，想盡辦法輔導學生，救回不少孩子，這的確值得嘉許和被肯定。

此外，教科用書編排的不盡理想，對教師們助益不大，於是逼得教師們只好自行備課。譬如課本中列有「單元」，有時四課綁在一起，有時兩課、三課綁在一起，其間沒有什麼關聯。等到幾年後新版教科書出現時，同樣的課文可能會被移動到不同的單元名稱內，換句話說，教師們無法進行單元教學，有時會感到無所適從。而所謂的單元名稱，雷同性質太高，往往是道德中心德目，如忠孝、愛國、愛鄉土等，讓國文科教師背負了國文科教學之外的負擔，須教導學生品德等。假設國文教師們常常必須擔任導師，先進行班級經營、控管好班級秩序有其必要，那麼也應該先區分清楚，什麼是導師該做的事，什麼是國文科教師該做的事。筆者的女兒在就讀國中時，導師兼任國文科教師，曾經不止一次用國文課堂時間訓斥全班秩序整潔問題，然後在事後抱怨上課時間不夠，一直在趕進度。當年班上同學已經會思考，如果導師不是國文科教師，是不是我們班級就有更多的時間好好上國文課？我常常在想，教師們是不是低估了學生的思辨能力？越是不用正規時間上課的教師，學生心裡越不服氣，師生相處關係也更加緊張。如果問我解決之道，我真的很希望每位教師都可以仿效國外某些文明國家，開放教室情境，在教室後面擺放幾張椅子，隨時歡迎家

長前來旁聽，順便關心孩子在校的活動表現。教師和家長的關係不應該只是每學期初來一場「親師會」，事前教師演練老半天，模擬家長們會提問哪些尖銳問題，然後磨刀霍霍，準備「迎戰」家長。「親師會」之後就希望家長別來煩我，只有教師有需要時去把家長請來，這時候往往是孩子已經在學校出了問題。平時親、師關係就不好，家長不能很自由很隨意的來到學校，學校一副門禁森嚴的樣子。這不是好現象。當然，家長們自由進出學校、關心子弟在校的生活情形時，也要注意只能在私底下提供建議，不能破壞老師在校的尊嚴，家長也有一些需要受到約束節制的地方。什麼時候我們的教師不會隨意在教室哈啦，不會拿正課來批評時事，能正常的從事教學工作，公開大方無所畏懼的讓大家來看他們正常的教學，這一天恐怕還有很漫長的日子需要等待。

還有一個現象還是要提出來說明：當前許多國文科教師高喊教學時間不夠，這是因為除了上正課講解課文之外，還須挪出時間來檢討考卷。讓學生熟悉題型，了解答題技巧，譬如應付選擇題可以先採用消去法，選對的機率就可以大幅提高，諸如此類，的確可以提高學生的分數了，看似無可厚非。但是，學生淪為考試的機器，嚴格說來更是考題的受害者之後，國語文程度真的提升了嗎？又譬如在檢討修辭題的答案時，有些教師是看答案再設法自圓其說，如果讓他們自己作答也會答錯。這樣的修辭格教學還有意義嗎？就算電腦測驗的選擇題全都過關斬將了，而一段小文章都寫不出來，這能代表國文程度好嗎？然而，我們的高中入學考試曾經廢考作文好幾年，這是在大學入學會考、國家公務員考試不曾發生的事情；多年後發現學生寫作能力下降，現在才開始恢復考作文，亡羊補牢。曾經有位選修我大一國文課程的學生，面對問答題的卷子一籌莫展，他說不是看不懂題意，而是沒法子用文字敘述內心的想法。可見大學生連一篇作文也寫不出

來，並不是危言聳聽，而是真有其事的。

　　教師用心教學是學生成長的最大動力來源，如果能夠不用考試來領導教學，尤其不要全面用測驗選擇題考試來領導教學更好。目前已經看出中學生習慣於選擇測驗題型，阻礙了長篇論述的能力，既然有此弊端，就請大家尋求解決之道。未來的課程要以培養學生核心素養為主要訴求，或許能改善一點現況，且讓我們拭目以待。

（三）大專校院教師方面

　　雖然筆者也身為國內大專校院的教師，但是也應該是受到檢驗的一分子。老實說，在國語文教學方面，國內大專校院（含師範校院）中文系的教授群做得不夠。這群人雖然沒受到國家多少倚重，[4] 但是包括課程綱要的擬定，教育部顧問室、國語推行委員會、中央國教輔導團、各家教科書的編審委員會的組成、中小學校的評鑑等，舉凡層級較高能夠做決策的單位及會議，幾乎都是邀集大專校院中文系教師為主，比率也勝過各級中小學教師及行政人員。因此，某些中小學校長、教師期盼大學教授們為他們發聲，有如大旱之望雲霓。

　　可惜的是，大專院校教師從來沒有好好地從事國語文教學的研究，不知問題所在，無從為他們發聲，數十年來一直如此，真可說冰凍三尺，非一日之寒！「語文教學」和「中國文學」其實是兩個不同的專業領域，合則兩利，分則兩害。有些中文系學者自以為也是語文教學的專家，認定語文教學研究的論文水準不高，這顯然失之偏頗。在教學現場會遇到許多不是「英才」的學生，如何把他們帶上來，有

4　補充說明如下：臺灣地區表面上政府官員會尊重學者專家的意見，但是有時候，只要少數「民粹代表」對政府官員施壓，官員就會放棄原先與學者專家討論出來的會議決議，屈從「民粹」的少數人意見。民粹勝過專業，民意時常被少數人霸凌。

時連心理輔導都用上了，也無濟於事，這些需要班級經營技巧、分齡或混齡教學、特殊教育知識等問題，大專校院中文系出身者，並無法解決這些問題。又比如教材方面，小學生真的不能從低年級開始讀古代詩文教材嗎？小學生課文一定要很短，而不能推動大量閱讀的教學嗎？中學課本常選入《論語》、《孟子》、《世說新語》之類語錄體的短文，哪些該放入國中階段？哪些該置入高中階段？可有標準好讓出版商有所依循？教材全都選編「範文」，是否恰當？「範文」如何界定？同一本書，或是同一種文體，如何區隔不同年齡層的學習需求？目前有些教材國中教過，高中再教；或是高中教過，大學再教，在語文學習是屬於螺旋理論的架構下，尚可接受，只是編教材者當如何訂出標準呢？《國文》課本需要附賞析嗎？《教師手冊》該怎麼編？又比如教學方面的問題，背誦一定要心知其義然後才能背誦嗎？修辭格的教學能否完全廢除？母語就是國語（普通話）的學生，有必要習得文法知識嗎？單元教學該如何進行？目前語文學習的主流聲浪是，借用西方語言學理論、從語言學習做起，可是中國文字並不是拼音文字，關於學生的寫字能力、作文能力，這塊領域又該如何加強呢？傳統描紅、背誦的教學方式是否一無可取？還是可以由此推陳出新？書法教學不能恢復的癥結在哪裡？慣用左手的人如何教他寫書法？以上僅是舉例而已。林林總總的國語文教學問題，一直沒有優秀的學術論文可供借鑑，國語文教學內部潛藏著千瘡百孔的問題，尚待解決。

　　有些教育系學者自以為掌握了理論觀念，什麼學科都可以來參一腳，這更是無知！國語文教學當然需要語言學理論作基礎，這裡面有語法學、語用學、詞彙學方面的專業知識，還需要文字學學理作基礎，譬如「集中識字教學」的討論，其他如傳統哲學思想、文學觀念等，教育系出身的人都不能越俎代庖。目前教師甄試制度在甄選新任國文科教師時，對於教育系選修國文者較有利，教育學科的分數比重

有時是偏高的，但是他們對中華文化的理解不會比國文系畢業生來得深厚，我對此深以為憂！如果能不讓只修二十六專業學分的人來參加甄選面試，我舉雙手贊成。

四　對大陸傳統文化教育的觀察建議

以上我們對臺灣地區的傳統文化教育進行考察之後，或許可以提出一些觀點供大陸語文教育學界參考。大約有以下三點：

（一）傳統文化精神教育重於物質形式

大陸地區在近年大力推動「國學熱」，中共教育部今年（2015）將訂定中小學「國學」標準化教材，九月新學年開始在大陸全面選修使用。[5]這是很好的起步現象。不過，有些地區有點過於形式化，採取群體行動的方式、做統一的古裝，讓小朋友穿古裝一起背書；有的舉行跪拜孔子禮，作為開始入學的方式。這些作法古代也有，當今臺灣也曾有過，都是想借由禮儀形式的制度，約束浮動的人心，使學生能敬學、樂學。《論語‧八佾》記載子貢欲去告朔之餼羊。子曰：「賜也！爾愛其羊，我愛其禮。」可見孔子並沒有完全反對禮文的儀式。譬如要求子女每天晨昏定省，出門或返家一定要向父母報平安，這在子女懵懵懂懂時作此要求，仍有其必要。

不過，這種作法如果是由上位者推動，帶有必須接受的強迫性質，可能會適得其反，引起學子內心的不滿。在臺灣和大陸地區都曾經遭受過批評。《論語‧八佾》記載子曰：「人而不仁，如禮何？人而

5　參見陳言喬報導：〈重拾中華文化，陸中小學教孔孟〉，《聯合報》，2015年1月10日，A17兩岸版。

不仁，如樂何？」《論語・陽貨》記載子曰：「禮云禮云，玉帛云乎哉？樂云樂云，鍾鼓云乎哉？」這說明了禮、樂更應當是出自人內心的一種虔誠恭敬，如果只是重視外表的舉動，而沒有發自內心的力量作基礎，那是沒有意義的。譬如子女長大後，壓根兒沒有孝敬父母之心，那就只會「色難」，把父母當成犬、馬來養，（參見《論語・學而》）甚至比犬、馬還不如，這時他就罕有合乎禮、樂的舉動，即使偶一有之，也沒多大意義了。

因此，我們在復興傳統文化的過程中，與其講求儀文形式的配合，不如從淨化人心做起；儀式可以偶爾為之，所有儀式背後的道理，才更是教師在課堂上需要說明清楚之處。

（二）群體力量之外須顧及個人學習興趣

人是群體生活的動物，除了做些利己之事，更要從關心身邊的家人、周圍的鄰里親友做起，是故子曰：「老者安之，朋友信之，少者懷之。」（《論語・公冶長》）孟子曰：「老吾老以及人之老，幼吾幼以及人之幼。」（《孟子・梁惠王上》）、又曰：「親親而仁民，仁民而愛物」（《孟子・盡心上》），乃至後來《大學》一再強調「修身養性」、而後「齊家治國」的重要，以及「父子有親」的「五倫」觀念的提倡，都說明了儒家不是狹隘的獨身保守主義，而是以社會國家全民福祉為終極關懷目標的溫情主義者。

因此，在學校教育中，「反求諸己」的道德培養很重要，「博施濟眾」、「以仁心行仁政」的觀念建立也極其重要。儒家以道德為基礎，追求長治久安的努力，一直是中國歷代政治思想的主流。

（三）民間主導效果大過於政府命令的貫徹

政府是為人民服務而存在的，「以民為主」是全世界各地政府標舉的口號。因此，尊重民眾的生活，從制度面改善人民的物質生活，從精神面提升人民的文明水平，是施政者所當為。

不過，我們不能把所有的責任推給政府。須知政府只是由少數當權者組成，他們或許是社會的菁英，能為國家社會的走向擬定方針。但是，人民才是全國社會人口最大的公約數，人口眾多，自然會發出民意的呼聲，逐漸形成一股力量，文化也由此積澱而成。如果能增加閱讀教育的人口，讓民眾能汲取新知，主動、自覺、自知的推廣文化運動，甚至於養成終身學習的習慣，自然能迅速地提升全國的文明水準，落實中華傳統文化的精神。

五　結語

教學不能只停留在課堂上，學生在學習完教材內容之後，能否繼續自學？是否願意終其一身「活到老，學到老」，這才是一生人格完成的關鍵。因此，中華文化的復興，除了學校教育之外，社會是否重視？民眾有無在社會教育中繼續學習的機會？都是影響文化推廣能否成功的因素。從語言到文化學習，從知識習得到生命實踐，需要花一輩子的力氣。韓愈〈答李翊書〉說得好：「無望其速成，無誘於勢利，養其根竢其實，加其膏而希其光，根之茂者其實遂，膏之沃者其光曄，仁義之人，其言藹如也。」想要做到「仁義之人」說話「藹如」的境界，是需要點時間的。

所有的任課教師都曾經是滿懷熱誠才投入教師這個行業的。因

此，當我們把推廣中華文化的責任加在教師身上時，增加了他們的負擔，這也無可厚非。問題是，在教師負擔日益加重的情況下，學習者的「能力」、或是「素養」，能否相對地提升？如果可以，朝此目標努力下去當然可行；如果做不到，那麼原因何在？遵循國家政策制定的「課程綱要」的意義又在哪裡？依據過去的經驗法則，在國語文教學時數不斷地縮減、文言文教材逐步萎縮，社會普遍充斥聲光媒體、學習者已經不太書寫文字的社會環境大背景下，學生的國語文能力已經逐日下滑，教師也深感疲憊，成為與社會大環境拔河的人，[6]而且永遠是拔輸的一方。這不是很可悲嗎？筆者個人認為，縮減學生的學習科目，還給學習者能專心讀好傳統文化的學習空間，進而讓他們能自主學習，在生活中多作些反省思考，才是治本之道。教育部從九〇學年度（2001）起，推動「九年一貫課程」，其中已有「連貫統整」的概念，強調各學年之間學習內容的連貫，各領域、科目、學群課程的橫向統整。唯有如此，才有可能減少學生所學習的科目內容，達到減輕學生書包重量這麼卑微的訴求。然而高層推動不力，主政者不能痛定思痛，不但不刪減學科，編教材者又一再添加深奧的知識，讓學習者沒有思考的餘地，只是在「課程綱要」作些文字遊戲的改變，無助於現狀的改變。

再者，目前的中學國語文教學的重點在於思想鑽研、文學作品深度鑑賞，彷彿是為了就讀中文系而準備，形成一門專業知識，已經與社會現實需要的語文表達能力脫節，無法獲得其他不同學科領域學者的支持，這種現象是需要改善的。我的建議是，不必花太多時間講解「中華文化基本教材」的句讀，尤其逐字逐句講到修辭、文法上面，以應付考試；而是應該留白，讓學生有自我省思的空間，假如有一天

6　李玉馨：〈與大環境拔河的人：教改下國中國語文教師在閱讀教學上的困難和因應策略〉，《彰化師大教育學報》第9期（2006年6月），頁23-63。

讀《論語》、《孟子》不必屈從考試的壓力，可以像讀小說一般，想像古人談話間的聲音笑貌，學生就不會再那麼討厭孔子、孟子了。教師不必低估學生的學習能力，開放教室情境，提供自主學習機會，甚至於提高學習者終身學習的興趣，這才是良好的教學方式。良好的教學方式，提供了傳播知識的溫床，從而會加速中華傳統文化的復興。

——本文原刊於「中華傳統文化與語文教育」研討會會議論文（北京市：北京師範大學，2015年1月17-18日）。

十二年國民基本教育本國語文領域綱要的發展理念與方向

吳敏而

摘要

　　本研究係屬「十二年國民基本教育領域綱要內容之前導研究」整合型計畫之子計畫一，探討「本國語文（含本土語言）之基本內容」，本研究主要目的是探討臺灣的社會和文化中，國民所需要的功能性語文和學術性語文，如何形塑出適量、合理及有用的語文課程。透過文獻和文件分析、深度訪談及調查資料整理，研究團隊提出十二年國民基本教育本國語文領域的課程建議，包括學習內容架構、實施與配套之原則，作為後續課程綱要研擬以及教材教學研發之參考依據。

關鍵詞：十二年國民基本教育、本國語文領域、學習內容

總說

本研究分析十二年國民基本教育本國語文領域之領綱目標與內容，此處針對本國語文進行研究。

一 緒論

（一）研究背景

十二年基本教育課程的核心理念是：有教無類、因材施教、適性揚才、多元進路、優質銜接，希望達成「成就每一個孩子～適性揚才・終身學習」的願景。

這四十年來，國際交流日趨緊密，社會變遷加速，益增語文素養的重要性；甚且，科技高度發展改變了語文的型式和使用方法。因此，課程要求學生學得更多、更快，希望學生所學甚至超越教師同年齡時候的所懂、所能。可是，語文教學時數縮短了，教師必須傳授的量卻得增加，嚴重的增加教學者和學習者的壓力。如何提升教學效能，讓學生在更短時間內獲得更多，的確是十二年基本教育的重大挑戰。其中一種教學途徑，便是減輕學習者知識和記憶的負擔，把教學重點放在能力培養上，讓孩子有自學的能力，日後能獨立學到目前教師還教不到的內容。採用這個途徑，學生能夠自發性的學習、學會學習的方法以及培養學習的樂趣，就顯得越來越重要。本研究將探討如何改善語文教學效能與促進學生的自學能力。

二十一世紀的學生不能只「知道」答案，不能只「認識」文字；他們更需要「挑戰」答案，進而創造自己的知識。所以教學者須鼓勵

學生「應用」文字和「創造」新的語言，要求他們把現有的知識和概念組織起來，找出規律和原則，再用新的方式重組已知。十二年基本教育願景意味著一些跟往昔不一樣的教學模式，例如：熟讀課文、仿寫範文的教學和測驗模式將不敷應用，也意味著教師不能只傳授教科書中的語文知識，必須協助學生學會建構認知的方法。運用創造力將不再是資優學生的範疇；創造將是每位學生每天都要生活的事。

（二）研究目的與問題

1 研究目的

（1）探討現行國語文科之相關問題與發展。

（2）探討十二年國民基本教育國語文科之課程理念與目標。

（3）規劃十二年國民基本教育國語文科課程組織方式與要領。

2 主要研究問題

（1）國語文的課程問題與發展趨勢

A 臺灣的社會和文化結構所形塑出的語文政策為何？

B 在快速變遷的社會中，國民需要哪些基本的功能性語文知識和能力？需要哪些學術性的語文知識和能力？

C 目前中小學國語文課程有哪些不足、過量，或是有爭議，必須調整的內容？不同的學習階段是否有連貫、統整及知識量的問題？

D 目前中小學學生學習國語文有哪些差異和困難？目前中小學教師教導本國語文有哪些困難？有哪些解決方案？

E 學習內容與總綱理念目標如何連接呼應？

（2）課程理念與目標問題

　A國語文的課程理念與目標，如何依據國民生活和職業的語文需求，以及文學及文化的考量，建構與論述未來五十年的語文學習？

　B如何連結國民素養、核心素養和本國語文的學習關係？

（3）國語文科的課程組織

　A如何界定國語文的範疇、組織和意義？

　B不同學習階段的目的和功能如何配合學生的身心、性向和生涯發展？

　C依據不同學生學習目的，如何安排必選修課、以及基礎語文和進階語文的選擇？

二　文獻探討

　　本章分兩方面了解學者在文獻中所討論的語文的功能和語文能力發展，並從文獻的內容歸納出十二年國民基本教育本國語文綱要須思考的改革方向。

（一）語文的功能的研究

　　Arwood（2011）辨別語文結構（language structure）和語文功能（language function）。所謂語文結構，即字、詞、句、語法、語意等等，較容易從語文的表面作分析，似乎就能夠定義出語言的特色和正確程度。傳統的語言學研究，大部分都在分析這些語言表徵的規律性，所以學生學語文就是學字詞的意思、詞性的辨別和句型的形式和變化。臺灣的語文教育受到語言結構學的影響頗大，如湯廷池

（1977，1990）、黃宣範（2008）、鄭良偉（1997）、王玉川（1987）
等在教育頗有影響力的語言學家，都相當重視漢語的結構。

可是，Arwood（2011）認為語言的規則只能描述一個語言，不
能定義一個語言（language rules describes the language, not define the
language. p. 23），更不能是語言教育的主要依據；儘管學生了解到這
些規範，也能通過一般語文測驗，並不表示語文教學成功的提供了
聽、說、讀、寫和思考的工具，因此，語文教育須重視語文功能和認
知過程的 （cognitive process of learning）學習模式。其中有三種層面
的語文功能：個人層面、溝通層面和職業層面。

1 個人層面：建構意義

語言和思維密不可分，人類運用語言和文字建構出個人意義、生
命的意義和文化的意義。有獨立學習能力的學生，除了運用觀察和慎
思，也必須透過聽和讀來增廣見聞。四十多年前 Gordon Wells 在英國
Bristol 地區開始進行一千個兒童的語言發展追蹤研究，研究結束後，
他寫了 *The Meaning Makers* 一書（Wells, 1985）說明兒童的語言發展
的推動力是「求意義」。二十五年後，他重新檢視當年的資料和後人
的研究，出版了 *Meaning Makers* 的第二版（Wells, 2009）。他發現，
當年的詮釋不但沒有改變，還增加了不少支持原先想法的資訊——兒
童是主動追求意義的學習者（Bruner, 1990）。這個推動力幫助口頭語
言和書面語言的學習。Britton（1970）有類同的觀察，他認為語言有
兩個功能——表達（expressive use）和互動（transactional use），學習
時用的語言應該是交易性的互動語言，用以協調意義（negotiate
meaning），可惜的是，一般教室只是教師提問跟學生回答，還不算做
意義的交易。

既然追求意義是語言學習的推動力，學生的語言越豐富，他學習

工具越齊全，即能透過語言獲得知識和概念，而且，概念的學習又會刺激認知能力，因此，提升語文能力亦是提升思考層次的管道。這個理論表示語文是連接個人思想和外在文化及別人的觀點的橋樑，所以學習語言能協助使用者獲得使用那個語言相關的概念和文化。語言學家 Halliday（1973, 1975）強調語言研究應該把重點從語法轉移到使用者表達的企圖，他的論點有相當的影響。

從語文教育的觀點來說，教學的目標即是協助學生獲得「透過語言來建構意義」的能力，所以語文教材的編選，要以讀者（即學生）的角度來決定文本的意義，以作者的主旨大意為副。這個結論，表示臺灣的國文教育必須考慮語文教材的內容結構和挑選文章的方式是否過度單一，是否須更配合學習者的思維發展。

2 溝通層面：創造意義

語言不僅是個人思維的媒介，語言的存在和演變主要是為了方便人類交換意見和溝通理念，所以社會語言學的研究的重點放在語言（和方言）間的「家族」關係以及共通性和溝通的可能性（mutual intelligibility），對語言的正確性採取文化差異和應用差異的看法。一般而言，語言變化來自於兩個不太相同卻有共同點的語言之相遇，如國語和閩南語在同一地區使用時，形成互相影響和「借用」的情形。最先受影響的可能是語音，跟著是語詞的運用，語法的變化則需要較長期的接觸。嚴格地說，世上沒有兩個人的語言是完完全全一樣的，所以在一個社群中，每個人的語言都會影響到另一個人。

從國語文教育的觀點來說，臺灣語文科之聽、讀、說、寫的教學和評估似乎缺少人與人之間語言互動的練習。在說話教學中，重點多放在個人的表達，如上臺報告、演講演說等等；較正式的辯論會，重點放在口才和辯駁而不在溝通和達成共識之討論。學習中的對話

（dialogue）和討論（discussion），有別於日常生活的聊天談話，是學習新知、創造意義及共識的媒介，是語文教育必須培養的能力，因為它是傳達文化意義，也是學習的工具。

3 職業層面

Sticht *et. al.*（1977）的報告辨別「透過閱讀學習」（reading to learn）的功能和「透過閱讀操作或實踐」（reading to do）的功能。在職場中，百分之七十五的閱讀屬於後者，但是中小學的語文課程卻忽略「透過閱讀操作」的重要性。

Diehl and Mikulecky（1980）調查民間的職業，發現各行業的工作人員平均每天花一個多小時閱讀，也同樣是為了操作儀器或是了解運作過程的 SOP（standard operating procedure）而閱讀。至於書寫，百分之六十五都是填寫表格或是寫簡報，反覆性極高，跟學校的作文大不相同，資訊精準性要高，文學性偏低。

Rush *et. al.*（1986）分析了十種職業的讀寫要求（文書處理員、汽車技工、水電工、冷氣工、工廠維修技工、護士、機械工、祕書、焊接工等等），所蒐集的資料包括：每天平均閱讀時間、文本類型、文本的可讀度（readability score，比照學校閱讀的程度）、用途（reading to learn 或是 reading to do）、文字的型式（如學校課本的正式語言、如生活互動的語言、或是技術用語），並且整理出這些行業的特別語詞。

以上三個研究都顯示職業性的閱讀和學校的閱讀歷程有許多共同的關鍵能力——重視意義的建構、連結舊知和新知、資訊的整理和統整。隨著美國一系列功能性讀寫（functional literacy）的研究，各國開始了解到語文教育必須配合工作培訓來思考課程的設計，尤其是開展中的國家，由聯合國UNESCO的帶領，逐漸由functional literacy談

到職業性的讀寫（workplace literacy）。Bhola （1995）歸納聯合國推動讀寫能力的工作，認為讀寫能力發展的推動，不只是掃除個人文盲而已，其實已經成為國家經濟發展的重點。因此讀寫能力的培養，不只是讓國民有讀寫能力，除了基礎的功能性還必須能透過讀寫學習到工作的需求，亦即從 learning to read 延伸到 reading to learn。

　　二十一世紀的研究重點從「能力」轉化到「素養」，所以 literacy 的翻譯也從「讀寫」演變為「素養」。Literacy 的字根和 literature 相同，代表文學和文字的讀和寫。電腦的發展改變了人類的讀寫方式和文書處理的方式，形成一個新的語詞──computer literacy──代表了更廣義的溝通媒介，而且職業性的讀寫（workplace literacy）也包含了說、聽和溝通的能力（Spilka, 2001）。

　　Spilka（2001）認為職業性的語文素養的重點以社會互動溝通為主，包括六大項目：解決困難、回應問題、做出決議、修訂或建立政策、執行作業、擴充或調整思維──可見職業語文素養遠遠超出基本的閱讀和寫作。Spilka分析一般工作使用的文件（期中期末報告、計畫書、手冊、標準說明、政策白皮書、廣告、小冊子等等），顯示學校的基礎語文能力培養只用文學作品，嚴重的不足。

　　目前，許多國家的中央政府都在進行職業語文素養的研究和開發，意圖銜接學校語文教育和在職語文素養的需求。例如美國NCES試圖了解美國讀寫能力最低落的成人（十六歲以上）的程度和困難所在（White and Dillow, 2005; Bates & Holton, 2004 ; Baer *et.al.*, 2009）。又如，加拿大政府研究工作人員在職業上面臨的語文挑戰和瓶頸，希望了解職前和職場上最可行的教育措施（Centre for Literacy of Quebec, 2009）。還有，新加坡政府有一個語文與數學基本能力認證辦法（workplace literacy and numeracy credentialing project），測試工作人員的語文和數學能力的程度，用以比照學校的平均年級的程度，並且

分析各行業工作所需要的語文程度（Singapore workforce development agency, 2009）。

　　臺灣也正在研擬國民素養的長期研究，在語文素養方面，胡志偉（personal communication, 2013）認為對於二十一世紀的臺灣青年而言，語文素養是克服生活上與工作上各種挑戰的重要利器；受完十二年國教的臺灣青年在語文方面應有五項能力：（一）認真傾聽；（二）透過閱讀收集資訊、觀摩學習、累積知識；（三）有條理的完整論述自己的想法；（四）在溝通的過程中，正確且適當的使用語言；（五）表達時能夠依照主題、對象、場合和情境使用合宜的用語。

　　臺灣學者研究職業用語的文獻極少，但是隨著科技業和技術職業教育的發展，國家必須投資研究經費在高中職校的語文教育研究來配合學生的生涯準備；此外，臺灣的語文課程，必須開發傳統中華文化以外的語文學習，來回應社會的需求，這是十二年國民教育改革的大挑戰。

（二）提升語文能力發展的研究

　　依據上一節陳述的研究結果，課文和字詞的教學不足以提升學生的語文能力，教學者必須注意到學習者所用的語文功能。沿著這個思路，Vygotsky、Brown 和 Wells 的理論不但顧及語文功能和社會語言，還重視到語言和思考的關係和合作學習的教學模式。以下略述三位研究者的理論。

1 Vygotsky

　　依 Vygotsky 的理論，語言是社會互動的媒介，參與成人和同儕的協同活動（collaborative activities），就是促進發展的機制。他提出

「language as social semiotic」的論點，辨別「外在語言」（external speech or social speech）和「內在語言」（inner speech）。外在語言就是溝通的語言，也是學習用的語言；內在語言是內化的外在語言，也是思考的語言。教師引導學生學習，就是配合學生最近正在主動探索與發展的內容和技能，提供一些外界的互動或是工具來刺激學生更上一層樓。Bruner（1966, 1983）稱這些協助的媒介為鷹架（scaffold）。語文是一種符號系統，是最重要的文化工具，所以教育必須幫助學生發展這項工具，使得學生能夠利用這項工具來思考和學習。

2 Ann Brown

Ann Brown 從心理學的角度研究語文的學習。一九八〇年代，她的研究團隊到教室裡觀察和開發 Vygotsky 推薦的教學方法（Brown et. al., 1996）。他們認為教師和同學都能協助個人的思維和語文發展，例如交互教學模式（reciprocal teaching; Palincsar and Brown, 1984）先由教師引導和示範，讓學生獲得對話的策略（dialogic strategies），再由學生在小組練習，最後才獨立作業；這些策略幫助他們跟同儕對話、共同學習。最後，學生能夠用這些對話的模式獨立跟文本做互動。交互教學的過程是個長期反覆循環操作的模式，每個循環由教師說明示範→同儕合作學習→獨立自主學習，可以在各學科使用，而不只是語文能力培養才能進行（Brown and Campione, 1994; Brown et. al., 1996）。

Brown 團隊的教學方式，已證實和突顯語文在學習上的功能性，並且提供具體的教學流程。在美國，Brown 的研究影響到不少學者，例如：McMahon et. al.（1997）的讀書會，Green 等（Green and Dickson, 1993; Green et. al., 2008）說明知識的學習並不是教科書的內容，也不是教師的傳授，而是師生在教室互動中協同建構出來的智慧。

英國研究者Alexander（2006, 2008）在五個國家試用了這種「共同思考」（thinking together）的教學模式，強調文化的影響，特別是語言使用者的互動習慣，和教師在師生對話時的預期。臺灣教師一向習慣提問和等待「正確」的答案的教學互動模式，不太符合Alexander（2008）的標準，因而臺灣學生自發性的學習不容易發展。不過，Alexander認為，只要教學語言的互動符合「共同、互補、支持、累積和目的性」（collective, reciprocal, supportive, cumulative, purposeful）的條件，在許多不同的文化和教學情境中，學生都能夠成功的進行自發性學習。

3　Gordon Wells

Gordon Wells 的教學研究採用 Dalton & Tharp（2002）所提出的「教學對話」（instructional conversation）模式做師資培訓，也陪伴教師在學校用「教學對話」執行教學。「教學對話」的適用範圍很廣泛，很有彈性，特別適合小組的合作學習，因為小組讓更多學生參與，所以增進他們的主動投入，也讓教師方便執行差異化教學（Wells, 2009）。

Wells也發現「對話」和「探究」的結合是最佳的教學進行方式，所以把「對話式的探究教學」（dialogic inquiry）從語文教學推廣到數學和自然科學的教學，有卓越的成績。

依據上述三位學者的研究，提升語文能力發展的管道絕對不是要增加作業和練習，卻是要讓學生在尋找意義的情境當中運用和發揮聽讀和說寫的功能，而且最佳的教學模式就是運用語言的工具性，由教師和同儕提供學習的鷹架。固然，語文教學的方法很多，但是以上提出的取向，最符合十二年基本教育總綱的自發、互動和成就每位孩子的理念。

三 研究方法

（一）研究設計

本研究採用文獻分析法、諮詢會議和深度訪談等研究方法，茲分述如下：

1 文獻分析法

將透過探究小組的運作，彙整國內外語文課程和教學方案之文獻，作為分析對象，以便就十二年國教課程綱要提出具有研究為基礎之建議。所參考的文獻包含以下各類：

（1）各國語文教育成績優越地區（例如：芬蘭、紐西蘭），以及以中文為教學語言之地區（例如：香港、大陸）之官方資料和重要學會資料。

（2）本國近年來關於語文能力、教材、教法之研究。

（3）國內外重要學報和期刊，對於語文課程教材和教學之學術研究論文。

2 諮詢會議

本計畫邀請國內關心語文教學之專家學者，針對探究小組的工作和所發展出來的議題，定期討論，就課程目標和架構、實施原則、師資培訓等等內容進行討論，期能凝聚共識，找出現行國語文課程與教學之盲點，開拓視野，深究文獻和資料的意涵，提出改革的方向和建議。

3 深度訪談

　　為了深入了解國民讀寫在日常生活、文化活動和職業場域的功能性，本計畫原擬實地進入各地和各行各業工作場所，蒐集成人使用文字的行為和知識需求，並觀察文字使用、文體和文類、電腦語文、語文程度需求、使用文字原因、使用上的困難等等，深入探討所蒐集的資訊與目前語文教學的關係，作為考慮課程和教學內容和重點諸問題之參考。由於時間和人力資源之困難，目前僅完成一小部分的訪談。

（二）研究歷程

會議時間	出席人員	
九月十日 第一次諮詢會議	國立臺南大學 國立成功大學	黃秀霜教授 仇小屏教授
十月十一日 第二次諮詢會議	國立臺灣大學	胡志偉教授
十月二十三日 第三次諮詢會議	國立成功大學	仇小屏教授
十月二十八日 第四次諮詢會議	國立東華大學	劉漢初退休教授
十一月四日 第五次諮詢會議	國立東華大學	劉漢初退休教授
十一月十一日 第六次諮詢會議	國立東華大學 國立臺灣師範大學	劉漢初退休教授 鄭圓鈴教授
十一月十九日 第七次諮詢會議	國立東華大學 國立臺灣師範大學 國立臺灣師範大學	劉漢初退休教授 鄭圓鈴教授 王基倫教授

會議時間	出席人員	
十一月二十六日 第八次諮詢會議	國立東華大學 國立臺灣師範大學 國立臺灣師範大學	劉漢初退休教授 鄭圓鈴教授 王基倫教授
十二月三日 第九次諮詢會議	國立東華大學 國立臺灣師範大學 國立臺灣師範大學	劉漢初退休教授 鄭圓鈴教授 王基倫教授
十二月九日 第十次諮詢會議	國立東華大學 國立臺灣師範大學 國立臺灣師範大學 臺北市立中山女高	劉漢初退休教授 鄭圓鈴教授 王基倫教授 張輝誠教師
十二月十七日 第十一次諮詢會議	國立東華大學 國立臺灣師範大學 國立臺灣師範大學 臺北市立中山女高	劉漢初退休教授 鄭圓鈴教授 王基倫教授 張輝誠教師
十二月二十四日 第十二次諮詢會議	國立東華大學 國立臺灣師範大學 國立臺灣師範大學 臺北市立中山女高	劉漢初退休教授 鄭圓鈴教授 王基倫教授 張輝誠教師

四　結果與討論

（一）十二年國教本國語文領域國語文科目的理念與目標

　　在十二年國教理念之下，參考國際發展趨勢與現行領域教學的問題，並考量不同教育階段的學生特質及需求，本研究小組討論了以下各項的基本理念，對於本國語文領域綱要目標的分析如下：

1 國語文科目的基本理念

（1）語文的功能性

　　各國教育無不重視國語文能力，語文學習占用學生校內學習和做功課的時數最多；可是各地學者也都有「今不如昔」的憂慮，認為國語文的程度普遍低落。已往的語文教育重視寫作流暢、字詞書寫正確、引用古代經典文學等等，由於科學技術不斷進步，許多學生甚至教師都認為需往工商業謀生發展，語文素養逐漸為學生忽視，因此，課程綱要必須明示語文的功能性。大概可分下列幾項：

A 社會溝通與互動

　　在語文課程中，培養學生的溝通能力即是幫助他們跟同儕有效的合作、共同學習和創作，並且跟校外接觸的人和諧相處。溝通時，學生須能夠考慮對象的輩分、背景以及跟個人的關係，調整表達的方式，並且依據溝通目的選擇所用的語句和語氣。培養溝通能力則可以在讀書會中指導學生如何聆聽、表達、回應，以及討論文本、議題與不同文化和歷史背景之間的關係。

B 建立文化認同

　　文化的認同不是灌輸的，在語文課程中，學生須探究不同時代文學作品中的思想、經驗和觀點，比較各地區的文化和價值觀，再透過理性的討論了解個人、家庭、地區、國家和世界各國的文化異同，型塑個人的文化觀。

C 文學的薰陶

　　文學的發展沉澱了文化的經驗和結晶；故事和詩詞充滿生活的情

境，陶冶出讀者對生命的感悟，塑造出豐富文化的圖像。經常閱讀文學的人，了解優良文化和文明的發展歷程，提取它在自己生命的意義，兼獲得感情和哲理的薰陶和樂趣、並取得文學的能量。

學生閱讀文學的時候，不只是要學習語詞修辭或語料，也並非尋求作者的主旨，主要是體驗完整的圖像，探索生命中喜怒哀樂的意義，成為積極追尋真理、批判質疑的讀者，逐漸透過故事、詩詞、戲劇和非文學的理解，獲得閱讀和認知的樂趣。這種樂趣來自於個人的體會和意見交換；頻頻分析課文、寫作業、訂正和測驗則會扼殺文學之美。

D 跨領域的學習

每個學習領域有其獨特的語言，學會了不同的學科語言，就會有不同的思維角度和方法。語文的課程不能夠只介紹文學的語言，還需要讓學生學到不同學科的語言。我們不能否認，一向努力教授的課文、國學，跟實際生活的關係已經改變了。語文課程不能夠只教篇章和文學，還需要協助學生讀寫各領域之文本和生活上所遇到的廣告、說明書、工作報告、企劃書、表格等等，靈活的應用語文能力在學習上和領域研究上，跟生活接軌。

E 了解語言本身（Metalinguistic Knowledge）

語言是每一代每位使用者依照前人提供的規律重新創造出來的；語言的變遷是必然且無可抗拒的事實。

語文課程除了教授正確的字詞的寫法和用法，還需要帶領學生看到語言和文字的結構和規律性，來協助他們了解語文內在結構和往外的延伸。學習者擁有規律性的認知，就有能力選擇和調整不同場合之所說所寫，體會到不同語言之間的異同、來源和關係，並了解漢語在

家庭、地方、國家和世界各地的變化，是每一個人學習和創造語言的結果。

（2）本國語文課程目標及有效語文教育的圖像

A 有自信、有語文素養的國民

十二年國教的畢業生在國語文所表現的涵養：是一個有自信的人，能夠主動的閱讀和聆聽、注意到不同角度的言談、用口頭或書面語表達自己的想法、跟不同想法的人交換意見、討論相異點、達成共識；他了解到自己的語言如何影響到別人，也知道如何用語言跟別人合作和競爭。

語文的技能讓他獲得文學的涵養和樂趣，也幫助他透過語文持續終身學習各領域的知識，樂於探索新知。他能夠選擇適當的表達模式，有效的跟多元文本互動（含電子文本），使語文充實自己的生活和大眾的生命。

B 文化連結與創新

十二年國教語文課程的畢業生，應該能夠表達出古代國學和外國文化跟現在自己所處文化之間的關聯，積極參與文化活動，延續文化的傳承，同時也跟現代青年共同創立新文化、新文學。

C 理性和諧的民主社會

語文溝通能力和理性思維是民主社會的基本條件。十二年國教的畢業生將是有邏輯、有批判力的領導者，有智慧、有判斷力的選民，共同合作建立順暢運作的民主社會。

(二)十二年國教國語文課程的組織方式與要領

1 課程組合方式

本國語文領域的組織架構如下圖：

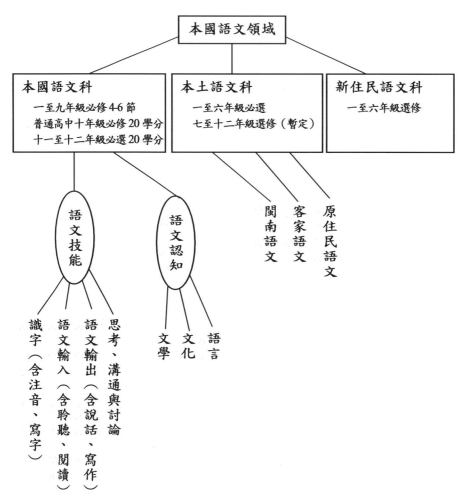

圖一 本國語文領域組織架構圖

2 本國語文科之兩大項目和七個要領的內容分述如下

　　已往的國中小語文課程綱要對語文知識或認知要領的敘述較少，導致許多教學者以為教科書的課文即是語文知識的重點，所以考試的重點側重課文的內容的記憶，卻未能測試出學生的聽、讀、說、寫能力。高中課程綱要的描述則著重範文的規範，對於語文技能的學習說明著墨較少。十二年基本教育的課程正是澄清語文技能學習和語文認知獲得的機會，所以將課程要領以此分兩大項。

（1）識字和注音的學習重點

　　識字是為了讀寫，注音是為了識字，兩者都是工具，不是目標。現行的教學過度著重語詞的注解和生字的注音，把運用文字、注音的能力，教成要記憶的知識，把一項輔助學生獨立學習的工具，變成學習的主體。事實上不宜如此。

　　注音符號是一個標音系統，輔助讀者念出不會的字，寫出不會寫的字，所以教學時應該鼓勵學生多閱讀國字，遇到不會念的字，才借助注音，運用符號來幫助自己識字。同時，教師多鼓勵學生寫出自己的感受和意見，盡量用國字寫，想不到國字時才用注音取代。注音的錯誤和文字符號的誤植，寫作時都不須每次一一訂正，原因是鼓勵學生多練習，幫助他們讀得逐漸流暢，寫得逐漸通順，而不是一次求完美，這才是建立有能力、有自信、自發自主學習的途徑。

　　至於寫生字，一方面是練習硬筆的書法，另方面在幫助認字。古人練習書法，寫錯了或寫壞了，就繼續寫，重複的寫，可以從歷次的練習中，看到構字逐漸工整、筆畫漸漸流暢。教師需要考慮學生能力上的差異，帶給學生更多認字識字的策略，例如：進行字詞的分類和歸類、協助學生體驗到漢字的各種特徵和趣味。

（2）聽讀和說寫的學習重點

　　語文的運用有兩個環環相扣、同時發生的向度，可稱為語言的輸入和輸出。已往的課程結構，用情境和互動的媒介來分，所以把聽和說的教學歸作一類，讀和寫的教學放另一類，從教學時間來看是正確的，但是從思維的模式來看，聽和讀的運作目的、所需要進行的心理歷程較類同，所以在課程綱要中朝向學習目標、技能或素養教學重點的角度出發，可能更能幫助教師認清楚教學的目標。

　　聽、讀、看（電影、圖）的時候，語言使用者的思維模式是要從所接收到的資訊獲得意義；在說、寫、呈現（畫面、默劇）的時候，他的思維模式是要整理自己的意思或是替別人創造新的知識或觀點。

　　在語文課程的每一個階段，學生都需要練習建構所接收到的意義，也需要用各種媒介表達個人的意義。這些能力逐漸應用在處理更多元、更複雜的文字和文章：從熟悉生活概念，到新鮮的內容，再進入古代和異國人民的思想；從表面的理解和表達到深入的分析、賞析，是呈螺旋狀的發展。

　　在每一個學習階段，學生都要發展出處理語料的方法和策略。有些策略由教師引導舉例提供練習，例如：閱讀時作推論或自我監控的策略；文學要素（氣候、象徵、尋旅、觀點等）的解剖和運用；文章重點的提取；寫作的過程技能等等。也有些方法是學生在過程中自己發展出來的，教師應加以鼓勵學生的差異性和自我反思。

（3）思考、溝通與討論的學習重點

　　思考的能力是學習和創新的基本能力，歷年的課程雖然提到，但是常被視為理所當然的能力，認為學生學會了語文技能，學得好的學生自然就會擁有思考力。事實未必如此，因為許多的基本思考技能，

例如歸納統整、找定義和規律、解決問題技能等等，都需要練習。在語文學習方面，學生特別需要運用各式各樣的語文資訊來發展自己的思維，建立新知、解決問題、構思出個人的意見、觀點和行動，課程中應有適當的強調。教學者所求的並非「正確」的思想或是「真實」的倫理行為，所求的應是一個有理性思考能力，能依情況作明智判斷和應變的學習者。

聽、讀是接收語文訊息，說、寫是運用語文表達，均意會著聽眾、讀者、講者和作者的存在，也意會著彼此有資訊和意見的交流，在九年一貫的課程綱要中已有說明。為了強調這項能力在社會互動和職業發展上的重要性，建議在國語文課程中，增加各學習階段社會語言和溝通能力的教學目標，進行溝通的教學。

（4）文學的學習重點

九年一貫課程綱要的基本理念中，從「激發學生閱讀興趣，以提升欣賞文學作品的能力」，又在課程目標中呼應「欣賞、表現與創新」的基本能力部分，再提及「提升欣賞評析文學作品的能力」，目標清楚，可惜在分段能力指標中未能明示文學作品所指的是課文、範文或是課外閱讀的兒童文學、名著。除了在語言技能的分段能力指標中要求學生朗讀文學、聆聽文學、閱讀和賞析文學的項目以外，實施要點中也沒有提出文學教學的重點或是選材的方向。本研究認為分段能力指標不必太過細碎，但是在綱要以外應要增加輔助文件，提供教師教學和出版社編輯教材的參考。

本研究有兩個建議：第一、小學中高年級教科書盡量採用選文，選取現代的文學作品、兒童文學作品和有故事性的小古文、古詩；並且盡量不要為了文章長度和生字新詞的數量修改原著。

第二、教科書不應是唯一的文學教材，政府和民間機構可以合作

提供文集和書單給教師挑選，教學時透過讀書會的經營，帶領學生接觸到優良的文學作品，並且研發適切的教學方法，協助閱讀的推動。這部分在國中階段尤其重要。

現行高中課程綱要的附件提出文言文篇數和時代；其實古文的選材，不必太強調歷史時代的代表性，也不必強調範文的詳細內容或作者的主旨，但是必須重視作品在文學上的價值、意義和特色。教學時，較知識性的內容和語詞不求強記，不作深層分析，文章的文學性部分才需要作深層分析；討論文學價值的時候，只需深究選文的特色，例如架構組織的作用、人物刻畫的細膩或景物營造的巧妙等等，不必像小學階段課文逐字求解。

十二年國教的高中課程，必須增加學生的閱讀量和語料的豐富性。

（5）文化學習重點

建議從十一年級開始，國語文課程分普通和進階的學習。進階課程深入了解儒家以及中國各家各代的哲學思想，有如美國AP（advanced placement）或英國AL（advanced level）的高中課程參考，可讓學生考進大學之後減少必修學分。

十一、二年級的普通課程，所選讀的文化課程，建議運用比較文學的模式或研讀古今中外作家對於相同文化議題的觀點，學習重點在思想和生活實踐、在文化思潮的改變、在於省思文化要義。教學時，教師多跟學生討論思想、習俗和行動，協助學生作古今的連結和中外文化的溝通，接受未來文化交流的挑戰。

（6）語言認知的學習重點（metalinguistic knowledge）

漢語是個歷史悠久的語言，方言豐富，卻又有統一的文字傳統。學生應該了解國語文的共同性（如語法的規律），哪些地方有地區性

的差異，尤其在字體和語音的歷史變遷，了解到每種語言都有它的價值。不要太執著文字、語音的「正確性」和「不變值」，尊重別人方言的差異和表現，用欣賞的態度學習語文。

語言認知教學的重點在於培養學生對一個語言的觀點和態度，並非要在課程中教深奧的文字學或語言學。

(三) 十二年國教國語文科實施要點的初步規劃

1 教材的編選

近年臺灣參加PISA的經驗，顯示本國教材跟PISA用的文本形式及內容都有很大落差。PISA有較長的文章，包含連貫和非連貫的文章，所謂非連貫的是有圖解、有表格、形式像電腦網站版面的閱讀素材，以挑戰讀者擷取訊息和統整概念的能力。在內容方面，PISA的文章是跨領域的──經濟、法律、體育、藝術都可能選用，每篇都有新鮮的意念，但不一定有生澀語詞。臺灣的語文教材，也必須增加語料的廣度和質量，才能建立畢業生的素養。

目前中小學的國語文課，大都「教課文」、「考課文」，受到時間的限制，學生學得深，知得少，讀寫能力不易提升。未來的教材，須包括教科書以外的閱讀素材，如廣告、海報、傳單、文宣、說明書、青少年小說、報章雜誌等，在國中增加研究報告、論文、問卷、以及各學科領域的文章和報導。到了高中，學生可選讀與個人生涯規劃和準備加入的行業或大學系所的相關資料和書籍。教科書中的單元文本須包含文學性的文章和資訊性（學科知識）的素材，並且包括精讀、略讀、寫作範本、閱讀教學，每種文本有不同的教學重點、目標和用途，並非每篇都得教語詞、教作者生平、教形式、教知識。

　　古文比例一直是語文教育學家辯論的焦點。現行高中的古典文學內容不到三分之一，但是所謂「經典文學」或Great Books在高等的大學入學考試是不能缺少的。跟臺灣情形不同的是，AP和IB的考試並不考古典文學中的字詞，重點放在文學賞析或比較的申論題。這是AP和IB課程，相等於大學文科一年級的程度。

　　根據上述的資訊，研究小組建議十二年國教課程綱要在高二高三分流，志願入大學選修人文學院系所的學生選修高階國文、中華文化基本教材和國學常識類的課程，內容宜包括藝術、人文、政治、哲學領域之探究，古文總量的比例高至百分之六十五。而志願進入大學修科學科技或商科的學生可選修普通國文，所讀的古文比例則降低，讓他們有更多機會接觸現代生活和科普類的文本。

　　至於翻譯作品，外國文選以意義為主，內容須忠於原著，翻譯後的語言須流暢優美，教學時以略讀和深究意義為原則。

2　課文教與學的翻轉

　　十二年國教的基本教學觀念是自發性學習和在互動中學習。自發性學習是指讓學生依據自己的性向和興趣獨立學習，所以在課程中要安排多元的途徑和教材來激發學生學習動機，在教學中要幫助學生獲得自學的能力。所謂自學能力，包括自訂目標、自信態度、自我監控、自我評估等等，都是教師需要刻意引導的。但教師又必須適時的放手，讓學生練習，逐漸主動自主的負起學習的方向和責任。

　　所謂互動學習的能力，包括清晰的表達、專注的聆聽、誠摯的回應、求真、求共識的態度等等。討論教學和分組合作學習，將是重要的學習方法，協助學生離開學校之後，能夠跟朋友一起學習，在職業上能跟伙伴合作改進，終身學習。依據上述的思維，本研究提出幾個配合自學和互學的語文教育原則，以推動教與學的翻轉。

（1）文本的教授和自學

本研究報告用「文本」代表學生所接觸的教材，取代已往所用的「範文」和「課文」，因為範文和課文只能代表部分的語文學習媒介。我們認為範文和課文是教師直接講授的主要文本，每一篇有特定的示範重點，用以教一種文學或語文的概念或技能，而不一定教文章內容的本身或本義。依循這個理念，文本的教學有精讀、略讀和自選自學三種。

所謂精讀，並不是每詞、每句、每項概念都教，是要精深的感悟某一重點。精讀即是教授課文獨特的重點。教師可參考教師手冊的方向選擇教授的重點和教學的方法，也可以依照學生的需求和能力特質設計教學目標。教師只需要教難的，其他讓學生做自學和互學的練習。

課文精讀的重點，依文本的價值作為選擇的原則：有些文章傳達歷史文化脈絡；有些文學作品架構清晰；有些以抒情或人物刻畫聞名；有些以寫景取勝。教師從文章分析的結果選出課文教學的重點，有時候抓大脈絡，有時候看細節，在一個學期中用不同的篇章教不同的重點發揮文學的手法。在語文技能上，教師也需要挑選重點，因為有些文章適合教主旨大意的摘取，有些適合教寫作和修辭，有些須背誦，有些宜批判。教師須了解學習的重點，引導學生拓展較艱難複雜的新概念，其餘的點出已學過的方向給學生合作練習或獨立練習，不能過度講授，養成倚賴教師標準，放棄個人詮釋和主動嘗試的習慣。

所謂略讀，是讓學生粗略了解文章大意和艱深語詞，然後運用教師在精讀課文中已申述的文學要素或語文技能，用小組合作或獨立操作試做練習。教師不能堅持己見，要尊重學生的判斷，盡量了解學生練習過程中的困難，為他們的困難點搭上適當的鷹架，絕對不單單以交出作業的正確與否，給予評分或優劣的排序，達到成就每個孩子的

願景。略讀的文章，可以是教科書中的課文，也可能是生活中或補充教材中較長的文本，以教師選擇為主。

（2）語文技能的教與學

人類有特殊的語言學習能力，因為腦神經的結構系統讓幼兒擁有發現語音和語法規律的本能，因此，無論母語的結構和語音有多複雜，世界各地的幼兒只要有機會接觸語言（包括大多數智能低弱的兒童）都能夠在學齡前輕而易舉的獲得母語的聽、說能力。相對的，大腦結構沒有文字學習的「專區」，所以讀寫的能力是需要學習的。教學的模式是配合學生已經擁有的舊經驗，早期的閱讀和寫作不會太難。可惜的是，臺灣語文技能的教學並未符合兒童學習的模式。Goodman（1986）的研究告訴教師「what makes learning language hard」正是臺灣語文教育所用的教學法，增加了學習不少的難度，浪費了孩子的精力和教學的時間。

幼兒語言發展有以下特徵：

一、輸入的語料越多，越能激發規律的整理，自學口語的理解。

二、幼兒整理出自己的規律之後，會試用於生活上的溝通活動以及自我修正，而且不容易依照成人的糾正而修正。

三、在表達方面，幼兒說出自己的想法並不感覺困難，但是不容易複述成人的表達方式。

以上三個口頭語言學習的特徵，用在語文教育上，可用以下三個原則表達：

一、提供學生大量的有連貫性的語料，（有上下文脈絡，不是單字、單句）。

二、協助學生尋找和運用語言的規律來學習。

三、學生的讀和寫需要有探究不同讀音、字形、理解的機會，不

要讓古字古書的標準約束學習。

（3）閱讀教學

教育部在二○○○年開始推動閱讀運動，雖然在閱讀量方面頗有成果，學校圖書增加，學生借書更多。閱讀質的方面仍需要努力。目前，中小學教師都認識PIRLS和PISA測驗的題目的形式和層次，也試著模仿出題給學生練習。這些措施雖然增加學生測驗的分數，還沒有提升他們的思考層次，也沒有增長他們閱讀的自信和興趣。這是十二年國教需要努力的方向。

改進閱讀教學的最大瓶頸在於課堂教學的目標和師生互動模式。教師的語文教學目標，仍以「教完課文」為重點，未能帶領學生閱讀教科書以外的文本或書籍。本研究建議十二年國教課程綱要明訂閱讀教學的目標為「培養獨立閱讀能力」，在教學上減少閱讀測驗的操練，增加讀書會模式的教學，讓學生透過多元文本的討論，逐漸養成自我監控和自我評估的習慣，不再倚賴老師「教文本」。課程綱要必須把各階段的閱讀教學重點表明。

（4）作文教學

研究者、行政人員、教師和家長都同意學生作文的品質每況愈下，鼓吹增加作文篇數要求和寫作測驗的聲音四起。我們認為作文成績低落甚至大幅降低的原因是複雜的，練習確實不夠，但是為什麼缺乏練習值得探究，練習的方法和教學的方式也必須省思。研究小組的討論，揭示下列因素給大家參考：

一、很多教師根本沒有「教」寫作，只出一個題目，談一談寫作的大綱內容和形式，就請學生在規定時間完成作品。這個活動依規定每學期做若干次，學生交了文章，教師批改後完成任務，學生沒學到

如何改進自己的寫作技能，這是最弱的教學情形。

二、真正教作文的老師大多是「補習班名師」，這些教學以範文為引導，以仿寫為重點，教學的方向以形式、修辭學和成語及佳句的練習為主，批改的方向以訂正標點符號、分段和錯別字，把不順的句子改成流暢的，最後加上勉勵的評語。算是負責任的作文老師。

三、教育部鼓勵作文教學的方法，多用徵文比賽，雖然達到菁英教育的目的，產出一篇篇過度雕琢的作品，但是一般的學生仍是不會寫文章。

四、學生文章普遍的問題是：詞不達意、缺乏想法、思路不清、讀不懂題意和重點，因此只能隨便寫出一些表面的聯想，未能寫出完整的文章。

五、為什麼學生的作品有這麼多的問題？除了教學的問題，本研究的討論提出幾個重要原因和解決方向。

（一）首要的是教科書的文章不夠好、不夠多。小學的課文為了控制生字，內容思想過於簡單。到了中學，缺少日常生活中刺激學生批判思維的白話文。高中課程的範文不貼近學生的經驗和話題，儘管提供了可引用的經典句子，但無法激發流暢白話文的寫作，因為考試重點在註解、修辭和對作者的認識。改善的建議是要大量的增加各階段學生優質白話文的閱讀。

（二）閱讀本身不能改善一般學生的寫作能力，其中一些文章和書籍須讓學生分享、賞析、小組討論、批判，有時候談內容立意，有時候談思路的鋪陳，有時候談故事中的文學要素，有時候談舉證，討論過後試著模仿其中的手法或想法來修改自己的文章。這種教學重視思維的發展，協助學生從互動中悟出好文章的規律，找出自己的思考脈絡，是寫作過程教學的重要環節。

（三）寫作可以做許多片面的小練習，但是每次練習必須有重

點。教師請學生寫週記、日記、閱讀心得報告，都是小練習，但是流於形式，很多學生為了完成功課而寫，沒有真正的受益。因此本研究建議平日的小創作或小筆記必須有多元的議題，可配合時事、單元主題或寫作技能而設計，不一定要教師批閱，但須提供學生十至十五分鐘的分享討論時間。

（5）討論教學

上述的溝通、閱讀、作文幾項重要能力的教學，都以討論為基本教學活動。討論並非互相對話或聊天，是有目的性的深入言談；很多學生容易動怒，跟別人吵架甚至打架，就是缺乏基本表達的能力和討論的經驗。

目前的說話教學強調個人單一的表達，如朗誦、演講、口頭報告等等，只有辯論和戲劇表演是對話形式的，但是又顯得太公式化，不如討論的彈性和輕鬆。討論本身有不少基礎的能力，包括聆聽、追問、質疑、澄清、修正、切題等等，建議在領域綱要中擬出各學習階段討論學習的目標，並在領綱的補充說明或相關網站資料中，提供教學的示例和目標說明。

（6）書法教學

我們認為小學的寫字教學應以硬筆字為主，希望學生能練習到正確和美觀的楷書。寫得一手漂亮的軟筆字可能不是每位學生都能做到的，在國小階段建議每位學生都有機會認識毛筆的運筆，獲得體驗和短期的練習，有天賦、興趣的學生鼓勵他們參加社團活動。在國中階段，期盼學生在文化課中賞析各家的書法，透過鑑賞認識古文、字體之美和國粹，興趣濃厚的學生可以在社團活動中深入探索和持續發展。到了高中，可以考慮書法和藝術人文的課程的結合。

3 評量

評量應該是教與學的一部分，可惜在臺灣已經成為教育的目標和畢業生前途的噩夢。正如教師和家長把教學的媒介（教科書）當作學習的目標，他們也把考試成績和分數看作教學的終點。

九年一貫的綱要和高中綱要都說明了學習評量的原則是要先診斷學生能力，再搭起學習的鷹架，多運用多元評量和形成性的評量來幫助學生學習。十二年國教的總綱實施與配套措施也有類似的文句。可是，這項工作須從行政入手，再加上強力的大眾傳播宣傳，才能根治多年的迷思。

其實，教育部和考試中心已逐年修訂國中基測的題目，不再針對特定課文出題，但是學校的考試卻未見跟著修改，仍然著重記憶，辨別文法修辭，扣緊教科書和習作出題。補習班、安親班仍普遍操練學生寫傳統的評量題目，這部分的改革需要更強烈的宣導。

本研究群建議下列幾項應該優先宣導：

一、會考或畢業考跟大學入學考試分開。

前述建議高中十一、二年級選修普通國文或進階國文，所以畢業考試應是普通的標準，對進階生不會造成任何挑戰，畢業文憑代表他已經成功的完成十二年國教基本教育，而且擁有基本的國民素養。志願進大學人文系所的學生，則需要考大學的入學試。英美香港的大學入學都是如此。

二、升學考試和平常考試採用等第制。

三、平常教學運用判斷標準(rubrics)幫助學生了解作業的要求。

四、學校的考試需要信任教師專業和特質，盡量廢除統一命題和統一閱卷，尊重學生個別性向。

五、測驗題目減少課文的記憶，增加申論題和短答題。考出學生

的書寫和思辨能力。

五　結論與建議

（一）國語文課程理念與目標的初步規劃

1 基本理念

國語文課程綱要之擬訂應包括以下的理念：

（1）語文的功能——包括社會互動與溝通、文化認同、文學薰陶、透過語文學習各領域的思想和知識。

（2）成功語文學習的圖像——包括語言的了解、對自己語文能力的自信、邏輯推理、批判思考和創新的能力。

（3）語文學習的方法——對教科書編輯者和課堂教學者，說明本次教育改革對語文教科書、教學和評量的新觀點。

2 課程目標

國語文課程目標之擬訂，有以下的原則：

（1）包括理性語文和感性語文，增加文類和語料。

（2）現代生活應用的語文和經典文學作品並重。

（3）重視文化文明和生命的意義與發展歷程，並且了解個人生命與文化的關聯。

（4）重視語文在各領域和各行業的多元應用。

（5）培養自學和互學能力，協助學生運用語文讀寫能力自發性的獨立學習。運用語文溝通能力，跟同儕互相學習國語文課程實施所擬訂的原則。

(二) 國語文課程架構之初步規劃

1 領域內科目組合方式

（1）本國語文領域含國語文和本土語文／新住民語文，兩大項目。

（2）本國語文科為一至十年級必修科目，在十一至十二年級建議列為必選。

（3）擬進入大學中文系或人文社會系的學生建議選修進階語文和國學概論；擬修讀數理科技類科的學生可選類似中華文化、藝術人文和現代生活語文的學分。

2 重要學習內容的選擇（國語文之課程結構和主要內容）

（1）國語文課程分兩大項目：語文技能和語文認知。

（2）語文技能依思考模式分為四部分：識字（含注音寫字）、語文輸入（含聽和讀）、語文輸出（含說和作）、溝通與討論等。

（3）語文認知包括文學、文化和語言學。

3 社會重要議題之編織

國語文教學宜依時事和社會變遷彈性加入適切的閱讀和討論素材，不受課程的硬性規範。

（三）國語文課程實施之初步規劃

1 教材編選

（1）文章類別多樣性

除了目前所選的古文、散文（含說明文和記敘文）、詩詞、應用文，宜增加各學科領域和現代生活上所遇到的文類，例如：小說專書、文宣廣告、說明書、研究報告、小論文、問卷、表格圖解等等。學生接觸到的文本總量須比已往大幅增加。

（2）古文選用原則

改變目前高中選文的時代劃分模式，轉以文本的意義或文學特性為選用原則。

（3）挑選翻譯文章的原則

外國文選以意義為主，翻譯的語言須流暢優美，內容忠於原著，教學以略讀為原則。

（4）教科書編撰原則

每學年的教科書只需要編兩三個完整的單元，其它教材可以電子書形式提供學校編輯校本課程參考，或讓個別教師選用和組織成單元。

單元中的文本須並重知識性和文學性並重，並包括精讀、略讀、寫作範本、閱讀文本等等，每一種有其特定的用途和教學目標。依據教學方式和評量，配合教學目標的原則進行教學（而非評量領導教

學），每篇文本只須教到重點，讓學生可以接觸更多的文類和語料。

2 教學原則

（1）教學與自學的比例

　　每個學習階段都須有留白給學生自主學習和合作學習，其份量從小一至高中逐漸增加，自學互學時，教師仍需要引導學生的學習方向，訂出學習的範圍和目標，讓學生選擇具體練習的內容。

（2）課文教學的初步規劃

　　課文是學習的媒介，不是學習的目標。每篇課文應有獨特的教學重點，有些文章適合教主旨大意的摘取，有些文章適合教文章結構，有些適合教寫作和修辭，有些須論價值觀，有些須背誦，有些須批判。教師須了解學習的重點，引導學生拓展較艱難複雜的新概念，不能過度的講授，也不能堅持單一的詮釋。

（3）語文技能教學的初步規劃

　　語言是一個人造的系統，各語言有共同的規律也有獨特的規則，學習者透過大量語料的分析逐漸找出其規律。同時，學習者也創造語言，所以語言會根據時代、文化和使用者的需求變遷。社會變遷越快速，人類交流越頻繁，語言的變化越多。

　　基於上述，語文教學有三大原則：

　　A需要提供大量語料給學習者。

　　B需要協助學生運用規律來學習，逐字逐句的學習效果不彰。

　　C教師需要接受語言的彈性運用和詮釋，不能以古字古書的定義來約束學習者。

（4）閱讀教學

閱讀教學的目的是要培養獨立閱讀的能力，以達成自主學習和終身學習的願景，必須給學生機會練習閱讀不同文類的策略。建議減少閱讀測驗的操練，增加讀書會模式的討論，幫助學生採用自我監控和自我評估的能力，獨立讀懂教科書以外的素材。建議課程綱要擬出各階段的閱讀教學重點。

（5）作文教學

課程不必規定每學期書寫的篇數，但是必須在學期考試中包含寫作。平日的教學要求學生多書寫自己的意見，做些小創作。小創作以表達和分享為目標，不一定是完整的文章，也不必教師批改。

（6）討論教學

討論教學建立學生表達想法，了解和尊重別人的日常溝通能力，有別於朗誦、演講和辯論的能力。各領域的議題都應該讓學生有討論的機會。本國語文的教學應擬出各教學階段討論教學的重點。

（7）書法教學

國小的寫字教學以硬筆字為主，練習正確和美觀的楷書為原則，軟筆字以認識、體驗和嘗試為原則。國中階段學生以賞析各家及各形式的字體和書法為原則，興趣濃厚的學生可在社團中深入探索。高中階段可考慮書法與藝術結合。

3 評量改革

（1）會考或畢業考跟大學入學考試分開。

（2）升學考試和平常考試採用等第制。

（3）平常教學運用判斷標準（rubrics）幫助學生了解作業的要求。

（4）學校的考試需要信任教師專業和特質，盡量廢除統一命題和統一閱卷，尊重學生個別性向。

（5）測驗題目減少課文的記憶，增加申論題和短答題。考出學生的書寫和思辯能力。

4 師資在職進修

（1）高中師資採用跨校團體，先將有意願改革的教師建立系友校友類型的團體研擬改革方案和教學方法。

（2）國中小的培訓採取校本團體，進行教研活動，由中央和地方的輔導團帶領。

後記：本文原為國家教育研究院「十二年國民基本教育本國語文領域綱要內容之前導研究」的期末研究報告，由吳敏而研究員擔任研究主持人，國立臺南大學黃秀霜校長、國立成功大學仇小屏教授、國立清華大學曹逢甫教授擔任共同主持人，並邀集國立臺灣大學胡志偉教授、國立東華大學劉漢初教授、國立臺灣師範大學鄭圓鈴教授、王基倫教授、臺北市立中山女高張輝誠教師共同參與討論。由於此份報告為當前國語文課程綱要公布前學者討論的結晶，主筆者為吳敏而研究員，其中有些新觀念具有啟發性，值得參考。因此在徵得吳研究員同意後，節錄原文，刊登於此，以饗讀者。

——吳敏而：〈十二年國民基本教育本國語文領域綱要
內容之前導研究‧期末研究報告（節錄）〉
（新北市：國家教育研究院，2013年12月）。

教學理念篇

關於兒童語言學習的思考

　　從語言學習過程來說，小孩子都是先學習母語，而後國語，而後外國語。有些小孩子的母語即是國語。學習母語的目的，應該是和家中的長輩溝通，以及鄰里居家生活上的方便。所以母語本來就是在家中學，在鄰里間習得，在一種自然而然的環境中學習得來。因此，家長不要寄望在學校每週上兩堂鄉土語言課，回家就能說得一口很「溜」的「阿公阿嬤的話」。反而應該問問自己：有沒有常常帶自己的小寶貝探望長輩？去鄰居家串門子？去傳統市場買菜？學習母語的最好方式，就是生活化的學習。

　　漸漸地，孩子長大了，也不太喜歡和父母一起出門了。這時候，影響他的語言環境，來自學校的同儕，以及傳播媒體所帶動的社會文化功能。誠如游錫堃先生所說：「目前『國語』在功能及實務上仍是官方語。」客觀冷靜的分析，這種情形在將來很長的一段時間依然存在。這是因為語言使用的習慣不是一夕之間幡然改變的。即使政府有意主導國內各族群語言都列為國家語言，把現存十四種較多數人口使用的語言視之為一律平等，充其量也只是宣示意義、象徵意義大於實質意義的。最大的困限在於閩南、客語方言不容易找出相配對的漢字，一種沒有文字完全相對應的語言，如何成為可大可久的溝通工具？認清國語早已成為書面語這個事實，則生於斯、長於斯的全國人民，就應該確實學好這種語言，一種終身受用不盡的語言。

　　許多家長受到了廣告詞的影響：「不要讓自己的小孩子輸在起跑

線上！」於是從幼稚園起，就讓小娃娃進入所費不貲的雙語幼稚園。也有人見「賢」思齊，搶先跑在教育政策之前一步，不管學校從國小五年級或三年級開始教英語，他都提前替小孩報名美語班，弄得教育部也不知所措，政策搖擺不定。語言學習當然是自動自發較好，但也需要外在環境的配合，如果在學校朗朗上口，回到家後卻一片沈寂、鴉雀無聲，其學習效果可想而知。更嚴重的是，語言學習涉及語音之外的語法結構、語意表達，乃至文化背景的因素。事實上很幼小的孩子，在國語詞彙不太多、語法使用未臻純熟的情況下，必然會發生同時學習兩種語言而互相干擾排斥的情形。以前某些人有所謂「臺灣國語」的現象，而今也會有小孩子以英語干擾國語的習得。太小的孩子會拉雜夾用兩種語言，卻不可能同時學好兩種語言，只能把其中一種學得比較好，當然也有可能統統學成半調子。

小孩成長之後，有越來越多學習外語的機會。我們不能否認外國語在許多知識領域是很重要的敲門磚，有它的便利性，它也能為我們打開世界另一扇心靈之窗。所以，家長配合學校教育，適時引發子弟學習外語的興趣，有其必要。問題是，家長可曾想過，一個很早就學習英語的小朋友，到了中高年級學校開始教英語時，他會不會對已經學過的基礎英語感到厭煩？一個不曾輸在起跑線上的小朋友，是否以後的英語成績就一直呱呱叫，永遠遙遙領先？你可曾聽說錢復、馬英九、乃至當今英語呱呱叫的名人們，有誰是從雙語幼稚園讀上來的？你可曾精打細算過，越早學英語所花費的金錢、時間，是否無形中阻礙了學童其他方面的學習？聰明的家長們，請多聽聽洪蘭、張武昌、張湘君等諸位學者專家的意見，你就知道如何為小孩作抉擇了。

最後，我想提出個人的兩點淺見：

一、以目前國人在臺灣的成長環境來說，隨著年齡日益增長，接觸鄉土語言的機會也日益流失。我們應該給小孩子一個從小接觸母語

的機會，教他懂得愛護母語，也尊重各地方言，珍惜祖先遺留下來的「活的遺產」。幼稚園和小學都應該破除萬難，聘請優秀能教母語的師資；政府單位也應該摒棄意識型態，早日編定完好的鄉土教材，讓每個有心向學的莘莘學子，都有機會對這塊土地產生濃厚的感情。就學習歷程言，國小以下的語言教育，母語、國語的重要性遠勝過英語。

　　二、以受教育的目的來說，每個不同階段的學習，應以能配合生活需求為基本目標。為了讓每個小朋友都有個快樂童年，可以鼓勵小朋友在生活中隨處學習，包括生活禮節、做家事等。如果要送小孩學才藝，也應該適才適所。何妨先觀察他的性向，選擇他興之所至，讓他在快樂中學習？若真想要早點兒走上國際化的路途，我會建議先提升他的國語文程度，再來考量是否不會增加他的負擔。教育部一再強調國小英語教學與國中英語教學不同，前者在遊戲中學習，後者包含了英語知識的習得。就學習需求言，國小以下的英語教育，具備聽說基本會話的能力就可以了。

國小教材仍有精簡空間

　　依照八十五學年度新實施的「國民小學課程標準」，雖然將「健康教育」、「生活與倫理」合為「道德與健康」一科，且在一到六年級分別減省了一到四節不等的上課節數，然而改動的幅度太小，遠不符合社會大眾的強烈期望，小朋友的書包依然沈重。

　　現在國小教師，身兼行政工作的比例依然過高，遲遲不見政府拿出辦法加以解決。每週上課節數平均在二十節課左右，且在「包班制」現象籠罩下，常須準備各科教材教法，無法專精一兩科的教學。再加上考試、放假與學校各項活動，趕進度已成常態，實難以提升教學品質。表面上看來，新課程標準精簡些許科目與節數，但也另外在三到六年級增設「輔導活動」、「鄉土教學活動」兩科，這不啻又增加了教師的負擔。

　　事實上，國語、數學、社會、自然、健康……，每一科都應該精簡教材。（參見李有在〈小學更應精簡教材〉，《國語日報》，1997年8月22日，第4版）這有待新編課本的書商作通盤考慮。以新版教科書來說，明倫版的一上「社會」第一課「我們這一班」，實與康軒版的一上「道德與健康」第六課「我們這一班」，內容雷同；又如某兩家自然、體育課本，同樣在教小朋友吹塑膠袋作氣球的遊戲，且均在一年級教學。雖說聯絡教學可加深小朋友學習印象，沒啥不好；從另一個角度思考，是不是「社會」與「道德」同質性太高，難道真的不能再合併嗎？或許合併科目，才更能減少上課時數、減少教材編寫，才

是釜底抽薪的解決之道。

更令人詬病的是，國小、國中、高中、大專，上不完的歷史地理課，不斷的重複學習，學生會因此更愛鄉愛國嗎？何不在國小階段先了解臺灣史地，以後再認識中國及全世界？若作此安排，則國小「社會」與「鄉土教學活動」同質性太高的問題，亦可一併討論解決。

今年三月八日，吳京部長表示已成立「課程教材研究發展委員會」，進行國民中小學九年一貫的課程修訂與檢討，未來中小學教材的改革將以「統整教學科目」、「減少教學時數」、「加強外語教學」、「落實鄉土教育」為原則。我們期待前兩項目標能大刀闊斧進行改革，否則科目不減反增，學生學習負擔加重，將來更招致許多民怨而已。

──本文原刊《國語日報》，1997年9月9日，第13版。

編纂教科書的經驗

　　如果在網路上輸入我的名字，就會看到上千筆的資料，大多數與編纂三民書局的《國文》教科書有關。有的讀者是中學、大學老師，他們在網路上編寫教學進度和教學設計；也有一般讀者，直接下載課文，讓更多讀者欣賞；還有些讀者在網路上拍賣二手書，許多高職生、大專生想把用過一年的教科書賣掉，於是作者、書名統統掛在網上了。在現代這個光怪陸離的世界，一點也不足為奇。教科書能不能賣呢？我的想法是，每一本課本上面都有自己的筆記，都有經年累月留存下來的記憶，並不是從網路下載就能得到的東西，能不賣還是別賣吧？

　　三民書局的《國文》課本雖然掛名由我主編，其實並不是我從頭到尾獨力完成的。三民書局很有制度，它的課本採用「老幹新枝」的作法，留存前輩學者已經努力過的成績，再隨著時代環境的改變，添加新血輪，選注新篇章。老一輩學者的根柢深厚，註解文字簡明扼要，正確無訛誤。青年學者在前輩學者的舊版基礎上，踵事增華，添補內容，當然也下了十足的工夫。近年來還找了幾位教學經驗豐富的教師，負責出練習題。舊版履經修訂，改頭換面，難免到了無法辨識原貌的程度；畢竟還是在前人辛勤耕耘成果下才有新的修訂版出現，於是繼續保留前輩大家的芳名。我覺得這樣的作法，既尊重前輩學者，也源源不斷地引進新進學人，是很友善、有效率、又很可取的作法。

　　我在主編《職業學校國文》、《大專國文選》、《大學國文選》、《新

編國文選》之餘，還參與了《新譯王安石文集》的校閱工作。與三民
書局的不解之緣，可以說是從編纂教科書開始的。後來我又擔任了國
家教育研究院（國立編譯館）的教科書審查委員，十分了解教科書編
審作業中一字不漏、字斟句酌、鉅細靡遺的辛勤努力過程。從編輯、
審查、排版到完稿，每位參與者都是求好心切，為了當代教育而孜孜
矻矻地努力著。據我所知，三民書局出版的教科書，一直保有嚴謹認
真的編輯態度，常常是較早被審查通過的一批。

　　就個人經驗來說，《國文》教科書歷經多人之手修改潤飾，字義
解釋十分精確，已經到了接近美璧無瑕的程度。審意意見送回來時，
有幾篇課文已經一字無須改易；另有幾篇課文或是調整文句順序，或
是修正替換少量文字，或是建議修改標點符號而已。不過，現行審查
制度只審查課本或練習題，並不審查《教師手冊》。我聽到不少教學
現場的教師反應：「《教師手冊》內容太多，看不完，看完之後又沒有
頭緒，不知如何運用。」我個人也覺得，在目前國文科時數縮減的情
況下，教師上課都在趕進度，《教師手冊》的內容可以精簡些；況且
放了許多大陸人的賞析文字，相對地臺灣學者的聲音被淹沒了。這是
兩岸開放交流後的大趨勢，卻也是我們應當及早因應、早日準備的地
方。此外，我們一方面看到新進教師創新多元的教學活力，另一方面
卻也看到少數教師缺乏素養，在師資養成時期受到的訓練不足，只能
拿起與課文頁數相同的《教師手冊》，照本宣科。因此須有一套完善
的教材，有次序地從時代、主題、文體、作法等各個層面，由淺入
深，循序漸進地提供教師們完整而有系統的再訓練，讓他們懂得如何
運用《教師手冊》，進而提升自己的教學能力。當然，國內學者對於
教學的研究，也還需要更多人投注心力。

　　記得在編纂教科書的過程中，我們必須遵守著作權法，徵求所有
入選的作家同意。我很佩服某位作家，他居然婉拒自己的作品選入教

科書內。他覺得文學作品欣賞就好，放入教科書，變成精心設計的考題的一部分，那是一件荒唐事。老實說，在這個汲汲營營於名利的社會裡，還有這般清流人物，讓我感佩。我也很佩服另一位作家，她的作品被選入教科書之後，她會要求看一下編寫出來的樣稿，不但題解、作者介紹、註解、賞析一一校對，就連自己多年前發表過的文章——也就是這回入選的作品，她也會重新檢視，甚至於改易自己的舊稿。譬如文中出現的「梧桐」，註解者以為就是一般的梧桐樹，經她改正後，才知道她專指「法國梧桐」，兩者是有區別的。她對文字負責任的專注態度，是一股正向的回饋力量。

編書編久了，越來越了解三民書局的運作情形。有一回在編輯部劉培育先生的陪同下，和劉董事長振強先生見了面，他聊起創業的艱辛過程，就像一長串的故事，有汗水，有淚水，也有些許幸運，令人感動。劉先生當年從不辜負人家的作風，在當代已經很少聽聞了。他又談起三民書局召募大批人力建立電腦字模排版系統的工作，看起來只是描摹字形，其實搜羅各種辭書，細微地比對字形演變，考量筆畫的輕重粗細，結合文字學學理、美工繪圖，畫出最正確而美觀的造型，這是件長久耗時的工作。三民書局以前瞻性的眼光，排版出不同於別家書局的字體。後來我也聽到培育先生提起，劉先生為了照顧員工，特地開辦了食物鮮美的員工餐廳，供所有同仁免費享用。劉董事長是位用心經營事業，又能尊重學者、善待員工的好人。他的堅持，他的風範，感染整個企業。每當我拿起電話筒聽到三民書局的同仁向我邀稿時，總能感受到他們彬彬有禮的語氣，和發自內心的一片誠意。這份尊重學者的態度，正是三民書局經營多年累積下來最大的資產。

——本文原刊周玉山主編：《三民書局六十年》
（臺北市：三民書局，2013年5月），頁358-361。

我們對國文課的感受與期望

　　上了多年的國文課，您知道學生們有什麼感受嗎？對中央警官學校的同學們來說，這已經是他們最後一年的國文課了，您知道他們想學些什麼嗎？讓我們聽聽他們的心聲，進而對任教「中國語文課程」的先生們，提出一些建議作為參考。

一　學習方法在哪裡？

　　國中、高中的國文，現在在我的印象中只有一個「背」字，課文背、作者背、題旨背、注解也是背。今天上完一課，明天早上就考「默寫」，雖然，因此可得高分，但題目稍有變化的以及作文題，我的分數就不會很理想。在這種情況下，我發現我所花費的時間很多，但國文程度並未提高，考試成績也不理想。有一陣子我索性不讀國文。我認為一個老師最重要的是引導學生如何學習，告訴他方法去學習，而不是弄一些資料給他背一背，然後考試都考得很好，學生高興、校長高興、老師省事又獲好評。

　　考試對教學以及學生學習的態度有很大的引導作用。大專教育的好處是老師可以自己命題，自己評閱。對本學期老師在考試上採用發揮性的申論題，我認為很好。這樣可以測驗學生對授課內容是否真正了解，並且可以訓練學生獨立思考的能力，我們的確獲益很多。分數固然重要，但實質得到的更重要。

總之，本學期在老師啟發性的教學下，學到不少知識。（周慶順）

二 告訴我參考資料

每次考試，最怕考國文，記得，國中畢業後考取農工職業學校，讀了幾年。上課時，老師只照課文念，鄉音重，又沒有內容，加上自己不用心學習，以致國文程度低落。考試時，窮於應付，不知如何準備，所以國文成績最差。

今後，我對國文課，必需要先閱讀一些參考資料，細聽老師講解，熟讀課文內容，吸取一些新知識，才能提升國文程度。也希望老師能耐心教導，並建議老師，下學期上課時，大約要上那幾課，參考那些資料等，能事先告訴學生；使同學能事先了解該課內容大義，再聽老師講解時，收到事半功倍的效果。（林賢輝）

三 請重視作文教學

作文是我最感頭痛的一環。在中小學課堂上常練習寫作，然而在作文這方面始終無法突破，祈盼老師在教學中能夠多傳授一些寫作技巧，如何取材、布局結構、下筆寫各類文章，內容上應具備那些要件或精神。花費許多時間去學習國文，如果在文章的表達方面有流暢充實之感，自然興趣大增，也能實際配合到日常生活上，這點相信也是一般學習者所希望的。期待能在老師悉心的指導下，引導我們進入中國文學殿堂之門。（許天意）

四 因材施教有必要

回顧從國小至今的十三年求學生涯，國文一科是必讀的科目。在這漫長的歲月裡，應該有足夠的時間把國文唸好，事實卻不然。同學所懼怕的是考試考不好，老師所出的題目太難，無從準備，使我們對它產生一種恐懼的心理，這對我們而言是一種極大的壓力。在此虔誠的建議老師，希望您能因材施教，以消除我們的恐懼感和心理負擔，使我們更加喜歡它。（王永村）

五 教材需講求實用

出了社會以後，可說無暇看些文學類的書籍，一般有關業務方面的法令、規章等，又對個人的寫作能力或文句上的應用沒有幫助。因此建議老師，教我們一些比較實用的文章，不要限於古文。一般白話文，學生更能了解其含義，無形中增加寫作能力，這對我們是很有幫助的。（楊三連）

結論

從上述五段文字，可以發覺一些現象，值得在職教師們深思：

一、學生們普遍希望「告訴他方法去學習」，「而不是弄一些資料給他背一背」。因為，方法有如一把鑰匙，可以打開中國文學領域之門。假如只是讓他們「默寫」「考試」，終究會陷入被動而又沒興趣學習的深淵裡。有許多學生在離開國文課堂後，不曉得如何自我進修去充集中國語文方面的知識，這就是缺乏方法之弊。

　　二、學生們進了學校以後，對授課內容是否了解十分重視。因此教師們應該在教材、教法上求新求變，以激發學生的興趣，使他們有所獲益。至於考題，則不必拘泥於傳統的填充、背誦，可增加申論題的比率，如此更能測驗出學生對課文的了解及表達的能力。

　　三、作文普遍受到關切，因而「作文教學」必須重視。學生們深知畢業後仍有寫書信、寫公文……的機會，故渴求了解文章作法的要領。教師們面對此問題，可以依照各種文體，講解應用文、論說文……的寫作方式；或者可以參考古文的章法，講解前後照應、夾敘夾議……等寫作方法；類似這種有系統的說明，對學生的欣賞或創作能力都會有所助益。

　　四、學生們希望多讀些實用性的文章，而認為古文離現實社會太遠。有鑒於此，教師們除了可以教些白話文的教材外，更要將古文中永恆不變的真理，揭櫫出來，以便學生在日常生活裡，確實有些修養身心的「原則」可資依循。例如在講解《孝經》時，可以同時歸納出《論語》中孔子論孝的要旨；又如在講解「孔子世家贊」時，可以說明個人地位被評定的標準，進而樹立起人生的價值觀念。

　　總之，每篇教材要點不同，教法因之迥異。教師們有必要運用歸納、分析等科學方法，將古文所涵攝的理念彰顯出來。文學作品的解析，絕不能永遠停留在注解、翻譯、報導的方式上，今後更該以鑑賞、批判、分析的角度來評論中國文學，這才是我們應當努力的方向。

——本文原刊《中國語文》第60卷第6期（總號360期）

（1987年6月），頁22-24。

傳統文化與高等教育之臺灣經驗

　　臺灣各學校除了推動傳統文化教育之外，也有些獨立機構展開文化復興的運作。其中隸屬於總統府的單位有「中央研究院」、「國史館」（含「臺灣文獻館」），行政院隸屬的教育主管部門、文化主管部門與「國立故宮博物院」，文化主管部門與各縣市文化局又掌理古蹟、文學、美術、音樂、博物館等事宜。此外，尚有半官方的文化組織「中華文化復興運動總會」的成立。

　　由於臺灣民間宗教信仰蓬勃發展，傳統文化的佛教、道教尤其受到歡迎。民間傳統文化的保留，使「忠孝節義」思想深入民心。此外，臺灣高中「國文」教科書除了《國文》課本之外，另編有節選《論語》、《孟子》原文而進行逐篇講述的《中國文化基本教材》，分三年六冊，由「國文」老師講授。實施以來，大多數學生對傳統儒家文化思想有了初步而正面的理解。

　　臺灣各大學中文系的課程設計，其教學特色包括四點，其一，講究文字學、聲韻學、訓詁學為根底，以中國文學史、中國哲學史為骨架（以上科目常列為必修）。其二，重古典而輕視現代。其三，重視文本解讀，而輕忽觀念問題。其四，輕忽外國文學與文藝理論。

　　臺灣高等教育的長處主要表現為受傳統文化薰陶，道德教育成熟，有文化創意。短處表現為文學教育尚有待加強。絕大多數的學生，在進入大學之前已經失去了（或者說未曾建立起）閱讀文學作品的興趣；面臨社會大環境的改變，中文系錄取分數逐年下降，學生學

以致用的機會少，就業率不高；學生缺乏競爭觀，眼光沒有放遠，缺乏國際視野。此外，臺灣高等教育須向大陸借鑒學習以下幾方面：高度重視文化教育；古籍的點校出版；培養學生大量閱讀文學作品的興趣；文藝理論研究的能力；外語能力與國際視野。

綜前文可知，臺灣大學生在入學前已經對傳統文化有較好認知，原因有三：其一，民間信仰在臺灣各地非常普及，其二，《中國文化基本教材》課程有極大幫助，其三，學生熟讀經典文本的範文。雖然這些經歷使臺灣學生溫和善良、有人情味、懂得禮讓守法、深諳傳統文化知識，但是，也使他們缺乏國際視野。鑒於此，希望臺海兩岸的政府高層都能重視文化教育、出版古籍、讓學生大量閱讀文學作品、培養學生文藝理論研究的能力、並著手培養學生的外語能力和國際視野。

——本文原刊《中國社會科學報》，2013年12月25日，專版B07。

寄語臺灣的大學生

在武漢大學講學，常常被人問起：「我們這裡的學生素質如何？程度如何？表現好不好？」之類的問題。這些問題，讓我立刻想起我那些在臺灣的學生們。

基本上，這裡的學生聽講十分用心，上課能提出問題，問題也有深度。下課後，在圖書館、在樓梯間巧遇，也會把握時機向我提問，態度誠懇、親切而有禮貌。

這種好學不倦的精神，是有它的背景可說的。他們之中，有許多人是家中的獨生子，自小是父母用心栽培，一生希望之所寄。如果出身貧寒家庭者，更肩負著改善家計生活的重責大任。大陸人口多，一路求學上來，必須擺脫掉許多競爭者；畢業後想要出人頭地，謀得高薪高位，也非及時努力不可。

臺灣過去不也是如此嗎？用功讀書好像是脫離貧困的唯一途徑。只不過，現在生活改善了，大家更懂得享樂了。大學入學門檻又這麼低，好比籃球場上原本是十個人搶一個籃球的，現在讓每個人手上都有一個籃球，那麼球賽不必打了，整個競爭規則都被破壞掉了。我們的學生因此沒有努力向學的動機，讀書不是責任，而是興趣，這也未嘗不好；問題是──有些同學連興趣也談不上，只是被分派到那個科系而已。讀到大學還是覺得人生茫茫然的，所謂「立志向學」必須有的那個「志趣」不見了。

或許我的說法不盡公平，有些大學生不同意。不過，我想說的是

比較整體的印象。現在大陸學生的國文程度比我們好：他們文言文讀的比我們多，正在重新尋回傳統文化，政治人物也喜歡隨口賦詩，引經據典一番。另一方面，大陸學生的英文程度也比我們好：大學設有英文會考制度，不論你讀什麼科系，必須年年通過英語能力檢定，才能畢業。我曾經看過西安西北大學校園內，大樹下全是學生在猛K原文書；也曾經看過昆明翠湖邊有塊「英語角」，大學生常來這裡練習說英文。大陸的研究生英語講得溜，不過臺灣的研究生還有很多人不能讀原文書。我心底在想，假如有一天兩岸三通了，雙方互設銀行辦事處，那裡面用的行員恐怕是大陸人比臺灣人多得多吧？

從過去到現在，臺灣人的平均素質還是比大陸人好一些。臺灣學生心地善良，沒有那麼現實功利，這是很可取的。只是我們必須知道，國際社會競爭越來越激烈，而我們國家的整體國力持續在下降。在這種情況下，臺灣的大學生更需要潛心向學，謙虛自省，把眼光放遠，努力充實自己，才能在未來社會保有立足之地。取人之長，補己之短，是眼前亟需努力的工作。

——本文原刊《國語日報》，2006年9月29日，第5版。

增加留學獎助，培育人才

　　家長們擔心小孩的外語能力不足，大人們也憂心青年學子缺乏國際觀，於是有許多家長願意灑下大筆金錢，讓子弟寒、暑假期間參加遊學團；學校也廣為推動學術交流，鼓勵同學到國外當交換生。然而，「遊學」畢竟不是「留學」，政府真正該做的是加強對「留學生」的補助。

　　我曾經在荷蘭萊頓大學訪問研究一年，認識了不少當地的遊學生和留學生。基本上，遊學生都是經由各大專院校選拔出來成績較佳、有心向學的好學生，他們藉由短期的遊學機會，先到一所知名學府修習一些課程，投石問路，以便決定將來是否前往這所學校就讀，同時也可以就近打聽其他高等學府，為自己下一步的研究預作準備。然而現實的問題是，當他們以「交換生」的身分來到國外，總希望所修的學分能獲得通過，能得到母校的承認採計，等到回國後，可以順利畢業。因此，較艱深的課程不會去修，以免不通過，豈非白忙一場？母校不會採計的學分也不會去修，通常是與母校科目名稱幾乎相同的學分才會被採計，於是他們無意間減少了求變創新的動力。在所修學分不多的情況下，利用時間遊山玩水，成為最大的生活目標。原本就想到此一遊的同學也不少，玩過之後，也不可能留下來繼續就學，因此，遊學就成了蜻蜓點水、走馬看花而已。

　　留學生就不是如此了。他們留學是為了取得一個學位，不管三年或是五載，只要早個一年半載學成歸國，就可以減少滯留在國外的時

間，減輕不小的家庭經濟負擔。一般來說，國外大學常常把臺灣看作已開發國家，經濟條件好，人民生活所得高，寧可把獎學金名額提供給中國大陸、南亞、非洲、南美洲較為落後的國家，也不會提供給我們。更何況我們的外交處於弱勢，補助機會相對較少。而近年來教育部的公費名額也大幅縮減，有許多學科並沒有留學生名額。還有些青年子弟不想或是不能花家裡太多的錢，沒法子出國留學。因此，留學生往往背負著沈重的家庭負擔，把握時間讀書，早點拿到學位，構成他們的群體形象。

我回國後，曾經向學校研究發展處反映這個情形，能不能多補助留學生而不是遊學生？得到的答覆是：留學生已經不是在校生，他們已經畢業了，學校不必管他們。遊學生還是在校生，因此學校會為他們鋪路。

問題是，這批刻苦用功的留學生，誰來照顧他們？政府縮減公費留學生的名額，有一種說法是，把其中部分補助金額挪給公務人員到海外進修用了。我想，政府各部門讓公務人員出國進修，本是美意一椿，他們用到的錢不可能出自教育部吧？只不過，某些政府單位的進修人員，在國外花錢像凱子，學習心態比交換生還不如，海外留學生看在眼裡，心中頗不是滋味。久而久之，都怪罪到教育部培育人才的政策上頭了。我們希望政府提出補助出國留學生的長遠計畫，具體落實，逐年增加大學生出國留學的名額及經濟支助；有關單位在選送人才出國遊學時，也應該從嚴選才，核實其進修目的及學習成效。為國家培育人才，蔚為國用，才是當前政府應有的作為。

觀光導覽，別瘋簡體字

有許多事情，只要我們自己是對的，就應該堅持下去。不應該因為商業利益，而放棄了自己原有的立場。

就拿簡體字來說吧！報載有地方縣市政府以及旅遊業者，為了推廣觀光，一窩蜂的發行刊印簡體字版的觀光指南，一心想賺進陸客的錢。其實馬英九先生已經說過，我們使用的字不該稱作「繁體字」，而是「正體字」，言下之意，我們使用的字體是延續幾千年下來中華文化的傳統，是很正確的字體。

當初大陸推動「簡體字」的過程中，作了不少改易，以至於他們所使用的「簡體字」有多種來源。有的是兩個字簡省成一個字，如「范」、「範」都寫成「范」，有的是找同音的形體代換，如「進」寫成「进」，有的又是遷就過去的習慣，如「羅」寫成「罗」；於是，古代同一字形的偏旁，已經無法回溯到原始的字形。當我們侃侃而談中國文字是從象形字演化而來的時候，還可以從我們使用的正體字推知一二，卻已經無法從簡體字找到源頭。對岸簡體字的推行，是由錯誤的政治力量所造成，並無學理的依據。

而今，大陸人已經逐漸意識到簡體字和中華文化的脫離。所以前一陣子，他們的人民代表已經主張恢復正體字的教學。他們也有不少書店，開始印行用正體字出版的書籍，甚至於他們在較正式的場合，以及自己的名片上，常常列印出正體字，用來代表自己有文化水準！

再看看國外的作法。倫敦的大英博物館所有文物的介紹，譬如劉

羅鍋的字畫，南宋的青花瓷瓶等，全是正體字，因為他們得到那些寶物的時間大半是在滿清政府時代，那時哪有簡體字？

荷蘭的萊頓大學是全歐洲最早設立漢學院（即中文系）的高等學府，至今他們堅持大一學生學習中文先從正體字學起，因為所有的中國古籍都是正體字，不認識這些字將來怎麼讀中國的古書？簡體字真的把中國文字的傳統割裂了，而其背後的深遠意義是：它也斷裂了中華文化。

我們今天生活在臺灣，可以說是一座照亮對岸的燈塔。自由、民主、法治觀念，道德、文化水平，善良有禮的人民素質，都是我們已有的良好基礎，可以自我肯定的努力方向。又何必只作「見錢眼開」的思考，屈就於人家並不比我們好的那一面？

當然，有人會說人是經濟的動物，誰不想賺錢？即使如此，我們也不必以為觀光導覽都必須做成簡體字版。一般來說，簡體字既然是從正體字改過去的，那就讓他們邊讀邊猜，也能看懂幾分；甚至於他們會恍然大悟：原來這個字本來是這麼寫的？提供這種機會教育給他們不也很好嗎？

——本文原刊《聯合報》，2008年5月6日，民意論壇A5版。

祭祖與讀經

過新年時，家家戶戶「灑掃庭除，要內外整潔」。全家人除了歡聚一堂，吃團圓飯、拜年、領壓歲錢之外，更重要的事情就是「祭祖」了。供桌上備妥鮮花、素果，或三牲肉品，以誠敬的心情祭拜祖先，是中國人的傳統美德。

祖宗雖遠，祭祀不可不誠

西周初年，中國人已有「祖先神」的觀念。祖先死後「儐于位」，化而為神，陪侍在上帝的旁邊。這是一種「人格神」，人世間的聖賢如關公、媽祖，皆可成神。而祖先在子孫心目中也是有德者，因此歷代祖宗牌位也放在神明之旁，逢年過節享有綿延不絕的香火奉祀。

為什麼要奉祀歷代祖宗呢？儒家顯然考慮到教化的立場。曾子曰：「慎終追遠，民德歸厚矣。」（《論語‧學而》）宋朝文學家歐陽脩四歲時，父親就去世了。他的母親含辛茹苦，常告訴他：你父親在世時，每回祭拜先人就歎息道：「祭之厚不如養之薄也。」意思是說，當年生活貧困，沒來得及讓長輩過好日子，而今祭品雖然豐厚，仍有「子欲養而親不待」的遺憾。歐陽脩將這些話謹記在心，一生行事不敢有辱於先人，不正是他德行淳厚的表現？

子孫雖愚，經書不可不讀

　　能尊敬祖先的人，自然想光耀門楣，顯揚父母，這些都必須從「讀書」做起。古人讀書，必先讀四書五經，一方面是陶冶性情，另一方面是薰陶文理。

　　今天介紹的兩句話：「祖宗雖遠，祭祀不可不誠；子孫雖愚，經書不可不讀。」出自朱用純〈朱子治家格言〉，世稱《朱子家訓》。這本家訓注重格物致知，發揚儒家為人處世之道，影響深遠。在新春期間，很適合全家大小深思吟詠一番呢！

　　　　　　　　——本文原刊《國語日報》，1998年1月24日，第12版。

子孫不肖怎麼辦？

　　春秋時代的聖人孔子，他再如何聰明有智慧，也不能永遠保證世世代代子秀孫賢。何況他的子孫眾多，繁衍至今，何啻千百。於是冒出一個後代子孫，拉K、吸毒，也就不足為奇了。

　　現在的問題出在哪兒呢？在於少年誤交了損友，周遭的朋友都染上毒癮，他也受到了影響。曾經有位過來人說：「一旦吸毒成癮，不管心情好或不好，都想找理由去碰。」可以想見，少年從小不愛讀書，日積月累，染上毒癮不是一天兩天的事了。他的父親已經感到束手無策，才會說出重話來。

　　他的父母把兒子從警局領回來時，表情嚴肅地對警員說：「家門不幸，顏面掃地！」除了慨歎「家門不幸」之外，好像什麼事也不能做。

　　真的沒救了嗎？我覺得不盡然。我們注意到，這位孔姓少年在警員面前大方地回答：「我是孔子第七十六代子孫。」顯然他心底還是有點引以為傲的！再看看他的父親還告訴警方，「依法辦理。我不會求情，一定要給他一次教訓，讓他悔改！」這是位明禮義、知廉恥的父親。他讓子女從懂事以來，就知道自己是孔家的子孫，又以保有尊嚴的家風為目標，督促子弟向善。這樣的家庭教育還是值得肯定的。

　　家教管束，可以培養家中子弟的道德觀，但有時候仍然無法對抗遽烈變遷的外在大環境。這位少年因為生在孔家，容易被放大檢視，固然是不得不承受之重。不過，他也因為在眾人目光之下，表現出願

意悔改的決心。因此，他需要常常反省思考，且不斷地充實書本上的知識，多讀祖先留傳下來的聖賢道理，交結益友，遠離損友，身體力行，才有可能長久延續家風。

朱用純〈朱子治家格言〉說：「祖宗雖遠，祭祀不可不誠；子孫雖愚，經書不可不讀。」子孫如果能虔敬地祭拜祖先，為人處世自然有操守、有分寸；如果能不斷地閱讀經典，就隨時隨地為自己提供了一面反省的鏡子。凡是不小心踏入歧途的少年郎，多想想父祖輩留給我們什麼？再多多少少讀一點書，學習反省、思考。經過一段時間之後，自己的品德應該會有一些進步，尚可以告慰列祖列宗。

學人風範篇

堅毅自持的長者
——追悼吾師王更生先生

　　五月間，聽聞王更生先生得了胰臟癌，立刻上網查了一些資訊，知道這種病發現得晚，不好治。剛開始，王老師不願意接受事實，連續看了兩三家醫院；有一段時間還謝絕會客。後來可以接見學生了，也只接見一兩位，大半是學生說、老師聽，一個半鐘頭下來，他說不上兩句話，只是默默地坐在輪椅上，完全失去了往日的光采。他是絕望而無助的；後來食不下嚥，人更憔悴了。沒想到週末安排住院說是打點滴、調養身體，才短短幾天人就走了。

一　刻苦自勵，個性異於常人

　　對國內中文學界的人來說，王更生先生的大名如雷貫耳，並不陌生。他是國立臺灣師範大學國文學系教授，享譽海內外的「龍學」專家。他一生鑽研《文心雕龍》，在臺灣師大、東吳大學、世新大學開課授徒，春風化雨，誨人無數。

　　其實王老師的求學過程並不順遂。生逢戰亂，輾轉流離，日子十分清苦。來到臺灣以後，有一段時間白天教書、晚上求學，有時下課較晚，趕不上火車，只好搭深夜的貨車回家。師母祁素珍女士一直是他很大的支持力量，兩人胼手胝足建立家園，直到生活安定，才退居幕後，守候全家人的生活。王老師自我要求極嚴，尤其品德操守，不容被人懷疑，這是從小生活環境使然。他在晚年的《王更生自訂年譜

初稿》說到兩件事，都是因為被人懷疑，當下拂袖而去，與人絕交。這麼激烈的性格，會造成一些誤解，有人說他脾氣古怪，難以相處，其實這些都是可以諒解的。

王老師離開大陸的時候，正是上戰場的年紀。有一回在課堂上他不經意的說出，小時候的志願是游擊軍總司令。好一個有志疆場的愛國青年！我讀研究所期間，寄住在大伯父家。不知為了什麼事情，老師忽然打電話來，電話那頭是家伯父接的。兩個互不相識的外省人，一個河南，一個山東；一位現任大學教授，一位軍人行伍出身；同樣用北方官話，有說有笑地聊了許久。過幾天老師還問我，大伯的年紀、官階、談吐等。我告訴他是陸軍總部參謀官退伍，只見老師眉宇間流露出欣羨的神色，還讚歎了幾句。

讀書人有用於世，會是最大的成就。兩年前我登門謁見老師，從家族、師友、門生，談到近日生活概況。老師這幾年來熱衷於詩詞吟唱，我們聊到韓愈〈送董邵南序〉的首句「燕趙古稱多感慨悲歌之士」應當如何吟唱時，老師還不忘情的對我一邊唱、一邊作解說，中氣十足，那聲音笑貌，不減當年。後來談到學問文章，老師又興致高昂起來。最令人佩服的地方，就是他勤於備課，不論上哪一門課，講課不到三五年，就會有相關的著作問世。他平日注重身體保健，又能利用時間下筆寫文章，執著努力的態度是弟子望塵莫及的。也許是老師年紀大了，心有所感，那天開門送我回家時，他忽然對我說：「世間事一切都是假的，『立言』也是假的。」眼前我的老師，就是這麼一位性格複雜而又富有真性情的老師。

二　嚴師／慈父，栽成桃李花千樹

王老師講解《文心雕龍》的原文，字字深入剖析，毫不放鬆。書

本上寫滿筆記，密密麻麻的小字，都是他嘔心瀝血的思考痕迹。雖然有時照本宣科，但是目光常常投射在學生身上。他能注意到學生的反應，遇有字詞費解的地方，總能不厭其煩地解釋清楚。有時也會妙語如珠一番：「劉彥劉勰到隨孔夫子南行，來到了江南。為什麼我就沒有這個夢呢？」

他要求自己指導的研究生，每年都要來聽他的課。學生越多，講課就越起勁。他喜歡同學發問，有問必答，對自己上課的內容深具信心；儘管有些課去年聽過了，內容重複了些，但有時溢出課文之外的「神思」，也讓學生別有收穫。因此雖然是半強迫式的來聽課，下課後還是有許多熟面孔圍繞在他身旁。這時他會噓寒問暖，關心學生的生活起居，轉換成「慈父」般的角色。

王老師最令人難忘的作風，必然是堪稱全國第一嚴格的論文指導方式了。民國七十年起，他開始在師大國文研究所授課。較早招收的研究生是錢文星、陳邦楨、劉懋君、黃美鈴和李四珍，後來有從博士班才接手的蔡宗陽、郭鶴鳴。他把自己治學甚勤、律己甚嚴的方式，灌注到學生身上。在那個年代，學生的論文題目大都是老師給的，基本上，沒有什麼討論。老師首開風氣之先，指定學生進行宋代以後的「文話」整理工作，真的很有眼光。他有意建立起宋代以後文學批評的大框架，心中想要建構恢宏的藍圖。

王老師研究過《墨子》、《韓非子》，生活中有其簡樸、嚴正的一面；不過他還是受到《文心雕龍》的影響最深。拿做學問來說，他喜歡凡事從根源做起，正是從劉勰「原始以表末，釋名以彰義」說法而來。我的碩士論文題目是《孟子散文研究》，他頗不以為然，認為應當先寫《論語》較好。當年沒有人從事先秦散文的研究，老師告訴我，就依照《文心雕龍》文原論、文體論、文術論、文評論的架構立章節好了。寫到後來，我認為「評價」和「影響」應該分立兩章，老

師只問我：「資料夠嗎？」我說「夠的。」老師也能接受，讓我放手寫。那時候王老師剛指導過好幾本論文，都是「文話」的敘錄和述評。老師開啟了我的學術視野，使我順利的完成碩士論文，他是我就讀師大國文研究所期間最親近的老師。

寫論文的時候，王老師要求我們一字一句都有來歷，絕對不能信口雌黃。他會逐字逐句的細看學生的論文，可以留下來的地方，一一修改潤飾；不能保留的地方，畫個大××，整頁刪去，也沒有討論的餘地。每一章修改完後再送審，一改再改，改到老師認可為止。記得前面幾章有改到三、四次的紀錄，後面幾章可能是老師體諒我們要趕著畢業了，有時修改一次就定稿。日後弟子們群聚在一起，常常提起這段往事。

而今，國家圖書館網站登錄王老師指導過的碩士、博士論文有五十五篇，這些學生有人當了考試委員、專科學校校長、系科所主管，更有許多人是堅守崗位的教育工作者。張春榮、廖宏昌、方元珍、尤雅姿、馮永敏、顏瑞芳等，研究領域各自不同，但是都在學界撐起了一片天；此外，還有許多新秀是值得期待的。

三　與龔鵬程的一次對話

有一年，在中國古典文學研究會舉辦的「《文心雕龍》研討會」上，王更生老師發表了一篇論文：〈王應麟和辛處信《文心雕龍注》關係之研究〉。這篇論文不長，卻翻找了宋元時期的公私書目的著錄情形，尋訪各書之間的聯繫，再比對王應麟和辛處信二人的注文，從引書慣例、詞義、行文、寫作體例判斷王應麟《玉海》所引的《文心雕龍注》，應該是出自辛處信之手。

坐在臺下的龔鵬程舉手發問道：「您這麼用心處理這個問題，在

中國文學批評史上有何意義？」

王老師並沒有正面回答問題，只是淡淡的說道：「我研究《文心雕龍》這麼多年，早就把生命豁出去了。只要和《文心雕龍》有關的題目……」他的話沒說完，臺上臺下早已爆笑成一團。王先生太會打太極拳了。

龔鵬程的提問很尖銳，像要把人家的學問挖空似的。的確也有許多老派的學者，雖然做的是文學研究，卻總是停留在文學考證的階段，把文學當小學，真的不太懂文學。可是我們轉念一想，這些文學考證的工作，不正是後來從事文學研究的基礎嗎？王老師費了這麼大的工夫，只是為了證明某一本書的注解的來源，而且結論是一位大學問家（王應麟）的注解，來自一位名不見經傳的小家（辛處信），這個論點不容易讓人信服。不過，要不是信而有徵，王老師又何必盡心盡力在故紙堆裡下工夫呢！正因為前輩學者下過這麼大的工夫，因此我們可以站在他們的肩膀上，看得更高更遠，將來思考問題可以更為透徹。王老師並不是在打太極拳，他說的是肺腑之言。

因此我得到了更多的思考：題目不論大小、難易，都有必要進行研究；關鍵在於把一個題目做好，把一篇論文寫好。那些說什麼論文要小題大作、或是大題小作、避開前人已經做過的題目之類的論調，都是胡謅八道，賣弄形式技巧而已。真正的重點在於要能寫出有見地的學術論文。文學考訂的工作，當然也要有人來做。

我生性魯鈍，從王老師那兒體會到的事理不多，只知道老師一生堅苦卓絕，有為有守，憑藉一股不服輸的毅力，筆耕不休，著作等身。他具備令人欽敬的學術界長者風範！就寫到這裡當作一次紀念吧。（寫於王更生先生辭世後第五日）

附錄　王更生先生小傳

　　王更生先生，民國十八年（1929）生，河南省汝南縣人，國家文學博士、考試院文官高等考試教育行政人員及格；曾任小學教師、中學教師、專科學校校長、國立臺灣師範大學國文系教授。講授國文教材教法、《文心雕龍》、《韓非子》、文章學、唐宋八家文研究。著有《晏子春秋研究》、《晏子春秋今註今譯》、《孫詒讓先生之生平及其學術》、《文心雕龍研究》、《文心雕龍新論》、《文心雕龍導讀》、《文心雕龍讀本》、《文心雕龍范注駁正》、《文心雕龍選讀》、《文心雕龍管窺》、《國文教學新論》、《國文教學面面觀》、《中國文學的本源》、《中國文學講話》、《韓愈散文研讀》、《柳宗元散文研讀》、《歐陽脩散文研讀》、《蘇軾散文研讀》、《曾鞏散文研讀》、《王更生自訂年譜初稿》等書。

　　——原刊《文訊》第299期（2010年9月），頁36-39。

業精於勤的學者風範
──王更生教授披文入情，沿波討源

　　王更生老師於二○一○年七月二十九日因胰臟癌去世，得年八十三歲。這一年農曆年後不久，他依然到世新大學授課，精神矍鑠，笑容可掬，一如往常。自幼飽經憂患的他，讀書、求學，進而執教杏壇，誨人不倦；又能認真做學問，著作等身。他的晚年，安於這麼勤儉自持、平凡簡單的生活，自得其樂。對於這麼一位刻苦自勵的讀書人，我們很樂意用文字來紀念他。本文介紹王更生老師從「《文心雕龍》研究」到「散文研究」的心路歷程，除了他的治學、撰述論文、指導後輩之外，也試圖抉發王老師「散文研究」的特殊洞見，供讀者參考。

一　以《文心雕龍》為治學的基礎

　　王更生老師的求學歷程頗為辛苦。民國五十五年（1966）以《晏子春秋研究》獲得國立臺灣師範大學碩士學位，五十七年考取國立臺灣師範大學國文研究所博士班，五十八年發表〈《文心雕龍》聲律論〉、六十年發表〈《文心雕龍》風骨論〉二文，自此以後，開始有許多《文心雕龍》方面的研究成果。民國六十一年以《孫詒讓先生之生平及其學術》獲得國立臺灣師範大學博士學位，民國六十二年八月，應聘國立臺灣師範大學國文系副教授，正式講授《文心雕龍》，聽講學生漸多，從此聲譽鵲起。從這一年開始，王老師陸續發表有〈劉彥

和先生年譜稿〉、〈《文心雕龍》版本考〉、〈試探《文心雕龍》在中國
文學史上的地位〉、〈《文心雕龍》的經學思想〉，並多次蒐集整理《文
心雕龍》的歷來研究成果，寫出〈《文心雕龍》研究之回顧與前瞻〉、
〈六十年來《文心雕龍》之研究〉等單篇論文。三年後（民國六十五
年）集結成《文心雕龍研究》（臺北市：文史哲出版社，1976年）一
書，這是他的第一本《文心雕龍》專著。

我們從上述的研究歷程，很清楚的可以看出王老師的治學方式，
那就是：從「知人論世」的傳統批評法做起，研究劉勰（彥和）其
人，討論《文心雕龍》其書的版本問題，再考察過去前人已有的研究
成果；更令人注意的是，他一開始的選題就不畏難，「聲律論」、「風
骨論」都是很複雜的問題，可能是初學者都不太理解的地方，而王老
師卻勇往直前的想盡辦法去面對它、梳理它。這對我們後學來說具有
很大的啟示意義。

二 延伸到散文研究的領域

王更生老師於民國六十五年發表〈文評中的子書，子書中的文
評〉、民國六十七年和六十八年發表〈魏晉六朝文論佚書鈎沈（一）
（二）〉、六十七年發表〈摯虞的著述及其在文論上的成就〉、六十九
年發表〈知本明法論作文〉等，雖然都是《文心雕龍》學的延伸，但
是他隱約感覺到這其中涉及到了散文的研究。

民國七十年起，他開始在臺灣師範大學國文研究所授課，第一年
的上課科目即為「散文研究」。他有鑒於「散文研究」的領域乏人問
津，而《文心雕龍》體大慮周，基本上是一本討論文章作法的專著，
正可以從《文心雕龍》跨足延伸到這塊園地。於是，從這一年開始，
王老師圍繞著經典與中國古典文學的主題，陸續發表多篇文章到《孔

孟月刊》，之後以此為基礎，應邀到漢聲廣播電臺「文藝橋」錄製節目，主講這方面的內容。他每週帶一兩位學生，在錄音間暢所欲言，後來整理成文字稿，再集結成《中國文學的本源》（臺北市：臺灣學生書局，1988年）、《中國文學講話》（臺北市：三民書局，1990年）二書，這兩本書已經有許多文學體裁、文學創作、文學批評的討論，時見機鋒，發人深省，可以提供給散文研究者參考。

　　民國七十三年，王老師在自己所寫的碩士論文的基礎上，發表了〈晏子春秋及其散文特色〉，可以說他正式踏足到散文研究的範疇。七十五年起，陸續發表〈歐陽脩的散文〉、〈曾鞏的散文〉、〈遼金元的散文〉，這為他後來撰寫不少唐宋八大家散文研讀的專書，奠定了基礎。民國七十六年，王老師回過頭來撰寫〈論中國散文之藝術特徵〉、〈簡論我國散文的立體、命名與定義〉、〈論我國古今散文體類分合之價值、原則及方法〉；又因為在臺灣師大國文研究所講授「唐宋八家文研究」課程的緣故，於民國七十八年撰寫〈唐宋八大家及其散文藝術〉、〈唐宋八大家的散文〉、〈唐宋散文作家與古文運動〉、〈文言文教學的時代意義〉，八十一年撰寫〈曾鞏的墨池記〉，八十二年撰寫〈魏晉南北朝散文研究的重要性〉，八十三年撰寫〈從答司馬諫議書看王荊公的古文造詣〉，八十四年撰寫〈古典散文藝術的真實性〉，八十六年撰寫〈由園林美學看醉翁亭記的結構藝術〉等文，這些都是上課多年的心得分享，其中有些收入《更生退思文錄》（臺北市：文史哲出版社，1997年）一書，有些尚未集結成書。

三　散文研究的豐富成績

　　王老師於八十二年起，陸續出版了《韓愈散文研讀》（臺北市：文史哲出版社，1993年）、《柳宗元散文研讀》（臺北市：文史哲出版

社，1994年）、《歐陽脩散文研讀》（臺北市：文史哲出版社，1996年）、《蘇軾散文研讀》（臺北市：文史哲出版社，2001年）、《曾鞏散文研讀》（臺北市：文史哲出版社，2006年）五本專著，他生前有意做好唐宋八大家散文的選集整理工作。以《韓愈散文研讀》一書來說，筆者曾經作過如下的介紹：

王更生的《韓愈散文研讀》，著重於文章的鑒賞與剖析，全書分為五個單元。第一單元是韓愈的書影、第二單元為全書序例、第三單元為導言、第四單元為選讀、第五單元為附錄，其中以導言和選讀為重要的兩大部分。

導言分作六章。第一章概述韓愈的籍貫與家世，分為籍貫考索、家世源流；第二章概述其生平事蹟，分為青少年時代的坎坷生活、寄身藩鎮時期的漂泊生活、踏入仕途後的官宦生活、鞠躬盡瘁的晚年生活；第三章概述韓愈與唐代古文運動之關係，分為唐代古文運動的回顧、唐代古文運動中的問題、韓愈從事古文運動的目的、韓愈對古文創作的實踐；第四章論及韓愈的文學主張，分為文以明道與文道統一、提倡古文反對六朝浮豔文風、詞必己出與文從字順、不平則鳴與反映現實、革新必須本於繼承；第五章為韓愈的散文藝術，論及氣勢雄健、情感真摯、立意深邃、構思新穎、形象逼真、比喻多樣、語言精煉；第六章論及韓愈在中國散文史上之地位與影響，分述韓愈在中國文學史上的地位、韓愈對當時及後世文壇的影響。

第四單元選讀則取韓愈議論文五篇，書啟文四篇、贈序文三篇、記傳文四篇、碑祭文四篇。每類選文之前，皆附概說，以增文體內容之認識。每篇選文，有解題、注釋之外，並加賞析。附錄含有韓愈傳、韓文公墓銘、研究韓愈散文參考資料

等，將海內外整理韓愈的文集和研究韓愈的論著分類選列，很有參考價值。

此書旨在作導讀工作，頗便初學。其每篇原文上有眉批，指陳段落大意，於解說文章寫作技巧時，引述前人評論，再添入個人觀點，內容充實而詳盡，可作為讀者觀瀾索源之基礎。附錄參考資料亦多，足為韓文研究搜索資料一覽。（收錄傅璇琮、羅聯添主編：《唐代文學研究論著集成》，西安市：三秦出版社，1984年10月，卷7，頁268-269）

《柳宗元散文研讀》一書在單元、體例方面幾乎如出一轍，筆者也曾經作過介紹（收錄傅璇琮、羅聯添主編：《唐代文學研究論著集成》，卷7，頁282-283）。稍有不同的是，該書在「導言」單元，增加了「柳宗元的思想」一章，指出其儒家思想與非儒家思想，說明其不只是一位思想家，也是一位政治家；又增加了「韓柳兩家在散文造詣上的比較」一章，比較二人在散文創作上的共同點、不同點，將其淵源、風格、構思行文、體裁樣式之不同處說明清楚。這些作法是有必要的。

《歐陽脩散文研讀》一書的「導言」單元，在討論了家世、生平、思想、人品、與詩文革新運動之後，另立「歐陽脩在學術上的研究和貢獻」、「歐陽脩的散文藝術」、「歐陽脩在散文上的成就」三章，其中論及「六一風神」的真諦與體現，又論及歐陽脩的散文特色有：平易流暢，曲折達意，感情真摯，語言純美，自鑄偉辭等。這些內容都有其參考價值。

《蘇軾散文研讀》一書的「導言」單元，有「蘇軾著作簡介」一章，搜集到不少材料。另有一節提及「蘇軾有豐富的古文理論：（一）摒棄「文」「道」論，（二）主張文理自然，（三）反對程式文

學，由此可以肯定蘇軾能打破傳統，獨創新詮，使他成為北宋詩文革新運動中劃時代人物的標誌。」這些觀點前人罕見，很值得我們注意。

《曾鞏散文研讀》一書的「導言」單元，在介紹作家生平時，多了一份「家族世系表」；另立「與歐陽脩散文之關係」、「對桐城派之影響」、「歷代文論家主要評述選」三章，這些都是前四本書沒有的體例，卻也是最能看出曾鞏散文成就的重要內容。換言之，王老師能對應於不同的作家而設計不同單元的導讀介紹，有益後學進入散文的殿堂。

在單篇論文方面，王老師常常提到要開拓學術研究的新局，因此他在多方搜集資料、進行某一研究主題的回顧與展望之後，會提出將來發展的新方向。他的〈魏晉南北朝散文研究的重要性〉一文，主張研究者須注意魏晉南北朝「此一過渡時期的重要性，分別從思想、背景、作家、作品、影響等幾個角度，來闡明當時散文發展的真象。」

他的〈唐宋八大家及其散文藝術〉一文，先言唐宋八大家名稱之由來、八家散文集結之經過，肯定南宋呂祖謙編選之《古文關鍵》、明初朱右選之《唐宋六先生集》，厥功甚偉。次論八大家與唐宋古文運動之關係、八大家在散文藝術上之成就，認為他們可得而言者有四：

（一）在創作目標方面，主張明道致用；
（二）在創作態度方面，強調文藝素養；
（三）在創作語言方面，富於文學形象性；
（四）在創作形式方面，常用多元化的描寫手法；

因此八家在個人素養和文章造詣上，似乎尚可作如下的分界：

八家姓名	素養	文風
韓　愈	氣盛	雄暢
柳宗元	思深	卓雅
歐陽脩	德備	和舒
曾　鞏	學淳	簡奧
王安石	行介	精峭
蘇　洵	志堅	矯健
蘇　軾	才大	閎雋
蘇　轍	意靜	秀潔

以上我們看到了王更生先生的五本專著，以及一些單篇論文，可見他在散文研究方面下過很深的工夫。他的「散文研讀」系列，先從作家生平、文集入手，再選文進行評賞，正是《文心雕龍・序志》所謂「原始以表末，釋名以彰義，選文以定篇，敷理以舉統」的討論；他很重視作家的文學史地位問題，正是受到《文心雕龍》「文學通變觀」的影響；他看重散文的藝術性，談構思行文，也談文章風格，主要是受到《文心雕龍》的〈鎔裁〉、〈附會〉、〈體性〉篇影響。在進行所有篇章的賞析時，他似乎從來不曾忘記《文心雕龍・知音》的叮嚀：「是以將閱文情，先標六觀：一觀位體，二觀置辭，三觀通變，四觀奇正，五觀事義，六觀宮商，斯術既形，則優劣見矣。」他總是「先博覽以精閱，總綱紀而攝契」（《文心雕龍・通變》），而後能「洞曉情變，曲昭文體」（《文心雕龍・風骨》）。

四　培植後進，耕耘散文研究園地

　　早在民國七十年至七十五年間，王老師陸續指導了幾本「文話研究」方面的碩士論文：陳邦楨《兩宋文話初探》（文化大學中文所）、

劉懋君《兩宋文話述評》（東吳大學中文所）、薛瑩瑩《陳繹曾先生之
生平及其文論》（文化大學中文所）、李四珍《明清文話敘錄》（文化
大學中文所）、林妙芬《中國近代文話敘錄》（東吳大學中文所）。當
時是開風氣之先，以歷代文話、選集、評點材料為研究對象的創舉，
可直接提供散文研究者借鏡。

後來王老師持續作育英才，不遺餘力。所指導的碩士、博士及升
等論文達五十餘篇，每篇都仔細檢閱，字字朱批，學生受益良多。今
依據吾師《王更生自訂年譜初稿》（臺北市：文史哲出社，2007年）
所載，臚列與散文研究相關且經吾師指導過的論文篇目如下：

1 王基倫，《孟子》散文研究，1984年，臺灣師大國文所碩士
論文

2 吳福相，《呂氏春秋》寓言研究，1999年，文化大學中文所
博士論文

3 蕭淑貞，魏晉山水記遊詩文之研究，2007年，臺灣師大國
文所博士論文

4 翁淑媛，曹植散文研究，1995年，臺灣師大國文所碩士論
文

5 尤雅姿，劉義慶及其《世說新語》之散文，1986年，臺灣
師大國文所碩士論文

6 廖宏昌，六朝文筆說析論，1985年，文化大學中文所碩士
論文

7 劉　渼，魏晉南北朝文論佚書鉤沈，1990年，臺灣師大國
文所碩士論文

8 溫光華，劉勰《文心雕龍》文章藝術析論，2002年，臺灣
師大國文所博士論文

9 尤雅姿，顏之推及其家訓之研究，1991年，臺灣師大國文
所博士論文

10 蕭淑貞，李遐叔及其作品研究，1989年，臺灣師大國文所
碩士論文

11 顏瑞芳，中唐三家寓言研究，1995年，臺灣師大國文所博
士論文

12 浦忠成，穆伯長及其作品研究，1989年，臺灣師大國文所
碩士論文

13 方元珍，王荊公散文研究，1992年，文化大學中文所博士
論文

14 魏王妙櫻，曾鞏文學與北宋詩文革新運動，2000年，東吳
大學中文所博士論文

15 高顯瑩，蘇軾記遊散文研究，1988年，東吳大學中文所碩
士論文

16 許愛蓮，呂祖謙及其《東萊博議》，2001年，臺灣師大國文
所碩士論文

17 魏王妙櫻，王構《修辭鑑衡》研究，1987年，東吳大學中
文所碩士論文

18 呂新昌，歸震川及其散文研究，1997年，萬能科技大學副
教授升等論文

19 吳武雄，公安派及其著述考，1981年，東海大學中文所碩
士論文

20 朴英姬，清代中期經學家的文論，1996年，臺灣師大國文
所博士論文

21 鄭美慧，劉海峰《論文偶記》研究，1994年，臺灣師大國
文所碩士論文

22 張春榮，姚惜抱及其文學研究，1988年，臺灣師大國文所博士論文

23 蔡美惠，方東樹文章學研究，2003年，臺灣師大國文所博士論文

24 蔡美惠，吳曾祺《涵芬樓文談》研究，1995年，臺灣師大國文所碩士論文

25 林淑雲，林琴南先生的文章學，1998年，臺灣師大國文所碩士論文

26 馮永敏，劉師培及其文學研究，1992年，臺灣師大國文所博士論文

27 許琇禎，朱自清及其散文，1990年，臺灣師大國文所碩士論文

28 崔家瑜，謝冰瑩及其作品研究，2006年，東吳大學中文所碩士論文

令人驚訝的是，王老師執教杏壇五十年，指導過的碩博士論文竟然是「散文研究」比「《文心雕龍》研究」者更多。從所指導過的論文篇目看來，王老師重視古典文學，不侷限於某個朝代；重視從時代背景、作家生平、作品分析所進行的研究，屬於傳統「知人論世」、「以意逆志」的文學批評法研究；但是又能重視魏晉六朝文論和清代桐城派文論，顯然有意利用文學理論幫助散文研究者開拓其研究視野。他既能孜孜矻矻的用心治學，又能盡心盡力的沾溉後學，功澤之深，令人感念不已。

——本文原刊《國文天地》第26卷第6期（總號第306期）（2010年11月），頁25-30。

阮廷瑜先生事略

　　先生原名聖謨，號廷俞，因畢業證書誤俞為瑜，遂稱廷瑜，浙江省溫嶺縣澤國鎮人，溫嶺在天臺與雁蕩名山勝水之間。民國十七年四月二十一日生於祖居。三十五年自浙江省黃巖縣立中學畢業，是年來臺，就讀臺灣省立師範學院（今臺灣師範大學前身）國文系。三十九年畢業，任教於省立臺北第二工業職業學校（今大安高工前身）。四十三年至四十八年間，任教於淡江英專（今淡江大學前身），擔任講師。五十二年，輔仁大學在臺復校，先生前往任教。五十九年獲頒第五屆中國語文獎章。七十六年擔任輔大理工暨外語學院文史哲共同科主任，八十七年屆齡退休，仍繼續兼任授課，至九十九年始卸下教職。其間曾經擔任復興書局特約編輯，編纂初級職業學校國文教材；又前往淡水工商管理學院（今真理大學前身）、東海大學中國文學系任教，並多次擔任考試院國家各級考試之襄試委員、典試委員，及臺灣大學、臺灣師範大學、成功大學碩博士口試委員。

　　先生少承庭訓，習唐詩，能識平仄。就讀師大期間，從戴君仁教授、陶光教授游，問字侍坐，聆聽教誨，詩學日有進益。嘗從戴先生受業三十二年，終身嚮慕，如高山仰之，不可及也。戴先生至輔仁大學授課，親自迎候，照顧扶持。洎乎戴先生晚年，行動不便，而施力舉抱，奉侍無微不至。師母讚美其「熱心勇於服務，遇事必義務效勞，素以勤恆為己任。尊師重道美譽，其應當之無愧。」蓋師生有緣，而先生執弟子禮越恭越謹，數十年不輟，非常人所能及。其後先

生於九十七年完成《戴君仁靜山先生年譜及學術思想流變》（臺北市：國立編譯館）一書，既緬懷師恩，復彰顯靜山師之學問文章矣。

先生畢生從事教學工作，致力弘揚中華文化，所至有聲。尤喜傳承詩藝，每日吟哦其間，以終老其身。授課內容以詩選、陶淵明詩、李白詩、散文選、六朝文為主。其〈教書六十年詠懷〉詩云：「道乃聖中重，儒為席上珍。丹心存絳帳，白首對青衿。此日登臺客，當年呈卷人。生涯論甲子，己丑溯庚寅。」其傳道授業之志，愛護弟子之心，有如是者。

先生學問湛深，用心治學，熟稔詩詞駢文典故，於詩集校釋工作，著力尤多。詩中一事一辭，必辨明訓詁，解釋義理，索求典故來源。檢索資料，則窮蒐而力索；闡明注釋，則安穩且切當。原原本本，博洽多聞。五十四年出版《高常侍詩校注》、六十九年出版《訂正再版高常侍詩校注》、《岑嘉州詩校注》（臺北市：國立編譯館）、八十五年出版《錢起詩集校注》（臺北市：新文豐出版公司）、九十年出版《韋蘇州詩校注》（臺北市：華泰文化公司）、一〇一年出版《劉隨州詩集校注》（臺北市：五南圖書出版公司）。先生自言：「錢（起）劉（長卿）雙璧，並名不缺」，殆有感於唐人詩集校注工作，黽勉從事於斯，無愧於心矣。諸作往往無所依傍，獨力苦心經營而成，具參考價值，堪為後繼者研究之基石。此外，七十五年出版《李白詩論》、八十七年出版《陶淵明詩論暨有關資料分輯》（臺北市：國立編譯館），更是教學授課期間，摭拾資料，反覆吟詠，獨有別裁之作。蓋先生熟諳詩理，精到入微，而有心得。兩岸開放交流之後，先生多次前往神州，參加學術會議，倍受學界欽重。八十年獲聘為李白研究會名譽會員，八十二年獲聘為西北大學國際唐代文化研究中心兼任研究員。九十年李建崑編著《張籍詩集校注》（臺北市：華泰文化公司）、九十二年羅聯添主編《韓愈古文校注彙輯》（臺北市：國立編譯

館），最後皆由先生審訂。先生另有多篇學術論文散見於「學術季刊」、「大陸雜誌」、「書目季刊」、「中央圖書館館刊」、「國立編譯館館刊」，於國語日報社另行注譯《古今文選》三十餘篇，翊贊文事，教續懋著。

先生隻身旅臺，並無家業。五十三年娶妻，同年生女，逾年生子，家境一度窘迫。然而為人樂天，剛毅率性，能以淳真態度處世。與人交，推心置腹，勇於任事；言語間，談笑風生，暢所欲言。離鄉數十寒暑，而鄉音未改，思鄉之情更深。迨及晚年，視媳如女兒，閒暇時示範烹調，教導其廚藝。又親自課讀孫輩學唐詩，講述詩文典故。與至親聚會交談，爽朗應答，旁若無人者，蓋真性情中人也。民國一○一年四月三日，以肺疾終，春秋八十有五。

德配黃玉蟬女士，端淑寬惠，懿德幽光。不幸罹病早逝，先生為之喪盡其哀，祭盡其誠，移靈拜奠，封土同穴。飾終典禮過程，先生翔實記錄，且自題像贊，朗告祭章，撰輓聯，立碑詞，編印《形徂影在集》（臺北市：自印本）。自是之後，先生每完成一本著作，必思及夫人，嘗有「何堪垂老泣鰥魚，握管時輟」之語，終身不復續弦。生一子一女：長子均，媳秀華，皆任職教育界，生女明、綾、昕。長女錦，適王義和，從商，生子韋翔、女采瑩。子孫同受鍾愛，卓秀挺立，並以學行能紹志立業云。

羅聯添先生事略

　　羅聯添先生，福建省永安縣槐南鄉洋尾村人。民國十六年十一月二十日（夏曆十月二十七日）生，為南宋大儒羅從彥之二十八世孫。羅從彥字仲素，學者稱豫章先生，諡文質；從楊時龜山學，龜山弟子千人，朱熹獨以「潛思力行，任重詣極，一人而已」推尊之。民國三十七年七月，　先生自福建省立永安高中畢業，時神州板蕩，因隨師自福州搭乘鷺江輪來臺；八月，考入國立臺灣大學中國文學系就讀。畢業後曾任公職一年；四十三年八月受聘為臺大中文系助教，歷講師而副教授、教授，教學研究達四十載。曾於民國五十五年應邀赴美國哈佛大學遠東系訪問研究一年，返臺途中，順道遊訪美、歐各地，了解學術發展。民國五十七年，升任臺大中文系教授。民國六十四年起，擔任國立編譯館《中國文學論著集目正、續編》、《歷代詩文集校注》工作小組召集人，並主編臺灣學生書局《書目季刊》多年。民國七十二年，榮膺教育部大學校院教授傑出研究獎，獲獎助二年。民國七十三年，國內文史學者假臺灣大學文學院會議室成立「唐代研究學者聯誼會」，共推　先生為首任會長。民國七十四年，接任中文系主任；三年任期內，創辦《臺大中文學報》、《中國文學研究》，提升師生研究風氣。民國七十五年，再獲國家科學委員會傑出研究獎，獎助二年。民國七十九年，赴南京大學參加「唐代文學國際研討會」，開啟兩岸學術交流活動新頁。民國八十三年八月，自臺大中文系退休。

　　先生為人率直真純，治學尤篤實謹嚴。一生鑽研唐代文學，著述

不輟，對唐代作家之生平研究，尤多創見。蓋　先生之學也，承清季民初考證學風，復益縝密，每能於無疑處發掘問題，廣蒐資料，反覆考辨，追根究柢，故能從作家研究而作品研究，其中或涉及作家生平事蹟、文集版本、典故運用、文人風尚、作品比較等，有微觀，亦具宏觀，並屢創新猷，啟迪後學，影響深遠。

　　先生著述等身，成就卓越，聲譽至隆。著有《韓愈研究》、《韓愈傳》、《柳宗元事蹟繫年暨資料彙編》、《白居易散文校記》、《唐代詩文六家年譜》、《唐代文學論集》、《白樂天年譜》、《唐代四家詩文論集》等專書暨論文數十篇。編有《隋唐五代文學批評資料彙編》、《唐代文學論著集目》、《中國文學史論文選集》、《精選》、《續編》、《國學論文選集》、《國學論文精選》、《國學導讀》、《隋唐五代文學論著集目正編》、《續編》、《韓愈古文校注彙輯》、《臺靜農先生學術藝文編年考釋》、《韓柳文析論綱要暨研究資料》、《唐代文學研究綱要》等，其中《韓愈古文校注彙輯》、《唐代文學研究論著集成》二書，為　先生引領弟子纂輯而成者，尤見　先生提攜後進心意。諸書均名噪一時，蜚聲兩岸。

　　先生在校期間，不分平時假日，無論沍寒酷暑，恆在中文系第一研究室專心治學，一燈微明，映照孜孜矻矻身影，當年已傳為美談矣！先生治學於斯，授課亦於斯；每課間小暇，輒喜與學生煮茶論學，師生質疑辯難，融洽熱烈，有陶然忘機之樂焉。然於講授討論問題時，學生報告若有疏失，往往不假辭色，反覆指正；嘗提示學生，論文之「結論」，乃綜合前文討論結果而成，不可節外生枝，更添註解，引出新問題。　先生之論文結論，即條列敘明，具體揭示發明新創，層次詳實，別具一格。學生論述有足稱道者，　先生必推薦至《國立編譯館館刊》等學術期刊發表。論文口試，於學生尤不吝讚許肯定。蘇州大學羅時進教授推稱　先生指導後學，無私無我者，蓋以

此也。

　　先生於兩岸開放互通之始，與大陸中文學界著名學者傅璇琮先生初識於南京。二老望重士林，相見恨晚，於交換著作後，始發覺海峽兩岸論文有討論相同主題者，或所見略同，或可以互補參證。傅先生有感於此，嘗撰文推崇　先生之卓識高見。又嘗與程千帆先生晤談，程先生追述文革時所受迫害之慘，不免感慨係之，以至涕泗漣漣；先生婉言寬慰，哀憫同情，見於容色。　先生心懷傳統學術文化，多次帶領學生走訪神州各地，參與兩岸學術會議，讜論侃侃，知無不言，且不忘為後輩爭取發言機會，以更積極扎根學術交流。其碩學博識，眾所共睹也。

　　先生於民國六十九年參與編纂《戴靜山先生全集》，七十六年主編《毛子水先生九五壽慶論文集》；榮退之後，再獨力完成《臺靜農先生學術藝文編年考釋》兩巨冊，辨識文字，考覈書史，費時經年。其後，始陸續整理個人文稿，其尊師重道，固可為後學典範；而勤奮治學，一以弘揚學術為己任，誠能宏揚其先祖豫章先生之精神，尤足為學界楷模也。

　　先生家居簡易，生活素樸，平日好飲茶，喜登山臨水之樂。頃因年事日高，體氣益衰，且不良於行，需有專人照護。但神智清明，仍每日清晨至臺大總圖書館長廊推扶輪椅慢走、閱報，對總圖書館之設計讚不絕口；下午至臺大校園遊觀，舉止閒靜，樂與人交談，皆要言不煩而藹然可親；間或感歎生命之迫促，有如風中之燭，大有「古人誠不我欺」之慨！然某日與弟子品茶談天，則自以時刻有看護隨侍，儼然帝王，夫復何憾？臨分之際，使弟子開車相送。看護提醒說：「先生已有輪椅。」　先生遂笑謂弟子：「汝有車，吾亦有車。汝之車也四輪，吾之車也二輪，皆便於行也！」其幽默如此。　先生行動不便，　夫人悉心調理起居，使　先生得以精神安和，從容適意。方

期百歲期頤，上壽稱觴，乃三月十八日（夏曆乙未年正月二十八日）晨，起身欲往臺大校園時，竟因心肺衰竭，猝然云逝！雖略無纏綿床榻之苦，而識者寧不慟哉！ 先生於七十初度時，曾有感而作詩云：「可堪回憶總成塵，四顧周邊幻似真。日暖藍田煙不起，輕風滄海浪未平。鍾君捉鬼常無奈，道士畫符亦失靈。世事推移誰能料，無災得過七十春。」是亦得見 先生隨時順化之襟抱也。

先生與夫人陳真美女士，鶼鰈偕老，夫人有傳統女性勤儉持家之美德，照料 先生無微不至， 先生畢生奉獻學術，無後顧之憂者，均夫人之賢淑持家有以致之也。 先生與夫人育有三女：長於陵，現任科技部國家實驗研究院研究員；次惠，國中教師，適郭；次筠，臺北市立聯合醫院主治醫師，適葉。均能卓然有成，是皆可以告慰於先生矣！

——本文承蒙「羅聯添先生治喪委員會」全體委員校閱一過，尤其感謝黃啟方教授悉心指正，謹此一併致謝。

在斗室內成就自己
──側記羅聯添教授

　　初識羅聯添教授（1927-2015），應該是在我讀大學時，他應邀前來師範大學演講。他大概很少出來演講吧？演講的內容我早已忘記，只記得他在一群學生面前，常常低著頭翻閱稿子，依據材料在為我們上課似的。那是我初次見到他的印象。

　　幾年後，我再次見到他，是在臺大中文系博士班入學口試的場合。他帶有濃厚的鄉音，音量又低，很不容易聽清楚他的提問。在旁的林文月老師有時幫我重複一下他的提問，其中一題問道：「孟子對韓愈影響最大的文章，除了〈原道〉還有哪一篇？」幸好我答對了，是〈對禹問〉。其他的我又記不清了。

一　研究室的身影

　　真正讓我印象深刻的是，當我進入臺灣大學就讀以後，常常見到他一個人在第一研究室讀書的景象。那間研究室不大，進門就是一排書櫃，牆壁上也陳列著他的研究用書。室內放置一張大書桌，大約可坐八到十人，這裡也是他為研究生上課的地方。他喜歡讀文史材料，研究唐代文學，還喜歡動筆寫文章。白天的時候，研究室窗戶半開，窗外林木扶疏，樹影搖曳，他就坐在窗前桌案上讀書。到了傍晚，天色微暗，他會點亮枱燈，在微黃燈光下讀書。偶而起身走動，或是翻找圖書資料，或是拿起小茶壺泡茶。喝茶品茗是他很重要的嗜好。

　　我在研究室上課那一年，正是羅老師膺選為系主任的頭一年，他的心情似乎很好。有一回，歷史系陳捷先老師路過研究室門口，因為是老朋友了，也不管我們正在上課，直接進來和羅老師寒暄幾句。二人有說有笑，直來直往的，陳教授臨走前說：「你們老師當了主任，整個人都開朗了。」羅老師聽了之後還是哈哈大笑。

　　許多同學回憶起當年在研究室上課的情形，都說他上課認真而且嚴厲。認真是有的，嚴厲倒幾乎沒有感受過。我那一班，有剛被聘為助教的鄭毓瑜同學，還有張薰學妹等人。記得每週都要報告一個主題，每人大約二十分鐘，然後進行討論。因此，上課前就須找材料，設定研究主題，討論如何進行這個題目的研究，下週就接受老師的指點。學期末的報告，老師覺得我們寫得還可以，推薦了三篇到《國立編譯館館刊》發表。我後來看到古代文史材料，常常從中想出可做的題目，應該是這堂課所得到的訓練。

　　這門「唐代文學專題」課，三學分，每週上課三小時，老師只在課堂間休息二十分鐘，指定我們輪流泡茶。泡茶的過程很繁複，老師的好茶我們都沒泡出好味道，老師笑著說：「你們寫文章可以，泡茶都不及格。」

　　老師在研究室的小桌子上有一張生活照，拍攝地點是希臘神殿。問起緣由，他就會懷念起那趟旅程，那是他在民國五十五年利用美國捐出庚子賠款的補助，前往哈佛大學訪問研究一年，回程時三人結伴從美國繞道歐洲，順遊地球大半圈所攝。他說，當年可以停留兩年，全由美方資助，但是他只選擇研究一年就回國了。

二　課餘的生活

　　羅老師的生活單純儉樸，每天從家裡走到學校，教書、做研究，

再從學校走回家。清晨，他會在校園散步，練練甩手功，活動一下筋骨。週三和假日，他喜歡爬山。仙跡巖、樟山寺、指南宮，都是他常去的地方。有一回他跟我說，跟他一起爬山的老師都上了年紀，大家都是去到貓空半山腰，喝茶、聊聊天，只有他還會走一小段山路。有一回，他聽說我會帶家人去爬山，就指點我可以去爬猴山岳，山上可以望見一○一大樓，說著說著，自己抬頭望向遠方，感歎現在爬不上去了。等我真的去爬猴山岳時，才發覺山小而高，坡度真的很陡，但是那極佳的視野，讓人心曠神怡，忘卻一切煩憂。我當下決定不走回頭路，於是繞著坡度較緩的遠路走下山，結果花了兩三個鐘頭。

有一次，他對我說起從事研究工作的緣由。那時年紀輕，教書薪資比較低。國科會（今科技部前身）每年有論文獎助，每年得獎論文一篇一萬元，對家庭經濟不無小補，因此就持續寫論文。老師是民國五十二年升等為副教授，五十七年升等為教授，以早年的物價來說，這個獎助的確有很大的幫助。我記得我在民國六十九年擔任中學教師時，月薪也只有九千六百元，現在的中學教師起薪已經是三萬七千元。

老師的研究工作做不完。他不斷地提出寫書計畫，承接不少國立編譯館的專案工作。這類工作的性質，與他早年從事作家年譜的學術研究有關。當他晚年的時候，付出多年心力整理臺靜農先生的遺稿，一字一句的校對比勘，有些草書墨跡並不好認，他還是一步一腳印的完成了《臺靜農先生學術藝文編年考釋》二巨冊。這幾年有位早期的學生、後來在臺大教務處任職的紀秋薌女士，能繕打文字，幫忙找資料，也參與校對工作，出力甚多。蕭麗華、謝佩芬也各自負責一冊的校對核查。紀女士後來再幫忙老師完成《韓柳文研究綱要》一書。等到他晚年整理自己的上課講義時，紀女士繼續幫忙，後來再邀集了門生弟子方介、李貞慧、兵界勇、康韻梅、黃奕珍、蕭麗華、謝佩芬和我等人一起幫忙，終於再完成《唐代文學研究綱要》一書。（以上三

書，皆由臺灣學生書局出版）其中紀女士和李、兵、康、黃、蕭、謝六人，都不是老師指導學位論文的學生，但是他們都在沒有酬勞的情況下，不辭勞苦、默默付出，認真負責，也因此成為我終身感念的好朋友。

三　晚年心境的調適

我畢業後三年，老師就退休了。跟老師相處最多的時光，幾乎都是他的晚年。當他剛退休的時候，對於系上待他的方式，是頗為憤懣不平的。可是他能很快的調適好心情，越來越寬厚的看待人情事理。

然而，他是如何調適自己的呢？我覺得，儘管他的個性急，總想把事情快點做完，但是他有自己的生活天地。每天，他蝸居斗室之內，寫書法，寫日記，看書，做研究。他可以隨意書寫，寫他內心的感受，於他是悠游自在的。他寫的書法已經堆滿好幾箱，晚年也拿出來分送給學生。拿起毛筆，他可以抄寫儒家經典名句，可以抄寫宋人小詩，也可以臨摹于右任先生的對聯：「江山如有待，天地更無私。」這付對聯他可能常常臨摹，蘇州大學羅時進教授稱他為「宗叔」，曾經以此十個字為題，寫過文章稱頌羅先生。老師也將這幅墨寶送給我一份，我猜想也有其他學生收藏了這幅字，因為當我送去裝裱時，書畫店老闆很誠實地告訴我：「字很好，可惜紙質不太美，可能是常常練習寫的。」

老師寫日記持續了三、四十年，也就是說，這種生活方式有好長的一段時間了。他在日記中，自在揮灑，無所不書，既寫出個人的好惡，也寫下自己每日的讀書心得。老師去世後沒幾天，女公子羅大姐在電話的一端告訴我：「基倫，你要加油。我爸在日記中時常提到你，有一些讚美的話，……」我聽到她這麼說時，內心很感動，心情

澎湃不已。電話這一端，我一直告訴羅姐：「我真的不知道，老師從來沒跟我說。」他是位多麼安靜的人呀！這些話也沒必要隱忍不說，是他不習慣主動對人提起話頭，故而許多話藏在心裡。難怪羅姐也說，「是在爸爸去世之後，看到他的日記才更了解他。」

年紀漸漸大了，老師常常感歎當年的師友一一物故，孔德成先生、汪中先生、黃錦鋐先生、阮廷瑜先生、李善馨先生的辭世，讓他倍感寂寞。他曾經感到悲觀，認為生命即將走到盡頭。

三年前老師的好友阮廷瑜先生去世了。阮先生的長公子阮均帶著一些生平資料，請老師幫忙寫事略。可是老師年事已高，動筆有些困難，於是要求我代筆。我約略知道廷瑜先生懂駢文，識典故，是位博學強記、勤於筆耕之人。那是因為我曾經主編《古今文選》多年（國語日報社出版），阮先生常常主動來稿。後來阮先生與我曾經同遊柳州，受到大陸柳宗元學界的熱誠接待。除此之外，就是羅老師八十五歲的《壽慶論文集》發表那一天，阮先生親臨茶會致賀，回程我開車載送他返家。他當面告訴林恭祖先生說：「羅公的學生呀，不只會做學問，還能做事。」這是他參加茶會後脫口而出的感受，却是我們不敢承擔的溢美之詞。感受到前輩愛護後輩之心，因此我貿然執筆寫成〈阮廷瑜先生事略〉一文。阮公子性情至孝，提供許多翔實的資料，因此得以完稿，從此還結交了一位好朋友——也是任職教育界的阮均老師。

老師能持之以恆的做自己喜好的事情，放下世間的榮辱是非，這是他晚年生活平靜下來的主要原因。由於人間事已經與我無關，因此沒有毀譽放在心上，潛心做學問，生活更為自由自在。許多人都說，羅先生晚年脾氣更好了，更能與人談笑風生，他的確為我們樹立了良好的學人風範，令人欽佩不已。（寫於羅聯添先生辭世後第十五日）

附錄

　　羅聯添先生歷年指導研究生人數眾多，民國六十年至八十五年間，指導碩士論文凡十九篇，指導博士論文亦有三篇，篇目如次：

一　擔任碩士論文指導教授之部

民國六十年，梁東淑《王禹偁及其詩》，臺大中文研究所。

民國六十二年，呂正惠《元白比較研究》，臺大中文研究所。

民國六十八年，姚垚《皮日休、陸龜蒙唱和詩研究》，臺大中文研究所。

民國六十八年，方介《柳宗元思想研究》，臺大中文研究所。

民國六十八年，張肖梅《劉禹錫研究》，臺大中文研究所。

民國六十九年，王毓秀《張說研究》，臺大中文研究所。

民國七十年，金龍雲《杜甫寫實諷喻詩歌研究》，臺灣師大國文研究所。

民國七十一年，吳洙亨《杜牧之研究》，臺大中文研究所。

民國七十二年，王小琳《大曆詩人研究》，臺大中文研究所。

民國七十二年，吳正恬《韓愈交遊考》，臺大中文研究所。

民國七十三年，金容杓《柳宗元散文研究》，臺大中文研究所。

民國七十三年，蔡振璋《柳宗元山水文學研究》，東海大學中文研究所。

民國七十四年，劉素玲《宋儒論韓愈排佛與師道》，臺大中文研究所。

民國七十四年，徐玉美《姚合及其詩研究》，臺灣師大國文研究所。

民國七十七年，黃珵喜《韓愈事蹟繫年考》，東吳大學中文研究所。

民國七十八年，金卿東《張籍、王建社會詩研究》，臺大中文研究所。

民國八十一年，呂惠貞《元稹及其詩研究》，臺大中文研究所。

民國八十一年，陳凱莉《唐代遊士研究》，臺大中文研究所。

民國八十五年，黃晴惠《初唐四傑傳記考辨及其文學思想研究》，臺大中文研究所（與周學武先生共同指導）。

二　擔任博士論文指導教授之部

民國七十八年，方介《韓柳比較研究——思想、文學主張與古文風格之析論》，臺大中文研究所。

民國七十九年，王基倫《韓歐古文比較研究》，臺大中文研究所。

民國八十三年，金容杓《曾鞏散文研究》，臺大中文研究所。

——原刊《文訊》第355期（2015年5月），頁54-57。

語文教學叢書　1100010

國語文教學現場的省思

作　　者　王基倫

責任編輯　蔡雅如

特約校稿　林秋芬

發 行 人　林慶彰

總 經 理　梁錦興

總 編 輯　張晏瑞

編 輯 所　萬卷樓圖書股份有限公司

　　　　　臺北市羅斯福路二段 41 號 6 樓之 3

　　　　　電話　(02)23216565

　　　　　傳真　(02)23218698

發　　行　萬卷樓圖書股份有限公司

　　　　　臺北市羅斯福路二段 41 號 6 樓之 3

　　　　　電話　(02)23216565

　　　　　傳真　(02)23218698

　　　　　電郵　SERVICE@WANJUAN.COM.TW

香港經銷　香港聯合書刊物流有限公司

　　　　　電話　(852)21502100

　　　　　傳真　(852)23560735

ISBN 978-957-739-936-6

2015 年 7 月初版一刷

定價：新臺幣 520 元

如何購買本書：

1. 劃撥購書，請透過以下郵政劃撥帳號：

　　帳號：15624015

　　戶名：萬卷樓圖書股份有限公司

2. 轉帳購書，請透過以下帳戶

　　合作金庫銀行 古亭分行

　　戶名：萬卷樓圖書股份有限公司

　　帳號：0877717092596

3. 網路購書，請透過萬卷樓網站

　　網址　WWW.WANJUAN.COM.TW

大量購書，請直接聯繫我們，將有專人為

您服務。客服：(02)23216565 分機 610

如有缺頁、破損或裝訂錯誤，請寄回更換

國家圖書館出版品預行編目資料

國語文教學現場的省思 / 王基倫著. -- 初版. --

臺北市 ： 萬卷樓, 2015.07

　　面 ；　　公分. -- (語文教學叢書 ; 1100010)

ISBN 978-957-739-936-6 (平裝)

1.漢語教學

802.03　　　　　　　　　　　　　104007059